为了我们的家园

〔美〕范诗蓉 著 / 唐晨宇 译

中国言实出版社

图书在版编目（CIP）数据

为了我们的家园 /（美）范诗蓉著；唐晨宇译 . —
北京：中国言实出版社，2020.6
ISBN 978-7-5171-3468-8

Ⅰ . ①为… Ⅱ . ①范… ②唐… Ⅲ . ①幻想小说—美
国—现代 Ⅳ . ①I712.45

中国版本图书馆 CIP 数据核字（2020）第 084469 号

出 版 人　王昕朋
责任编辑　赵　歌
责任校对　张　朕

出版发行　中国言实出版社
　　　　　地　址：北京市朝阳区北苑路 180 号加利大厦 5 号楼 105 室
　　　　　邮　编：100101
　　　　　编辑部：北京市海淀区花园路 6 号院 B 座 6 层
　　　　　邮　编：100088
　　　　　电　话：64924853（总编室）　64924716（发行部）
　　　　　网　址：www.zgyscbs.cn
　　　　　E–mail：zgyscbs@263.net
经　　销　新华书店
印　　刷　徐州绪权印刷有限公司
版　　次　2020 年 11 月第 1 版　　2020 年 11 月第 1 次印刷
规　　格　710 毫米 ×1000 毫米　1/32　13.25 印张
字　　数　252 千字
定　　价　60.00 元　　ISBN 978-7-5171-3468-8

以此献给我的家人

| 目录 |

为了我们的家园

为了我们的家园

/ 第一章 /
父亲的剑

我看着月光仿佛霜降般洒在黛蓝江漆黑的江水上，幻想着阵阵涟漪下游过一条巨大的江龙。传说这条龙在几百年前曾造访过我们村子，给先人们留下过一颗带有魔力的珍珠以表它对我们村的喜爱。若不是我曾亲眼见过那颗嵌在翡翠里散发着如月亮般光芒的珠子，我定会以为这不过是逗小孩的故事罢了。这条龙之后再未来访过，而且最近似乎也没人再喜欢黛蓝村了。

我沿着河岸溜达，腰上别着父亲的剑，剑鞘随着我的步子一下下地拍打着我的腰胯。抓住剑柄，我感觉到一股魔力在剑中脉搏似的跳动。走在我边上的萍华正拨弄着她左轮手枪的皮套，她今年十八，就比我大了一岁，但是多一年发育带来的瘦削的颧骨让她看上去比我成熟不少。我们离开河岸，拐进一条土路，前往几座临时搭在屋子斜顶上的瞭望塔。说是瞭望塔，然而它们不过是匆匆忙忙用竹子拼起来的高一点的平台罢了，毕竟此前黛蓝村也用不着这东西，我们村太偏太小，没什么敌人愿意来。

直到厉鬼到来。

我眺望着满是星星闪烁的夜空，寻找那些怪物可能要来的迹象。没人知道它们是什么东西。我们把它们称作厉鬼，因为它们不是自然界的生物，但我们也清楚，这玩意儿也绝不是什么鬼。不像之前曾造访的死者灵魂，厉鬼不会思考，饥渴难耐，以各种形态现身并会毫无缘由地发起攻击。而且，跟我们曾碰到的其他怪物不一样的是，普通武器无法伤及其性命。它们是烟雾构成的生物，是黑暗的使者。

今晚轮到我们负责警戒它们的攻击。我都有点希望它们来了。离它们上次袭扰已经有好几周了，这意味着我们已经过了很多次无聊的漫漫长夜。

萍华看了我一眼："你觉得高先生能不能走到京城？"

我摇摇头，两条辫子甩了甩我的脸："就算是他走到了，皇上也不会给援兵的。他没多余的士兵了，北方边境还在打仗，更何况除了四江没人认为厉鬼是真的。"

"确实，我不明白它们为什么老是骚扰我们的村子。"

我耸耸肩。这个问题村里的老人们在这几年思考良久，但就算是对神鬼界几乎无所不知的法师们也没能给出一个令人满意的回答。"你可以问问台风它为什么总是登陆海的一边而不是对岸。"

"不过我们不是它们唯一的目标。也许高先生能说服旁边的城镇帮忙，他们也见过厉鬼。"

"他们会说他们需要战士自保。我们只能靠我们自己了，萍华。我不知道为什么苏首领还在往外送信，就算是有回信也只会得到同一个坏消息。"

萍华叹了口气："尤其是现在只剩这几个男人了。"

"过不了多久他就得往外送女人了。"我讽刺地笑笑。

"苏首领还不至于这么做，"萍华摸了摸左边的发髻，"让姑娘们守城是一回事，我们人数这么少他也没别的办法，但是派女人不带伴上路……就算他同意，也没人愿意干。"

"我愿意啊，一个人闯荡吓不倒我。"

"不在于这个。那样很不得体，你可就没希望找个好丈夫了。我现在还很惊讶你妈妈竟然同意你参军，要不是我丈夫同意，我妈是绝对不会允许我干的。"

我嘲弄地哼了一声："如果让厉鬼把我们都杀了，就没谁有工夫关心这闲事了，况且到时候也没人能让我嫁了。"

"传统还是很重要的。我们已经丢掉太多习俗了。五年前我做梦都想不到会不要红装要武装，扮得像男孩子。"

"五年前厉鬼就是个传言，我父亲也还活着。"我心脏怦地跳了一下。我到了苏首领屋子上的瞭望塔下，开始爬梯子。

萍华继续沿着路朝着另一个瞭望塔走了。她停下脚看了我一眼："愿天地神灵保佑你，安蕾。"她的声音有些沉重，我知道那是悲伤的重量。

我爬上梯子的时候才想起来应该祝福回去的。我的余光瞥到了一个变化。我立马回头，不过那掠过月面的阴影只是朵云，不是正在化形的厉鬼。

月光映照在我附了魔法的武器上，这破旧的剑刃和带着豁口的剑柄看上去再普通不过了。只有那剑的青铜护手让它显得与众不同，这护手被打造成雄狮的样子，那利刃正从那充满獠牙的血盆大口中伸出。我怔怔地盯着剑刃反射出的白色光泽，想起母亲曾经说过，在月光的反射中细细察看能看出月神的模样。曾几何时，月神的欢笑与歌声在晚风中轻轻地飘荡。厉鬼现身后，一夜之间数十人身首异处。有人说它们也将月神赶尽杀绝，即便是神灵的生命也危在旦夕。我更情愿月神已经飞回月球，回到天上那个安全而神秘的国度去了。

远处的嘶鸣打破了我的思考，隐隐约约，仿佛来自冥界的战栗撕扯着我的心脏。

厉鬼来了。

来了，战斗的机会终于来了。我抓起别在腰带上的左轮手枪，枪口朝上扣动扳机。一发红烟高鸣着直上云霄。登时萍华在她的瞭望塔也向上鸣了一发信号弹。随着守卫们纷纷传递信号，几秒钟内地面上此起彼伏地闪烁着点点光芒，血红色的信号弹充满天空。

警告了村子之后，我把手枪揣回皮夹。抄起剑，在黑暗中搜索嘶鸣的源头。热血在血管里一蹦一蹦地跳动，为了手刃这些非人猛兽，我心痒难耐。

一条黑色的藤蔓向上爬来，逐渐伸到我所在的平台上。

我跳出瞭望塔，顺着房顶滑了下来。屋瓦的摩擦带来的热量透过衣服传到我的皮肤上。一推屋顶，我把自己甩向半空，一只巨大的黑色蜻蜓出现在我面前。一剑斩向它的翅膀，剑身一接触到这黑雾构成的生物立刻氤氲出金色的光芒，发出嗞嗞的声响，令人心情舒畅。

厉鬼凄厉的悲鸣划破夜幕。噼里啪啦地滑下房顶，我用一只疼得发烫的手抓住了房檐，荡向屋子的方向，落在了一个阳台里。撑着房梁的宽柱旁，一个及腰高的格子墙把我和那踉踉跄跄的怪物分隔开来。它奇长的躯体不反射任何月光，那些翅膀仿佛是滴滴答答的焦油做成的。

我大吼一声，一刀下去将它的头从中劈开，随着一声难以名状的尖叫，它化作了一团黑雾化散在空气中。慢慢地，我露出一丝微笑，这就是我生来所要做的：战胜这些恶魔。

在我除掉它们之后厉鬼会去哪儿，我并不清楚，但如果这世间还有些许正义在，那它们定将在地狱中受无尽之苦。

恐怖的尖叫在黑暗中不停回响，信号弹的啸叫与同伴们的怒吼点缀其中。空气因火药的硝烟味儿与厉鬼的硫黄味儿而弥漫着臭气，但这气味振奋人心。布下的击退厉鬼的金色结界线在几个房间的周围熠熠生光。

沉重的脚步声在周边响起。我跨过格子墙，血液还在我的血管里回荡，跳下阳台，在半空中抱住撑着阳台的柱子，沿着滑了下来。细小的碎屑划破了手掌，不过我也不在意。松开手，踹了一脚柱子，我回身落在了正面对着的街道上。

地面颤动着。一头黑影构成的公牛向我冲来，牛头上的两只角顶进了窄巷边的房墙，与房屋外沿布下的结界摩擦出金色的火花，但这防御只是徒劳，强劲的牛角不费吹灰之力便掀掉了墙壁上的砖瓦。这定是个尤为强大的厉鬼，它所到之处都留下滚滚黑烟，刺鼻的硫黄的气味险些让我窒息。恐惧感涌上我的胸腔，但我还是咬紧了牙关，下定狠心坚决不让它通过我这一关。厉鬼已经从我们手里夺走太多了。只要我有一口气，它们这种东西就别想再伤害任何一个人。

在公牛的重蹄下，地面剧烈震动，仿佛马上就要开裂一样。这残暴的公牛用它那血红的双眼狠狠地盯着我，我咆哮着大喊："来吧！"

正当我出击的前一秒，萍华从阳台上一跃而下，正好骑在公牛的背上，一剑便将剑刃深深刺进厉鬼的躯体。我惊讶得眼睛都快掉出眼眶了，打小认识她以来，还没见她干过这么大胆的事。早知道我也这么干就好了。公牛翘起后蹄拼命要把她从背上甩下，但萍华用大腿紧扣住公牛的背，把剑身死死插在它身上。她的剑和我的剑一样，都能用魔法像杀死普通生物那样消灭厉鬼。

我向前起身，心脏还在紧张地打鼓。这厉鬼公牛一跃而起。我上跨一步，把剑扎向它的喉咙，剑上附着的魔法爆裂开来。我将剑身狠狠向下压，爆裂开的火花沿着剑风飘散开来。公牛猛地一冲，一举弹开剑刃，我也跟着被带飞到了身后的土墙上。

冲击一下把我肺里的空气挤了个一干二净。我强迫自己爬了起来，尽管后背和膝盖上疼痛难忍，我也没工夫查看自己的伤势了。我瞥了一眼站在街边一个大门口旁的萍华，她大概也在刚刚的冲击中从牛背上摔了下来，不过落地的时候远没我这么狼狈。

两个男守卫从我身旁匆匆赶过来。我舒了一口气，四打一了……虽然这只厉鬼比大多数都难对付，但现在我们有机会打败它。

突然，我的眼睛捕捉到一闪而过的人影，急匆匆地消失在一个角落里。虽然他的轮廓显示他只穿了个束腰外套，而不是上次我见到他时穿着的战士盔甲，但他脖子上闪闪发亮的新月揭穿了一切：他就是那个杀死父亲的厉鬼——暗影武士。

在爆炸般的怒火中，一切的一切都消失不见了，我的眼里只有那只新月。尽管暗影武士经常在我的梦魇中来来回回，但这是第一次我醒着看见他回来。

愿天地神灵见证我的誓言：父亲，我定为您报仇雪恨。

我全力奔向他的方向，愤恨在我的身体里如热血般脉动。

仿佛听到远处有个姑娘在喊："安蕾！快回来！"

但对于血脉偾张的我，这话语透过耳膜就变成毫无意义的嗡嗡声。我只知道杀父仇人终于在我触手可及的位置出现。而且，天地神灵保佑，我一定要干掉他。就像神话里的女战士，我要手刃敌人沐浴荣耀。

我紧跟暗影武士的步伐，穿过一条条胡同，巷子越来越窄，几乎要卡住我的肩膀，我的眼睛充血，视野也充斥着愤怒的血红。我不在意有没有其他守卫也要来跟他作战，打败他的只能是我。

愤怒中唯一的一点理智突然让我在追踪的路上放慢了脚步。

他在往江龙神殿的方向走。

我们村子里的每一栋房子，每一条街，每一个不为人知的角落，我都了然于胸。要是这暗影武士觉得他能在我的地盘甩掉我，那他绝对是大错特错了。

我拐向我的左侧向洪先生家的窗户跑过去，跨过设在他家周围发着金光的魔法结界线。我飞驰着掠过屋子，飞身跃过了另一侧的窗户，穿过街道。旁人的大呼小叫我也权当没听见。在跑过一座横跨在流过黛蓝村的一条小河上的桥后，我到了一个属于江龙的小小的岛上。

桥旁边有一棵垂柳，长长的柳枝垂向河面。小岛的中心立着一个不大的三层圆形神殿，大门两边有红色的柱子撑着。门里坐着石雕的江龙，蜿蜒的躯体和高耸的龙角栩栩如生。它面前正是它曾赠予我们先人的珍珠，由它遗留下的神力所保护，外人无法触碰。只有黛蓝村的居民才能进入神殿，尽管珍珠的力量可以守卫它自己，但从来不曾帮助过我们。

暗影武士从大路赶往神殿。我不知道他的目的是不是江珠，或者是别的什么东西，我并不在意。我冲向他前进的路线。

就在我向他发起攻击之前，地面突然爆炸开来。这力量把我掀翻，我重重落到旁边的石头上，巨热倾泻在我身体上。我挣扎着起来，决心无论是什么——哪怕是一场诡谲的爆炸——也不能阻挡我复仇的脚步。

但是当一束金色的光芒从空中打下，暗影武士瞬间腾空而起，在夜色中消失不见了。懊恼在我内心涌起，我失败了。我让那杀害父亲的怪物逃了，尽管他就近在咫尺。一切对荣耀的期待都已落空，它们只让我显得十足愚蠢。

天上传来叮叮当当吱吱呀呀的声响，一股金属的味道伴随着一阵诡异的带着苦涩味道的烟幕飘到了我这里。我抬起头。

五只由铜制成的或红或绿的机械巨龙出现在村子上空。它们在空中摆动着细长的躯体，像是水中游走的水蛇。尖利的龙角下是黄澄澄的眼，金属的爪从宽大的掌上伸出，这掌则接在粗短的腿上。火焰从它们口中喷出，火光照亮了夜晚。一瞬间我十分担心它们要来攻打我们村庄，但接着我听到了厉鬼疯狂凶猛的尖叫和怒吼——火球在攻击它们。紧接而来爆裂的轰鸣使得我剑上噼啪的魔法听上去像是轻声细语。

它们是谁？它们从哪儿来的？我惊讶地盯着天上看，第六个机器从一朵云后浮现出来：一艘巨型的战舰，和我只在图画中见到的远洋战舰一模一样。三只高耸入云的桅杆挂着扇形的帆，船的两侧挂着巨大的推进桨叶。长炮伸出船体，龙骨上还有额外旋转着的螺旋桨。一颗龙头高悬船首，白色的烟从它张开的鼻孔中喷出。一颗铜做的尾巴在船尾盘延。

我呆呆地看着这艘舰船逐渐接近。我曾听说过借助科技和魔法可以使像这样的机器在天上翱翔的传言，但从未梦想过会有这样的东西出现在黛蓝这种边陲小村。

不管何人控制着这些机械巨龙，也不论是谁掌管这庞大的空中舰队……我都不自觉地感到我的人生将从此发生巨变。

/ 第二章 /
总　督

　　踩着满地泥巴石头，我沿着河堤朝着我看到的那艘飞行战舰降落的地点趔趔趄趄地冲过去，焦虑地想搞清楚那是谁的，又是为何而来。铜龙在飞船上空盘旋，而那巨大船体正漂浮在小河最宽的地方，河水几乎要被排空了。

　　我浑身沾满了泥。等到离船足够近的时候我看到四个自动机械正从船的踏板上走下来，肩膀上抬着顶轿子。每个机械都近似人形，有着如同骷髅般细长的铜质四肢。它们的脸被画得像京剧脸谱，明亮而有棱角的眼睛周围画着黑红相间的旋涡状图案。施了魔法的红灯笼在两边飘在空中，中间的轿子上坐着一个宽肩膀的男人。他朝我看了一眼，好像被我恶心到了，我这时也停下了脚步。他的黑色丝质华服长至脚踝，上面精心缝制有典雅的刺绣，他肯定很有钱。一顶黑色的碗状帽子戴在头顶，顶头一颗蓝色宝石，宝石下如瀑布一般的红色流苏，帽后一条灰白的辫子摆下。这是当官的才能戴的帽子。

　　这个男人盯着我看，好像在等我跪地磕头请安示好。那我就看回去。不管这个陌生人是谁，他还没赢得我的尊重。他的铜龙们可能帮着赶跑了厉鬼，但直到我知道他为什么这样做以及他想要什么报酬之前，我也不会相信这个人的。要不是那居高临下的态度毁了他的表情管理，他傲气的颧骨还有那瘦削的下巴可能还有点帅气。但是加上那眯缝着的黑眼睛，他让我想到了蛇。

六个一手挎剑一手持枪的士兵跟随着他的轿子。有一瞬间，我以为他们也是机器人。金属的面罩遮住了他们大半边脸，本该是左眼的地方发出阵阵黄光。他们的盔甲大概有机械动力，露出些复杂的齿轮电线，表面还镀了银。但剩下的地方看起来还是人类，而且不像那些机器人，他们实际上看上去还活着。

半机械人！我吸了口气。我曾听过那些半机械半人类的东西当有钱人守卫的故事，但这是我第一次亲眼所见。

苏首领从大路延伸出来的一条小地板路上走来。他机械做的左腿在他移动的时候吱呀作响。尽管他找了一件平整的蓝色束腰外衣，但他的白色辫子显得乱糟糟的。他深鞠了一躬以示尊敬。

那个男人面向苏，命令机器人把轿子放下。我怔怔地看着，奇怪他是怎么让这些机器听懂人话的。就算是我见过的最复杂的人造机器也得用按钮和开关来控制……从没听说过一个没有耳朵的物件还可以听人话、干人活儿的。

这个男的一定是一个极其强大的法师……或者他雇了一

个。这人是谁？

"康总督大人，"苏说话的时候一直低着头保持恭敬，"您能莅临敝村确实是本地的至高荣幸，我们十分感谢您能伸出援手。"

他就是总督？我往前挪了挪。我听说过伟大的总督康大人，这是必然的——谁都听说过。他统领着整个四江省，而且在年轻时为皇上打过许多次胜仗。传说他若不是因为战场上受了重伤没法再次挥剑，否则他到现在也许仍会活跃沙场，在北方疆界保卫国家。在那之后他就派他手下的将军们替他上战场，但是直到今天他仍无疑是我们国家最伟大的战斗英雄，但那旧伤是怎么碍着他行动的，从他走路的样子我是看不出痕迹来。

我从没想过这么一个高阶官员会跑到黛蓝来。和大家一样，我也曾希望他会派他的军队保护我们，但这么些年过去了都一直没有消息，我以为他早就忘记我们了——或者觉得我们根本不值得救。

是什么改变了他的想法？

苏一定也在想同样的问题。因为他这时候开口了："大人，请您原谅我的无礼，但我必须请教您为何此时来访。我们曾向铜秋城派去那么多信使请求援助，但总是被告知没有多余的兵力。"

康总督长叹一声："我对过去未能保护你的村子而非常后悔，但你也要理解我必须得先保护所有城市。"

"当然当然。"

"不过现在，我已经成功解开了科技和魔法的诸多秘密，这让我能打造这样一支机械舰队。"康挥了挥他那宽大的袖口，指向天上的铜龙，"它们远比只用人类士兵强大有效，这意味着我们有更强大的手段对付厉鬼。我相信不久之后就会有足够庞大的军队以保护四江省全境。"

我眯了眯眼。我一直觉得奇怪，总督知道厉鬼是真的，但是他辅佐的皇上却还相信这不过是迷信。要么康的谏言不是很有效，要么他就是故意在上书中京的报告里遗漏了些什么消息。

苏低了低头："大人，希望您能再次原谅我的无礼，但是皇上是否能容许在中京外存在这样一支庞大的军队？毕竟国法里明白写着全国不得有可以超越皇帝力量的法力。"

我不耐烦地呼出口气，黛蓝这么偏，帝国其他的地方这么远，感觉和我们也没什么关系，自然我就更不会关心那些政治了。

"你怎敢质疑我的计划？"康皱着眉头对苏说，"有哪个村官比我更了解国法？"

"我得提醒提醒你，皇上的军队拥有很多强力的魔法武器和各种强大的战车。"总督不满地看了苏一眼，"任何关于我的舰队有可能比皇上的更强大的谣言纯属胡说。我甚至都跟皇上的工程师分享过我的设计，尽管他们现在没法重现，过了不久也肯定可以。我对皇上是一片耿耿忠心，你不能质疑我的忠诚。"

"大人，我十分抱歉，我并非此意。"苏这么服服帖帖，让我觉得很奇怪，他现在应该请求军队保护我们。

"尽管我的资源还很有限，但是我也不会再放任黛蓝村的状况恶化。"康继续讲了起来，"我刚刚正在结束外交差事往回赶的路上，看到你们被厉鬼袭击成这样，我必须干预了。"

尽管他的话听上去诚意满满，但一种不安的感觉仍然在我心头徘徊。康这种有权有势的大人是不可能突发好心不求回报的。他想从黛蓝要点什么？

"我衙门里还有个事情需要商量处理。"康向登船的踏板上面示意了一下，"请吧，随我上船吧。"

"当然，总督大人。"苏扫视了一圈围观的村民们，大家都在看着这个多年来的第一个访客。"大家，回家各忙各的吧！"

村民四散而去。苏等着康坐上他的轿子，接着跟着机器人上了那艘龙形的巨舰。我十分好奇，不想这么早就离开，看着他们登了上去。机器人把踏板收了回去，踏板在收到船体内的瞬间发出机械和蒸汽的声音，扑哧一声合上了。

"安蕾！"

听到萍华的声音，我回头一看。她的脸蛋上划出了一道血红的口子，左裤腿也破破烂烂的，还带着斑斑血迹。她一瘸一拐地走过来，我知道这样子伤得不轻，我还没来得及询问发生了什么，就突然想起了那只公牛状的厉鬼。

她在跟它激烈地搏斗……然后……然后我跑去追那个暗影武士了。

我到底在想什么？怎么打了一半就不管了？我只能想起来我上一秒还面对着那只牛，下一秒我就在追赶暗影武士了。

萍华盯着我："你为什么跑了？"

"真的对不起。我……我看见那个暗影武士，杀了我父亲的那个。"

"这不是借口。如果你不能在团队里合作，那可能你就不适合守卫团。"

我惊得下巴都要掉了："我可是这儿最好的战士了！"

"你又自大又自私，一点纪律不讲，再会舞剑也毫无意义。"

羞愧涌上我的胸口。我把头扭开。苏首领在我练习的时候就曾这么说过，父亲也曾教训过我的冲动和自负。我也不是只想着我自己……我只是不太会跟其他人交流，有时候会忘掉别的东西存在，尤其是当我被很强的动力所驱使，把顾虑抛之脑后的时候。

"我下次一定做得好一点。"我低声嘀咕了一句，是对不起萍华，更是自责。

"很好。"她示意我跟着她。"我们得回到岗位上去了。"

我怀疑地看着她那条伤痕累累的腿。"你确定你可以……"

"我没事。"

尽管现在有康大人和他的舰队，回到瞭望塔上也没什么太大的意义，我还是跟着萍华走了。

等到了岗位，我向下看到了康的庞大舰船。在里面的某个地方，总督正在和村长讨论着可能会改变我们所有人命运的事。我迫切想听到他们在说什么。

机械巨龙们在水面上安静地漂在旗舰旁边，在阵阵涟漪上，它们的躯体就像一座座拱桥。看着它们缓缓游动，微微起伏，我有一会儿差点忘记了它们像我的手枪一样也是机械。

如果江龙现在再次造访，不知道它会怎么看，是把这些东西当成它的异族兄弟，还是觉得这些人造机械是威胁？

/ 第三章 /

女战士

"起来！"

我妹妹尖锐的声音穿透我的耳膜，告诉我该起床了。困意让我头脑昏昏沉沉，仿佛脑袋里装了一麻袋石头，我浑身软塌塌的又酸又痛，像是有人昨晚上把我全身的肌肉换成了黏土。

"起来！"一双手抓着我的肩膀开始拼命地摇，坚持要让我醒过来。"姐姐，我们得准备我们的表演了！"

"不，我们不用准备，离下次过节还有好几个月呢。"眼都没睁我就把安水一把推开了。虽然之前我和她经常表演杂技，但自从厉鬼来袭，我们就只在有特殊活动的时候表演了。我也很怀念那四处旅行的日子，我们会跟着父母到邻近的村子办公事，顺便表演表演还能赚点外快。说是旅行，也没有离开黛蓝很远，但起码也是有那么回事。现在，除了那几个选中的信使，其他任何人离开黛蓝都太危险了。如果不是母亲想保留她家族的传统，仍坚持让我们姐妹俩继续训练，我们的功夫大概几年前就荒废得差不多了。

"姐姐！"安水的声音里有些烦躁。

我还是很困，但与其回到那被暗影武士戏耍得快要疯掉的梦魇中，还不如起床清醒清醒。我仍然会看到他那双毛骨悚然的白色瞳孔，在他黑洞洞根本没有形状的脸上凝视着我。他脖子上的新月一直烙印在我的记忆里，而我几乎都能听见他的呢喃："我当时就在你面前，你也没能杀了我，也因此我会杀掉无数人的父亲，就像杀掉你埋在地里的父亲一样。"

我眨眨眼，透过窗子，阳光洒在小屋的木头地板上。妹妹的脸就在我面前，她紧紧地盯着我。两只黑眼睛亮着光，眼角微微翘起，一个精巧的鼻子坐落在一张瓜子脸中间。和我一样，她长得也更随妈妈一点，继承了妈妈的尖尖下巴、樱桃小嘴和温柔的弯月眉。不过我们俩确实像一个模子里刻出来的，要是过几年她个子再长几厘米，别人以为我们是双胞胎我也不会觉得奇怪的。

"快起来！"安水又摇了摇我的肩膀。"我们必须得排练排练了，时间快来不及了！"

"你说什么呢？"我不情愿地坐起来。等我轮岗结束的时候都已经日出了，我看了看现在日照的角度，这也没过几个小时。

安水咧着嘴乐了起来："是为了庆祝康总督大人的到来，我们要办个大庆典，而且苏首领要我们表演杂技！你敢相信吗？我们能为大人表演节目！"

我也抬了抬嘴角，但并没多兴奋。我是很感激康，他的军队的保护让我们避免了更深重的悲剧，但我还是很怀疑他的动机。

安水抓住我的双手，试图把我拽起来："表演今天下午就要开始，离我们上次排练已经过了几亿年。要是我到时候做不到可怎么办。"

"别搞笑了，我都记得我的部分，你又比我聪明那么多。"

她的眼神看向别的地方。"我才没有，我不知道你为什么老这么说。"

我挑了挑一边的眉毛："你能一点不磕绊地读那么多汉字，每句话都明白是什么意思。我就不一样了，汉字在我眼里就是天书——如果我不拼命集中精力一个字一个字地读，它们就像是毫无意义的鬼画符。只要说到念书，我的脑袋就嗡嗡响。"

"但你是个战士，就像爸爸一样。"安水的眼神中充满了敬佩。"智慧不光是会念书啊。"

"这倒是。"我的特长是记忆复杂的武术动作，也能把史诗一样的神话一字不差地背过。但安水才十三岁，她就已经掌握了很多科学和魔法技能，足以制造祖父曾做过的小型设备了。几年前祖父因病离世，那之前，他曾是村里最伟大的魔法师。"我倒是希望能像你一样理解爷爷留下的笔记。希望有一天你能解释给我听。"

安水摇了摇头："魔法是不能只通过听别人口头讲授就能学会的。你必须会像解开数学方程一样对待字句。"

只想想我就头痛："想到我永远也不能完全理解附在我武器上的魔法我就觉得讨厌。"

"你其实只要想做就能做到。"

"但是那绝对会极其艰难，而你一弄就好像这事很简单。"

安水耸了耸肩："尺有所短寸有所长嘛。别忘了，父亲也没能继承他父亲的手艺，他也是后来在帝国军队当兵时找到了他的归属。我和爷爷可能智力上有点天赋，但你和父亲却有勇猛战斗的天赋啊。"

我笑了笑："看起来你不止脑子聪明，也很有智慧啊，妹妹。"

安水脸红了一下："谢谢。"

当我从竹席上爬起来的时候瞅见地上散落着各种工具和齿轮零件，中间有一副铜框眼镜。很显然今早上我的妹妹又把我们的卧室当成工作间了。不像普通的眼镜，她捣鼓的这一副由多重镜片一层层叠在一起。每一片都是一个完美的圆形，铜质的齿轮装点在镜片周围。我指着这眼镜，问道："你还在折腾这玩意儿吗，不都已经好几周了？"

安水撇了撇嘴："魔力还是没法像设想那样在齿轮里流动。"

"你到底还要不要告诉我这东西是干什么用的？"

她咧嘴笑了笑："这是个惊喜！"

"那它就不该在地上待着。"我嘲弄地笑了笑。

"要是你不把东西好好收起来，月神就会把它偷走的。"

我以为妹妹会很反感这村子里的俗话，但相反她的表情有些悲伤。

"他们偷走我也不在意，那起码说明他们又回来了。"

她的眼睛闪了一下看向别处，那里的一张小桌子上摆着一条条红色丝带——那是她在月神消失之后留下的贡品。传说如果你给月神留下小饰品或者食物，他们就会帮助你。他们能在一瞬间从很远的地方带来一些小物件，因此你可以请他们在你母亲生病的时候带点药。或者因为他们可以来去无形，你也可以让他们帮你向自己芳心暗许的姑娘或小伙说情。

安水还没来得及长大提这种要求，他们就消失不见了，但她告诉我一个月神女孩曾经在她七岁那年来找过她，我相信安水说的是真的。

她抚摸这其中一条丝带，叹了口气："我其实也不想要他们帮什么忙，我只是想再见见我朋友。只是……"

她没有再往下说了，但我知道她想表达什么。

她只是希望生活能回归平常。厉鬼来的时候她才八岁，但也已经记事懂事了，记得跟父亲一起见识新地方是多么有趣，懂得生活曾经多么无忧无虑，明白无论我们在哪儿，父亲都一定能确保我们的安全。

"我也是。"我把她拥入双臂，抱了抱她。

母亲从木制的门框中走进来，手里拿着件没做完的婴儿服，可能是给我们怀了孕的邻居做的。邻居太累了，没法做家务，她打鱼为生的丈夫会每天分一些他的收获给我们，让我母亲帮帮忙。母亲向我扬起她细细的黑眉毛："我以为你现在应该穿好衣服了，我想在你们表演前看看你们的基本功，我们只有几个小时了。"

我的脸耷拉了下来，虽然我很享受表演，但母亲年轻的时候当过一名杂技演员，她是一个无情的完美主义者。若是平时我并不在意她严厉的指导或者艰苦的排练，但我不愿意为了取悦那个傲慢的总督费那么大工夫，尤其是我现在还没从昨晚的战斗里歇过来。"这有什么关系？我们又不是专门干这一行的。"

"只要你血管里还留着我们家的血，就必须以这传统为荣，竭尽所能做到最好。"她走近来，绑得利利索索的黑发上几点灰色迎着阳光发亮。

安水恭敬地低下头："好的，妈妈。我们会永远以家族的艺术为荣。"

"如果你的家族对你这么重要，那你为什么又离开了呢？"同样的问题我曾问过母亲很多次，但从未得到一个令我信服的回答。

安水转了转眼球："因为她和父亲想在父亲的老家定居啊，你要妈妈解释多少次？"

我抱起胳膊："我知道发生了什么，但我觉得这说不通啊，都曾走遍全国的两个人——妈妈跟着剧团，爸爸跟着帝国的军队——怎么会选在这么一个穷乡僻壤的河村定居。"

安水眉头皱了起来："黛蓝是我们的家！可能它渺小又平凡，但它是我们的家。"

"当然，这也是为什么我每晚上豁出性命保卫它。但是……我们错过了什么呢？如果父母没有定居，我们家可能现在还在旅途中——甚至可能远走西域。"想象着那些奇异的国家，男人剪短发，女人束着腰。安水的嘴唇翘了起来。

"是，可能那的确会令人激动。我也曾想象过……在充满异域风情的城市中有着高高的石制建筑，窗上都是五彩玻璃，我们在中间表演。但我们可能永远也不知道黛蓝了——我们可能会在路上出生。"

"我们就不会错过这么多。"

她的眉头又皱成一团："姐姐！"

"我们可能会比现在有的更多！而且……我们会远远离开厉鬼攻击的地方……父亲可能还在我们身边。"

安水的表情黯淡下来，眼里全是泪水。

一直耐心地看着我们俩说来说去的母亲，这时候伸了一只手放在安水的肩膀上。她亲了亲她的额头，又亲了亲我的："我也很想他。但是沉湎于过去可能发生的事情是没有好处的。我从来没有继承父母的游侠精神，也很讨厌路上的危险。当你的父亲告诉我黛蓝时，我就让他带我来这儿，因为我希望能在一个安静、和平的地方抚养我们的孩子。"

"那你的计划失败了，"我抱怨道。"看看我们现在。"

"够了。"妈妈收了收下巴。"穿好衣服，我们有事情要干。"

她大步走出了房间，在即将走出我们视线的时候抹了抹脸。安水擦了擦眼睛，俯下身子收拾她的工具。

我瞥了一眼母亲离开的方向，回过身来面向安水。她们两人都感到十分痛苦，我也知道这是我造成的。我本意并不是要伤害她们——我只是说出我认为正确的话罢了。但是我本该考虑清楚我说的话会对她们产生怎样的影响。

我在安水旁边坐下："对不起。"

她把散乱的齿轮扫进一个小布袋里，眼睛没有看向我："你更应该跟妈妈道歉。你说得好像父亲去世是她的错。"

"我不是这个意思！"

"但这是你话里暗示的意思。"

我把拳头压在了嘴唇上。很多时候，我把话里的意思都说错了，但这次是我说过最糟糕的话了，尽管我并不想这样讲。

我赶忙去找妈妈。她坐在小小的却很亮堂的客厅里，手指飞快地编着婴儿服。我向她走过去，紧张地背着手："我想为我刚刚说的话道歉，我不是有意要那样讲的。"

"我知道。"妈妈抬眼看了我一下。"安蕾，你一定要注意自己的言辞，你必须考虑别人的想法。"

"是的，妈妈。"但理解语言背后的含义，和读书一样，是我必须十分专注费很大劲才能做到的。我不知道我是否真的能像其他人一样自然而然地学会这件事。

　　红灯笼被用绳子挂在黛蓝村街道两边低矮房屋的木制阳台下和宽门框上。每一个都雕刻着字和符号，会在晚上召唤出保护房子的魔法结界。被绘有油彩的风筝各式各样，蝴蝶状的、麻雀样的，还有做成龙形的在屋子上空盘旋，发条驱动的机器小鸟穿梭在其中。平时黛蓝只是个棕灰色的寻常小村庄，但今天为了庆典而把它装点得五彩斑斓。

　　"走开！"一个男人低吼的声音闯进了我的耳朵。

　　一架机械马车吱吱嘎嘎地冲向我和安水，引擎冒着白色的蒸汽，轮子压过地面上不平的石子。我一边拽着妹妹的胳膊把她拉到街边，一边小心地避开地上纵横的发着恶臭的下水沟。

　　程先生，黛蓝村的一个魔法师，在马车的驾驶位上坐着，皱着眉头，长着白胡子的脸上显得有些不悦。从车子后边挂着的每个都刻着字符的陶罐能看出，他大概是在去跟其他魔法师会合的路上，他们要增强附着魔力以更好地保护村子。虽然他和其他的魔法师魔法技艺精湛，但是他们不擅长像祖父那样把魔法和机械结合在一起。这个马车就是祖父多年以前造的，这件发明被他卖掉用以加强防御咒语，用来换取召唤结界魔法所要的稀有知识和贵重原料。

程先生呼啸着开过我们身旁，我跳着避开溅起的泥点，免得弄脏了我和安水等会儿表演要用的演出服。

"慢点！"安水叫道。"你要是不开慢点，会把引擎弄坏的！"

程先生好像没有听到她的话。

我扑哧一声笑了："你听上去跟妈妈一样。"

安水做了个鬼脸："要是那辆车又坏了，又得我去修。爷爷不喜欢他们这么粗暴地对待他的宝贝，还让我一定要保护好他心爱的机器们。"

"爷爷又托梦了吗？"我扭头看了看她，心里有点嫉妒。尽管亲人朋友的灵魂造访过村子里的很多人，但是他们从没跟我讲过话。

妹妹点了点头："我昨晚上在梦里又看到他了，他还说我一定要好好学习，虽然他没法亲自教我。"

"那……真好。我希望他什么时候也能找我说说话。"

"可能他找过你，但是你那个时候总想着暗影武士没看到他。我知道你昨晚上又做噩梦了——你说梦话的时候都在骂他。"

我拉下脸来："在总督的舰队来之前，暗影武士就在我面前，我差点就干掉他了。"

"我知道，妈妈告诉过我昨天发生了什么。"她的表情变得严肃起来。"你不能让暗影武士占据你的思想。他只是一个厉鬼，除了他之外厉鬼还有很多。杀掉他又能怎样？"

"我发过誓要为父亲报仇。"

"父亲也不会希望你被仇恨冲昏了头脑的。"

我摸了摸脖子上的玉坠，手指抚过上面雕刻着的三条锦鲤的层层鳞片，它们栩栩如生，仿佛在玉坠光滑的表面上溅起了水花。这是父亲在我百日的时候给我的，自那以来我便一直戴着它。现在我看见玉坠和身上的佩剑就能想起他。"他走的时候你不在……你不会懂的。"

"可能我确实不懂。"安水叹了口气。"快走吧，咱可别迟到了。"

她继续沿着路走下去，我跟着她，摇了摇头。这梦魇是复仇所必要的——它带来的渴求每天都在折磨着我，只有当暗影武士被彻底消灭，它才会消失。

我不禁暗暗盼望起暗影武士的下一次攻击了，这样我就有机会解决掉他。

音乐响起，空气中弥漫着欢快的气氛。在后台，我看见一支由机械乐器组成的小乐队正在村子里广场中间的舞台上表演。琵琶被装在一个金属架子上，用发条驱动的拨片拨动着琴弦。长笛用绳子挂着，钢丝带动着阀门在本该是手指放着的地方开开合合。黄色的火花在它们上方跳来跳去，告诉观众这是魔法的表演。古与新、技术和魔法的完美融合让我神魂颠倒，我真的为那些创造出这种作品的天才魔法师所倾倒。当我闭上眼，甚至都会忘记这轻快的乐符竟是机器演奏出来的。

我们村的三位老魔法师在观众席上晃着脑袋，长长的白胡子扫在简朴的灰色外套上弹来弹去。挤在广场上的一些村民围在他们边上观看着表演。广场上的一个用竹棚子遮着阳光宽敞的台子中，康总督坐在一张华美的镀金椅子上。这椅子一定是他从船上带来的，我们黛蓝村里可没有这么好的物件。我的玉坠是父亲从一位中京的夫人那里得到的——作为救了她一命的礼物。那可能算是村子里最宝贵的东西了，当然，除了江珠以外。

半机械士兵在总督跟前一字排开，他们都在用一只天然的眼睛和另一只发光的机械眼打量着人群。机器人守卫着平台的底座，它们涂着颜料却毫无表情的脸一动不动。我看看它们，再看看机械乐队。尽管魔法大师们的作品精妙绝伦，但跟总督带来的这些一比就相形见绌了。

当器乐表演结束的时候，魔法大师们登上木台阶走进舞台，打开每台机器上的开关。机械腿精巧地慢慢展开，随着转动的齿轮咔哒咔哒还有那移动的机械脚叮叮当当的声音，它们开始像蜘蛛一样从舞台上爬下来，魔法师们紧随其后。

现在到了终场表演：我的独演。我的身体依然因为和安水刚刚的表演而隐隐作痛——其中大部分是我把自己折成固定的姿态，她跳到我身上做正经的杂技，因为她比我娇小灵活，这共同表演的掌声大部分是给她的。但接下来的这个表演就只属于我了，而且我也很喜欢演这个，用不着过什么节——或者是什么重要官员来访——我也愿意时不时演一演。

拿出我的道具剑，我大步走向舞台。我的头发用红发带编成两股，从我脑袋两边甩向身后。我刺了绣的白色束腰外衣在夕阳下闪闪发光，虽然它的边缘旧得有点发黄，但这已然是我穿过的最好的衣服了，让我觉得自己像个女皇。

"你们听没听过那个伟大的巾帼英雄的故事？"这是个反问，每个人都知道这个女战士的故事。我向前猛地一冲，直到站上舞台的边沿，直视总督的双眼。"让我讲给你听。"

我登上台，背后立着一根竹竿，长长地窜入空中。我丢掉剑，向上一跳，抓住杆子。在离地几米的半空，把双膝蜷在胸前。

"她是一位月神王子和他美丽妻子的女儿——这对圣洁的夫妇，上天都赐予恒星的力量保佑他们。"虽然用来支撑起自己的压力让我手臂疼痛，但我还是能流利地背诵那些排练过无数次的台词。"但是魔王嫉妒他们，用黑暗魔法诅咒他们，让他们所生的每一个孩子都会坠向大地，困在凡人的躯体中。"

为了表现女战士从月球坠落的过程，我从杆子上一推，翻身一跃，从空中落下，单膝跪地，观众中爆发出一阵掌声。

"月神公主坠落的地方曾经是一片战场。那些埋葬于此的伟大战士的灵魂们心生怜惜，他们把她养大成人。"慢慢地，我站起身来，捡起了落在一旁的道具剑。"在他们的训练下，她学会了如何像男人一样，甚至比大部分男人都能更强悍地战斗。"

我跳跃着穿过舞台，挥剑劈向空中，之后连环做出几套标准的武术套路动作。这些当然在面对正经敌人的时候不管用，但观众很吃这一套，他们拼命地鼓起掌来。我又在空中翻腾了几次，把剑从头上扫过，从一只手扔给另一只，以增加观赏性。

在这一瞬间，我既是我父亲，也是我母亲。母亲为我编排了这一段杂技，而我的父亲教会我真正的剑术，让这表演显得更真实。在人群中我的眼睛看见了母亲，我向她送去一个微笑，她也同样回礼。

当我攻向一个看不见的敌人时，我的心情也随之高涨。我爱这个剧目，爱通过我的肢体把这个传奇女子锄奸斩妖、斗鬼除魔的古老传说表现出来。即便是厉鬼出现以前，我也经常梦到成为她。尽管加入守军让我在身体素质上离她更近了一步，但比起她的智慧我还差得远。而且跟她拯救社稷于水火的故事比起来，保卫一个小村庄也显得鸡毛蒜皮了些。但是当我站到这舞台上，那我便可以扮演她……而且如果观众相信，那我这时候就是她。

"但是女孩知道她无法永远跟灵魂生活在一起。因此她离开这些战士的灵魂去寻找人类。"接下来的这一段我可以恢复恢复体力，只需要在舞台上奔走以表演女战士踏上了她的旅途。"魔王意识到她变得如此强大，派出了他的恶魔士兵，妄图在她孤立无援的时候杀死她。"

理想情况下，会有另外一个人扮演敌人，但是在黛蓝再找一个合适的演员实在不现实，因此母亲把这段编排了一下，这样我就能一人分饰二角——女战士和恶魔士兵。

"恶魔士兵来袭！"

我做出怪物的表情。接下来的一系列技巧包括了更大胆的动作和招式更鲁钝的表演，以此来模仿这个邪恶存在。我大步穿过舞台，向天空中刺出手中的剑，接着又演了几下简单的剑术。

"但他根本比不过女战士。"

这是我最喜欢的一部分：年轻的女战士战胜了她的第一个真正的敌人。当我把剑绑到背后，跳上竹竿，借着动量荡出去在空中做高难度的翻转的时候，我能感到她坚定的信念和无上的勇气在我胸中流淌。风在我耳边呼啸，飞翔中的我心里充满了雀跃。因为在这一刻，我也成了超人。

在空中我抓住了背后别着的剑，下降时双手握住剑柄，在双脚落地的瞬间我戏剧地向下一跪，把剑身插向地面。

"她打败了他，从那时起，她便成了人们口中的女战士。"

当然，女战士的传说要比我的单人表演所能表现的长得多，但这无论如何也是个令人满意的结局了。

人群爆发出一阵欢呼声。尽管我的邻居们早就看过无数遍了，但我这次显然是给他们留下了更深刻的印象。我带着微笑站着，留了点时间享受一下成功的滋味，鞠躬下了台。累得有些喘不上气，我在支撑着舞台的木柱边上瘫倒了。湿哒哒的刘海贴在我汗津津的额头上。

"全体注意！"

听到苏首领的声音，我强迫着自己站了起来。尽管我希望我能继续躺在那儿——毕竟在那儿我也能听得一清二楚——但是家里人教训过我很多次，在首领讲话的时候不露脸是很不礼貌的。我必须让他看见我在听他说话。这听上去有点蠢，但是我也还是硬拖着沉甸甸的双腿走过舞台加入了人群。

站在总督的座位旁边，苏在高台上向人群招了招手："康总督大人和我达成了一个协议，如果我们将江珠赠予大人，他将迎娶村里的一个女儿作为他的第八个妻子，这是我们的荣誉。"

人群骚动起来，传来阵阵不可思议的喘气声。我皱起眉头。总督大人不娶村姑……或者说不娶任何贵族公主以外的女子。但是更奇怪的是他要的价——苏怎么会放弃黛蓝最珍贵的宝贝？我从来没对江珠有什么特殊的想法—— 一直以来对我而言它只是个古老的遗迹——但是现在有人要把它拿走了，我感到一股无言的怒火在胸中燃起。这珍宝属于我的村子，不是随随便便一个当官的屈屈尊就能拿走的。

苏示意大家安静下来："安静！我做这个决定是为了黛蓝所有人好。尽管厉鬼依旧在攻打四江省的村落和城市，但是康大人已经同意婚礼之后除了给黛蓝一份慷慨的彩礼之外，另派遣一个营的兵力常驻这里保护黛蓝。因为这之后就是他妻子的村子，他有义务保护所有住在这里的人。"

这无名的怒火消退了。拿一个上古的、没什么用的物件换取几百年的安宁……这很显然是个正确的决定。尽管江珠据说带有神奇的魔力，除了待在那个神殿，我从未见过它做过任何事情。很多向它祈愿的，希望通过它能带来江龙保护的人，也都惨死在厉鬼手下。在厉鬼肆无忌惮地大开杀戒时，它也只是躺在神殿里，和一块破石头没什么区别。到最后能带来这个喜讯，倒说不定是它保佑的。

没人提到康为什么想要这块宝石，而且说实话，我也不在意。我唯一想要的就是暗影武士的死，想要的是不会再有我们的同胞丧生在他这种东西的手里。

苏等着大家逐渐接受这条消息。过了一会儿，他继续说道："我们十分荣幸康总督愿意迎娶如此卑微出身的女子进入他的家门。村子里所有够资格的女性都会向他做展示以供选择。请——"他突然噤声，因为康兀然站起身来走到了他前面。

康向苏耳语了几句，不知怎的一股不舒服的感觉从我脚底传到头顶。这个时候我极其希望能离他们近一些好听清总督在说些什么。

苏和总督对视了一眼，点点头，回身转来面对人群。"鉴于总督大人已经选好了新娘的人选，展示已经没有必要了。"

这么快？我真为这个要被迫跟他离开村子的姑娘感到抱歉，不知道到底会是谁。大家都和我差不多好奇，人群叽叽喳喳地骚动起来。

苏首领在人群中扫视了一下，说道："梁安蕾！"

我睁大了眼睛。他为什么要喊我的名字？

康总督的目光先找到了我，眼中流露着饥渴的目光，唇角好像微妙地冷笑了一下。

我的心脏一瞬间停止了跳动。是我……他想要我……

在我意识到这事情之前，我的双腿已经开始不由自主地跑了起来，而当我彻底回过神来，我只想它们能跑得再快点、再快点。

第四章

我的家，我的心

我不知道我在往哪里跑……我只是不能再待在那儿。我的内心不停地催促着我跑下去。快跑……快跑……我大脑里只剩下这一个想法。

"安蕾！"母亲的声音在我耳内回响，但是我没有停下脚步。

康总督怎么会选了我？我根本就不是当官的会看上想娶的那种姑娘……就算在我表现最好的时候我的举止也很是粗鲁。他有没有意识到我和那天晚上他瞧不起的浑身是泥的农民是一个人？

余光瞥到一座桥，我一个急转，跑了过去。我钻到木头做的桥拱底下躲了起来。潮水还很低，在桥墩和滔滔河水之间有几尺长的土地，足够我落脚了。

喘着气，我向后靠在桥墩上。我该怎么办？

我身体里的每一寸都为将要嫁给总督的前途而感到厌恶。不仅是因为他老得都能当我爸了，也不只是因为他对我和我的人民表现出明显的轻蔑，还有他对待我的态度——仿佛我是一件什么他可以购置的财产——他使唤苏首领把我像条狗一样招呼的时候，他的性格展现得淋漓尽致。

一想要嫁给他我就感到作呕。我不能一辈子生活在他的屋檐下，被迫满足他一切的幻想，甚至为他生孩子……这想法让我感到窒息。

有几分钟，我站在木桥的阴影里，希望我能就这样融在里面。我的思绪混乱不已，心脏狂跳不止。要是只有我自己，我当然可以拒绝总督，但是选择权不在我，而在苏首领。父亲和祖父都不在了的现在，村里也没有其他的男性亲人，首领现在就相当于我们家的家长——现在厉鬼已经杀掉村子里大部分人口，他已经是很多家庭的家长了。我们家大部分收入来自母亲缝制衣物、安水维修器件，以及我在黛蓝守卫里的津贴，但当这些都不足以补贴家用的时候，苏会来帮着补贴家用。他有权利安排我的婚事，不管嫁给谁，只要他满意，我就没办法改变。这不平等是我与生俱来的。

各种思绪冲进我的大脑。如果我没办法拒绝，说不定我可以逃跑。我不用太多随身品——一把武器和一点换洗的衣物就足矣。我可以在乡野中消失，永远也不用再见到康了。

"安蕾！"母亲从桥上看见我，失望的阴云笼罩在她憔悴的带着皱纹的脸上。

"我不能嫁给他！"我拼命地摇着头。"我不能！"

母亲走下桥走向了我，也走到桥的阴影下来。"安蕾——"

"这不公平！为什么我一定要嫁给一个我根本不认识的人？况且再说为什么总督会想和一个村姑结婚？"

"是苏首领坚持要联姻的。他担心如果黛蓝没有这么一个恒久的维系，在收到江珠之后，总督会食言，放弃他保护黛蓝的承诺。他这么一个有权有势的角色，即便是食了言也不会有人帮着我们说理的。"母亲的细眉因伤感而低沉。"我也不希望你的命运是这样。我想要你遇见一个能逗你开心的男孩子，希望你能不由自主地坠入爱河，意识到生命中不能没有他之后，嫁给他……我想要你拥有我和你父亲有过的爱情。"

"那就不要逼我做这件事！你就不能劝劝首领放过我吗？"

"我知道这对你一定异常艰难。"她的声音很温柔。"你在黛蓝很自由。我经常想你现在该结婚了，但是你从没有表现过任何想要嫁为人妇的样子，我也从没有逼你变成你不想变成的人。你如果嫁给了总督这一切都将改变……要求你做这件事并不亚于要求你牺牲性命。如果情况不是现在这样，我坚决不会把你交给他，但是现在危在旦夕的不只是你个人的命运。"

"可是……黛蓝有很多合适的女子啊！她们中肯定有人想嫁给总督做他的妻子！我们可以说服他，告诉他我不合适……我——我打扮得像个小子还跟厉鬼战斗过！我手上都是茧子，皮肤也黑黢黢的……总督要这么一个老婆干什么？"

母亲叹了口气："苏首领提出要给他找一个更有小姐仪态的姑娘。但是康总督是个要面子的人，你当场跑掉对他是个莫大的羞辱。如果弄得像是你可以拒绝他，他会感到丢了脸面。即使是我们尝试劝说他另择人选都冒犯到了他，因为这是在质疑他最初的决定。他说要么娶他选的妻子，要么就干脆不谈走人。"

"那他就会把他的军队一起带走。"我的心沉重了起来。"那江珠呢？他也不要了？"

"他是个总督，安蕾。你一直都在这儿生活，可能你理解起来有点困难，但是对这么一个位高权重的男人来说，颜面很重要。什么都不值得他丢脸。如果都知道他屈服于一个村里小姑娘的意愿，他的同僚们就不会再像现在这样尊重他了。"

"为了他的尊严，他宁可眼看整个黛蓝为厉鬼所毁。"

"正是这样。"母亲把手轻轻放到我的肩膀上。"问题是，你会做一样的事吗？"

我紧皱眉头，对她竟然会问出这种问题感到震惊："我每天晚上都在豁出性命保卫我的同胞！"

"但你拒绝总督的婚事，这就相当于把黛蓝再次推向万劫不复的边缘。"

我低下了我的视线。尽管我很愿意跟厉鬼战斗到最后一口气，但他们依然会夺取很多条人命，仅仅凭我一个人拼上性命是不够的。而总督的军队的战力比我们这些村民组成的乌合之众强何止百倍；仅仅那些机械龙中的一条就比我们守卫团全体加起来更能确保黛蓝的安全。

康总督是给整个村子的人带来了生路，只要我——还有江珠——作为交换。他本可以只带走江珠的，但是苏不相信他空口白牙的承诺也是正确的。一个联姻确实能保证他不食言。

"但是为什么他一定要选我啊？"我不解地喊道。

母亲给我了一个苦笑："你是个又美丽又有天分的少女，而且你女战士的表演是如此的耀眼夺目，选你也不是多么令人惊讶。"

不管其他，母亲的表扬还是令我的心感到温暖。

但她的表情变得更加失落起来："如果早知道总督在找新娘子，我一定会阻止你和你妹妹表演的，但现在已经太晚了。虽然我确实不希望你拒绝，但你还是有机会做选择。"

我的胸中涌上一股沉重感。如果我不同意这个联姻，我就实实在在地变成了萍华指责的那种自私的人。"不，我不会拒绝的。我发过誓，可以为保护黛蓝做任何事，即便是要我嫁给总督。"

"我为你感到骄傲，宝贝。"她亲了亲我的额头。"试着想想好的一方面吧。即便是你不在意总督的万贯家财，你也总说要四处走走看看这世界，他会把你带去他在铜秋城的宫殿，而且如果他中意你，他可能会带你跟着他一起出游。你甚至可能在他家里找到你在黛蓝没有的东西：真正的友谊。"

"我在这儿有不少朋友！"

她耐心地看了我一眼。"你在这儿有家人，有邻居，但是我觉得你还没在黛蓝找到一个真正的朋友——一个你真正信任敢委以重任的人。我说错了吗？"

有的时候我也好奇，如果厉鬼没有杀掉我们这么多人，把我变成这样的一个战士，现在我身上会发生些什么。作为一个女孩，我可能永远没有机会在战争中证明自己。我大概会屈从于压力结婚或者因为不肯听命被流放。我理解大家口中的传统女性——包括母亲、萍华，可能还有安水——但我生来不是这样。在我小一点的时候，我曾以为我长大就会变成那样，我看着一个个姐姐从女孩变成妻子——一天天待在家里做家务、照顾丈夫和孩子——以为我长大后也会想要这样的生活。但我已经十七岁了，却仍然没有一丁点要成为一个传统的贤妻良母的兴趣，我意识到虽然我尊重她们，但除非把我的心灵回炉重造，否则我是无论如何也变不成这种人的。

"我从来都不属于这里，"我低声地说。"黛蓝是我的家，但是……但是我其实一直想要别的什么东西。"

母亲点点头："我知道，你随了你姥姥姥爷的冒险精神。接下来的旅途会给你一个机会见识大千世界——还有其中的形形色色的人。不像黛蓝，可丁可卯的只有这么些人。说不定当你离开这里，你能学着跟他人产生实实在在的联系，或者另外爱上一个人。"

"我爱着很多人啊。"我嘟囔了一句。"我爱黛蓝村，我都愿意为了黛蓝的人嫁给那个总督。"

"这不一样。你是在爱着你的家乡，作为一个整体，但不是家乡里除了家人以外的某一个具体的个人。甚至你对你认识了多年的老乡亲态度像个陌生人。"她揉了揉我的头发。"我不是批评你的意思。我只是希望你不要把这个婚姻视作你在这里的生活的结束，而要把它看成一个新生活的开始。"

虽然我知道她的话有道理，但我还是很难从中得到什么安慰。"我会试试看。"

我强迫自己跟着母亲回到了广场上。康总督怒气冲冲地坐在他的椅子上，苏首领在台上来回焦虑地踱步。他一看见我，就立刻急慌慌地挥起胳膊，招我过去。

我磨了磨后槽牙。我对他做这个交易是带着怨恨的，但我也没法过于责备他，毕竟他也是做了他所认为的为了黛蓝不得不做的事情。深吸口气，我走上连着台子的台阶。康的眼神把我从头到脚扫了一遍，嘴角露出满足的笑。我很想一拳打上去，尽管他是那种会因为面子坐视一个村庄灭绝的混账，但为了我的家，我还是得忍。

"原谅我的无礼，总督大人。"我在他的面前跪下，尽可能地表现得卑微。"我为您的威严伟大所震慑，在我的名字被叫到的时候不知道如何是好了。"

"你不应该逃跑的。"康的声音很轻，我觉察到他的语气里有一丝嘲讽的味道。"你差一点就让你的村子失去保护了。"

虽然我的胃里恶心得翻江倒海，但是我还是设法没让它表现出来。

康把他细长冰冷的手指放到我下巴下，把我的头抬了起来，用他冷酷的眼睛与我的对上："你们的村长同意了我们的联姻，但是我想听你亲口说出来。"

这是个什么变态游戏？他这么指名要我还不够……他需要我自愿成为他的。他大概期待我会发誓无条件忠于他、全身心奉献给他吧。

显然我是没法让自己这么做，我回了一句："如果黛蓝能由你承诺保护，那么你能带走你想要的新娘。"

康点点头，显然很是满意，便转过头跟苏说："你在婚礼开始之前都看好了她，陪她一起去铜秋城。我们黎明时刻便出发。"

"是，总督大人。"苏低下头。

当我站起身来，我的目光越过这个高台看向广场中村民们的一张张脸。面向我的脸上挂着无数种表情，我不知道他们是怎么想的……可能对我的困境感到同情？或者奇怪为什么我要跑？抑或有些嫉妒？我猜在很多人看来我得到了莫大的荣幸：我会成为贵族，从此锦衣玉食。他们不会知道我多想跟他们换换位置。我已经在尽力像母亲说的那样往好处想，只是没法忽视我未来的命运就是永远被囚禁在镀金鸟笼之中度过一生。

我是为了我的同胞才这样做的，是为了他们所有人——不管他们爱我也好，恨我也罢。为了他们，我会做一个恭敬的新娘。

尽管我更情愿堕入地狱。

/ 第五章 /

江珠夫人

早上的日光洒在总督龙形的旗舰上，照亮了它古铜色与朱红色相间的船体。我跟着苏首领走上船沿的踏板，感觉自己正在往火坑里跳。两个机器人叮叮当当地走在我身边，不时发出蒸汽的呼啸声，它们带着我质朴的木制行李箱。昨天我回家收拾完东西之后，苏带着康的口信过来，说我不需要带任何的行李，因为到了铜秋城，他就会给我提供新的衣服。言外之意就是：总督觉得你的东西都是些垃圾，不该在他宫里出现。

无论如何我还是坚持要带几件东西。它们是我离开以后唯一与家的维系了。

我向岸边回望一眼，安水在那儿泪眼婆娑地看着我。她昨天一整天都假装为我感到高兴，演得真像，我差点就信她了。

"你真幸运！"她笑嘻嘻地说。"你会有很多漂亮衣服，有用人帮你梳头，还会有各种各样的珠宝！大家都很羡慕你。"

我咽下那些怨言，尽力配合她演："我到了那儿就会跟你写信讲讲这些东西。"

"可能你的夫君有一天也会让我过去找你的。"安水的声音颤抖着。"我能在宫里干活……"

在我们躺下以后，她蒙在枕头里暗暗啜泣着，这声音让我心碎。我想过去安慰安慰她，但是我又能说些什么呢？我没法保证我有一天能回来，更没法装作我到了铜秋城之后还有选择生活的权力。

我的人生已经不再属于我了……我现在和一件总督的东西没什么区别。

我的手指摸了摸我的玉坠，又把眼里的泪水眨了回去。我本想把它留给安水，但是她坚持要我拿着。

"父亲把它给了你，而且拿着它你就能想起我们来。"她接着交给我她一直在捣鼓的眼镜。"我做了这个，这样你晚上就能看得更清楚。它还没有完工，但是……大体上能用。"

"我很喜欢。"我抱了抱她，很感动。她花了数十个小时在这个小东西上，用各种机械和魔法做实验。不管这东西能不能用，除了玉坠，这就是我最珍贵的宝物了。

当我踏上旗舰的甲板时，我暂停了脚步，看了我的村庄最后一眼；那些坡顶的屋子、那些拴在岸边的小船。虽然我为将要见到铜秋城有些激动，但是不管它多壮观，在我心里它也永远比不上黛蓝村。

"安蕾！"苏严肃地看了我一眼："快点。你可不能让总督等太久。"

我有些火大，但还是没说话跟上了他。康总督和他的随从们昨晚登了船，看这样子，他也完全没有出来跟我们寒暄一下的意思。

往四周看了看，我感觉像是走进了一个被龙背着的小镇。甲板上盖着长方形的房子，一个巨大的三栋楼高的红顶建筑矗立在正中。五彩的绘画为本就用华美雕塑装点得壮丽非凡的外观画龙点睛，就像是整个建筑都披着金箔，嵌着红宝石和绿松石。我都怀疑皇上的旗舰能不能赶得上如此华丽。康一定在里面。半机械士兵守在铜门旁边，靠得这么近我才看清楚机械并没有换掉他们原来的胳膊，而是覆盖在上面，带着金属装甲和各种活动机构。

苏把我领进其中一个小房子，他的机械假肢在甲板上敲得咚咚作响。一个机器人打开了门，他示意我进去。

"这儿是你在行程中住的地方，"他说，"我的房间在船的另一侧，如果你需要什么，让机器人过去找我，我会尽可能帮你。"

我点点头。单独跟首领一起出行让我觉得有点怪，虽然他很早就出现在我生活中，我们实际上并没有多么亲近。

苏的眼神碰上我的视线："我知道这对你并不容易，你是一个非常勇敢的女孩子。"

我想挤出一个笑容，但是并不很成功："这个路要走多久？"

"因为总督的魔法，这艘船比最快的骏马还要快几倍。"苏钦佩地看了看四周。"我们应该在明天这时候就能到铜秋城了，举办婚礼是在后天。"

这么快？我惊讶地眨了眨眼睛。正常骑马走，要好几周才能到铜秋城。我不敢相信在不到两天的时间后我就要成为总督的第八房妻子了。这让我感到一阵恶心。

这趟旅途会让我看看大千世界……我一遍一遍地重复母亲的话，希望从中能得到点慰藉。但是有太多未知在撕扯着我，我目所能及的都是我被夺走的——我的家、我的自由。

机器人把我的行李放到房间的角落里，这个房间空空荡荡的，除了一张桌子一把椅子没别的摆设。一个长长的走廊尽头是第二个房间，里面摆着一张窄窄的床。金色的阳光从面对着港口的窗子外洒进来，我透过它看到安水站在妈妈身边。我拼命地在窗边挥手。安水看见我高兴了一些，也冲我挥了回来。

"安蕾！"一个男性的声音在低语我的名字。

我转过身，以为苏站在走廊里，但是他早已走到甲板中间去了。只有一个机器人站在我门口，齿轮和关节都没动过。苏看着一个半机械士兵拿着装着江珠的玉座子，它的大小像是一颗比较大的葡萄，在黎明把一切染成金黄的此时，依然闪着纯白色的光。当他指挥着半机械人把江珠放到他船舱里的时候——他在婚礼开始之前保管江珠——想象中我依然能闻到数百张纸在江龙殿前的仪式上焚烧所发出的烟味。

为了这个能打破江珠和黛蓝绑定的魔力的仪式，每一个村里出生的人在墨水里滴了一滴他们的鲜血，接着把名字写到一张纸上，那些太小不会写字的就由他们的父母或者亲人代写，接着拿一束香，把纸点燃。当轮到我的时候，我差点又想要逃跑了。一个人的拒绝——我的拒绝——就能让总督永远离开，不再回来。

为了他的尊严，他宁可眼看整个黛蓝为厉鬼所毁……你会吗？

这些话在我脑中一遍遍回响，我还是把我燃烧着的名字扔进了香炉里。现在，谁都可以拿走江珠了。

男子的声音又对我耳语，打断了我的思绪。这次我知道不是苏，因为他正在与一个战士说话。"谁？"我急转身，除非机器人，没有谁近到对我耳语。我细看着这机器京剧脸谱一样的面孔，难道它真的说话了？也许魔法也给了它声音。

"安蕾！"

这声音比刚刚还要大，而且它听上去……听上去是那么熟悉。

"爸爸？"我的胸口一紧。尽管我经常祈祷父亲的灵魂能跟我讲讲话，但过世的人应该在祈祷的时候出现，要么就是在梦里……从没有听过一个灵魂会在没有人呼唤的时候没有来由地出现。

不管现在是什么情况，只要能再见到我父亲，我也管不了那么多了。"爸爸！"

我在原地定着，期待着。但接着我能听见的一切都只是风在窗外划过，还有船员准备起航时发出的窸窸窣窣的声音。

这寂静像刀片一样切开我的心。我不由地想可能是我自己的罪恶感在呼唤我，怨我没能为他复仇。现在我将要嫁给总督，我已经没机会了。总督永远也不会允许他的一个妻子在外面四处奔波铲除厉鬼的。我会被重重看护、保护得好好的，和那只江珠没什么区别。

不过就算明白这一点，我也把父亲的剑藏在我的行李最下面。就算我可能永远不会挥舞起它了，我也不能忍受跟它分开。

地板随着引擎的发动颤抖起来。意识到我们马上就要离开了，我赶忙冲回到窗户跟前。我的家人们还待在岸边，好像全村人都在。当螺旋桨开始旋转，水面被搅得像是沸腾起来，大船动了起来，四周闪耀着魔法起动发出的金黄色的火花。

战舰起飞，机械战龙在两翼跟随，我一直待在我的窗边，眼看着黛蓝在我面前越来越远，越来越小，直到消失不见。

蓝天白云慢慢变成星星点点的夜。在我的窗外，一轮未满的月轻轻挥洒月光。我一整天都在盯着窗外的天空——那云朵缓慢难以察觉的舞蹈、那变幻莫测的蓝、那炽热的落日。就算是看着这样的美景，闲着没有事情做也快把我逼疯了。平时的话，我帮着母亲做做家务，或者练练武，一天就过去了。但是一个大家夫人是不会做这种事情的，虽然我还没有结婚，但我现在已经得照着结婚以后的标准过了。

前些时候，苏过来通知我结婚仪式之后，我会被称为江珠夫人，意思就是随着江珠嫁来的夫人。我只点了点头作为回应。确切地讲，我也没法拒绝。

把胳膊肘靠在窗台上，我长叹一口气。太无聊了，无聊到我想跳出去看看能发生些什么。我的手指跃跃欲动，想抓起父亲的剑在这地方开几个眼。

战士必须要讲纪律，不管在不在战场上。父亲曾经这样对我讲，而我一天都在脑子里重复这些话。脑海里浮现出他的样子——宽下巴、漆黑的大胡子，还有坚定有神的眼睛。如果他在这儿，他就会告诉我虽然不用再战斗了，我也必须守纪律。这意思是不能从窗户里跳出去，也不能在房间里练习舞剑。但这实在是太无聊了……

一个黑色的阴影在窗外掠过白色的云彩。我坐直身子，直觉让我行动起来。我见过太多次厉鬼现身的场面了。

我打了个激灵，赶忙把父亲的剑从行李里刨出来。我的束腰——女士束腰——让我能大体上像穿守卫服一样移动，虽然这装饰着扣子的高领子在我移动的时候总卡着我的脖子。

锣鸣在空中响起。半机械士兵迅速行动起来。当我收拾好跑到甲板上的时候，他们有些已经开始在跟不同形态的厉鬼战斗了。机械战龙用带着火焰的龙息一瞬间把一整群厉鬼点燃，在夜空中发出震耳欲聋的爆炸声。

热血驱使着我行动起来，我也冲进了混战之中。看到一个士兵跟一个人形厉鬼开始对打，我顺势从它身后把这个怪物一劈两半。附了魔法的剑身与它影子样的身体接触时发出的噼里啪啦的爆裂声让人舒爽，在我耳朵听来仿若天籁。

那个士兵只带了一把普通的剑，但是他好像也能对付这超自然的生物……我的目光落在他的机械臂上，意识到是他的半机械设备让他用什么武器都能达到伏魔的效果。

"夫人！你在这里干什么？"士兵一把抓住我的胳膊，金属的手指深陷进我衣袖里。"你必须待在里面。"

我张开嘴本想着抗议，但是余光瞥到另外一个人形厉鬼从甲板的另一侧向船舱跑过去。他脖子上闪闪发光的白色新月让我的身体像是被瞬间通了电，我立马甩开士兵的手。

愿天上地下神灵见证我的誓言：我定为你复仇，我的父亲。

我这一次不会再失手了。

这个带着白色新月的影子一样的人爬上了一间船室的屋顶。我全速跑过甲板，一脚跳起来，抓住屋顶边沿，一把把自己扯了上去。

暗影武士已经在几个船室之外了，他正沿着屋顶上相连的细细房梁跑。我拼尽全力追着他，伸出双手保持着平衡。

我追上他，抽出剑从上向他劈砍过去。他拿出他的武器挡住了我的剑，我们的武器在空中接触发出嘶嘶的声音。几个火花打在我皮肤上，但我不在意。他闪着荧光的眼睛仿佛带着嘲讽。尽管我看不见他脸其他的部分，但是我知道他一定在狞笑。我怒火中烧，把他的武器挡到一边再一次发起攻击。这一次，他用力的抵挡让我从房梁上失去了平衡。我脚没站稳，从房顶上摔了下去。

我落在甲板的一堆东西上。暗影武士在房顶后消失，在我刚刚要爬起来继续追他的时候一双有力的手抓住了我的两只胳膊。

"这是什么意思？"康总督自上而下地盯着我，冷酷的眼睛直勾勾地看着我的双眼。

"放开我！"

"我的妻子没有一个会做出这么野蛮的举动！"康把我拖向我的房间，身后的暗夜中爆炸声依然在此起彼伏地响起。机械战龙们在空中飞舞，蛇一样的身体在战舰上空一边扭动盘旋，一边发出沉闷的金属声。厉鬼分散开来，它们的尖叫在夜里回响。

我们一到房间，康就试图把我手里的剑夺走，但我紧紧地抓着它不松手。

"不！"我猛地把它从他手里扯出来，"这是我父亲的！"

康伸向剑的手停顿了一下。他脸上冰冷的表情缓和了下来："毫无疑问，你父亲教会过你纪律的价值。"

我磨了磨牙，恨他搬出我父亲来对付我。

"我允许你带着这把剑，就当是提醒你他对你的教诲。"他冲我露出一个宽容的微笑，好像他在赐予我世上最难得的恩惠。"但是你不准再用它了。检点一点，你会有更多这样的赏赐。你要是拒绝，你就知道我不是一直都这么慷慨的。"

他大步走回甲板，厉鬼们都已经消失了。暗影武士在夜空中已经无处可寻。我不知道他是被一条机械巨龙杀了还是逃跑了，但是有一点是确定的：我再次失败了。

感到无边沮丧，我瘫坐进椅子里。剑从手里滑落，我把脸深埋进双手。这是我最后一次战斗的机会了，最后一次复仇的机会了。

梁安蕾不在了。从此以后，我是江珠夫人。

/ 第六章 /

铜秋城

虽然只能管中窥豹，但我还是能看到铜秋城的街道在我的窗外像琥珀色的线一样蔓延。我现在一点也不像一位真正的夫人，因为康总督命令我拉下了车子里的帘子。颜色仿若红宝石的丝绸随着机械车子移动而飘动着，车子两边硕大的轮子在外面忽忽悠悠地转着。穿过帘子和窗框的缝隙，我能瞥见外面城市的一点样貌。或红或黄的柱子撑着坡顶的，大都两三层的建筑在街道两侧排开，描绘有花卉、龙虎的华美雕塑和五彩油画蜿蜒着装点在房檐、窗檐上。甚至是街边的小商小贩，不管是卖水果的还是卖零碎首饰的，都把摊铺装饰得富丽堂皇。午间的阳光洒在上面，镀金的漆面反射出耀眼的光。母亲有一点说得没错：同意这件婚事是给了我一个能见识见识这座壮丽的城市的机会。

机械龙在我们上方的高空扭动着身躯。据康所说，没有什么魑魅魍魉能够不被它们发现而穿过铜秋城的边界，能在厉鬼伤害到什么人之前轻而易举地阻止它们。不久之后，黛蓝也会如此。

街道上熙熙攘攘，充满各行各业的人。在离开总督的舰船之后这短短一小会儿，我已经见到了比黛蓝全村还要多的人。有些穿着简单的蓝白色服饰，和村里乡亲没什么区别，但另一些人大不一样，浑身都是丝绸，上面还刺着绣。虽然男人们扎着寻常的辫子，女人们却用发带和雕花的发簪把头发梳成各式各样。他们一个个在我看来都像是贵族，却都跟普通百姓一起在纷乱的街道上行走，这让我觉得很纳闷。我才知道铜秋城已经富裕到这种人都算不上什么上流人士了。

几个行人朝我的方向好奇地看了看，又跟附近的人窃窃私语。他们定是在猜测总督新纳的新娘子会是谁。我倒想把帘子掀开让他们切实地看看我：一个穷苦出身的村姑，辫子乱七八糟，双手满是老茧，还晒得黢黑。我干吗非得一直都藏着掖着？非到总督的仆从们把我盛装打扮描眉画眼之后才能出来见人？是他选的我，那他的手底下的老百姓就应该看清楚他们的这个新江珠夫人实际上是个什么样。

但是我父亲关于纪律的教诲一直在我脑海中盘旋。

今天的自制带来明天的馈赠。对未来的你好一点。

把我未来的丈夫惹毛了可带不来一点好处。

车子的引擎冒出白色的烟雾，微微地模糊了我看向窗外本就没多清楚的视野。一种稀薄的闪着光的薄雾弥漫在整座城中，让它的一切都变得朦胧。一开始，我以为这是某种雾或是水汽，但接着我才发现这城里有多少机器在一边喷着白烟一边散着魔法的火花。尽管我已经看习惯了黛蓝街上跑来跑去的要么拉着谷子要么载着客的机械马车，但在铜秋城，这场面就像是有起码一万个魔法师没日没夜地在创造各色的器具。铜做成的动物或是在向着店铺疾驰，或是跟着主人溜达；机器人在人群中漫步；孩子们追着上了发条的蝴蝶嬉戏，它们闪着黄色的光；爪上带着卷起的字条的金属鸟在窗间呼啸，翅膀像刀片一样划开空气。

安水会爱上这里的。我咬了咬嘴唇，不知道这辈子还能不能再见到我的妹妹。

我的眼前闪过一道阴影。有什么不对——我的直觉这样告诉我。我赶忙把一只眼睛贴到了缝里仔细往外看。

接着我又看见了—— 一个身影飞快地钻进了前面的一家店。这个人移动得是那么快，我唯一能看到的就是一连串模模糊糊的灰色影子，消失在一家销售玉雕和各色工艺品的华丽店铺门口。尽管里面站着两个好像在互相讨价还价的穿着考究的男的，他们都不像是注意到有这第三个人进入。

当车子驶过的时候，我一直紧紧地盯着店门口，这儿绝对是有什么不太对劲。几秒钟后，那个身影现身在店铺左边的巷子里，显然是从窗户里爬出去的。他顿了一秒，但已经足以让我看清这是个男人了，或者起码他穿着男人的衣服。一只手里攥着一个黄色的东西……看上去非常像一只丝质的零钱包。

"贼！"我把脑袋探出车外，重重地把手指向贼的方位。但是因为我让自己暴露在整条街的视线之下，大家比起听我说什么更愿意盯着我看。

那个贼转向我，但是一块灰色的布把他的脸遮住大半。出人意料的是，他的额头还留着头发……事实上，他都没有辫子。黑厚的头发盖到肩膀上，这是个外国人的发型——我之前没见过有哪个男人敢不遵守帝国要求的发型。可能他不是个男人——我也不止一次地穿过男装。但是这头发还是很奇怪；我也从来没见过哪一个女子披头散发的，小姑娘都没有，除非是早上刚刚起床。

两个闪闪发亮的黑眼珠定定地看着我，一刹那，我们四目相对。接着这个贼冲我挤眉弄眼一下并朝着巷子深处飞快地跑走了。

混蛋！这股子傲慢把我激怒了。这个贼别想偷了东西还能溜走。

我跳出车窗，几乎没听到周围街上人们的惊呼。整个世界都模糊下来，只有我面前需要走的路线变得越发清晰。我跟着这直觉走，穿过拥挤的人群，朝着我看见那个贼逃跑的方向追了过去，在男人、女人，还有机器人中间穿行。我冲进商店旁的小巷子，正好看到那个贼在角落拐了一个弯。

远处，人们在吵吵嚷嚷，叫唤着："那姑娘是谁？""那是不是总督的新娘子？"还有"小姐！快回来！"尽管我耳朵里听到他们发出的动静，他们说的意思在我脑海里却都消失了。我现在只知道一件事，那就是有一个贼犯了罪正想要逃跑，而我得阻止他。

我看了一眼前面那个飞一样逃跑着的轻盈的身影。一串清脆得像银铃一样的笑传进我的耳朵。很显然，他觉得我竟会想追他十分的滑稽。傻子！等我追上你你就知道是谁更滑稽了。

随着我离主路越来越远，街道也变得越来越狭窄肮脏。两边的建筑也没有了那些油彩和浮雕，这些简朴的木房子倒更像是黛蓝村的了。

那个贼绕着其中一个房子进到一条胡同里，我也跟他跑了进去——接着突然停了下来。

他没有再继续逃跑，而是蹲在了泥泞的街边上。一位衣衫褴褛浑身脏兮兮的光着脚的老人靠坐在墙边，面前摆着一个破破烂烂的陶碗。这是个乞丐。

出乎我意料的是，那个贼把偷来的钱包放到了老人的碗里。

乞丐感激地低下头。"多谢，蒙面盗侠。"他颤颤巍巍地用满是皱纹的手拾起钱包，接着抬头看着天空说："愿天上地下的神灵保佑你，小伙子。"

当看到这一切，我的怒火消散了。一个华丽商店里的男子、一只丝绸做的钱包、一位街边无家可归的老乞丐……我什么都明白了。

沮丧和钦佩混合着在我胸口回荡。我没法此时把这贼抓起来。我不忍心把钱包从老人那里拿走，但是没它我也不能证明这个蒙面的男子就是刚刚偷东西的贼。

他站起来，回身面向我。虽然蒙着面，但是从他亮晶晶的眼睛里我知道，他正冲着我笑："你应该回你的车上去，小姐。"

接着，他跑走了，这一次我却没有继续追。我的心脏还因为刚刚的追逐怦怦地跳，紧张感一过，四肢的酸痛和疲倦向我袭来。我眼看着蒙面盗侠消失在一处歪歪斜斜的木房子后，好奇他究竟是谁。这人得多么自大又愚蠢才敢在光天化日之下行窃——还正好就在总督的护卫队眼皮子底下？他又是个什么贼，会把冒这么大的风险偷来的东西送给别人？

他仍然是犯了罪的，我提醒我自己。我不知道是不是应该这样放他走，是不是我做错了。但我要是明知道这赃款来自根本不差钱的有钱人，还要把它从一个急需救济的老人那里拿走的话，那我得成什么人了？

"江珠夫人！"

伴着脚步声，一个男人浑厚的嗓音从街的一头响到另一头。有一瞬间，我都没有意识到他在叫我。

我还不是江珠夫人呢！虽然只剩这一天，我今天也仍是梁安蕾。

我面对着赶来的士兵——那艘飞行战舰上的其中一个半机械人。嗒嗒的马蹄声从他身后传来。

康总督坐在马背上，两名士兵保护在他的两侧。他的声音震耳欲聋，仿若轰鸣的雷声："你怎敢违抗我的命令离开你的车子？"

"我看到一个贼！"我大大方方地回复到，"在黛蓝，每个人都有义务制止犯罪。"

"你现在已经不在你村里了。"康居高临下地看着我。"我以后不会再容忍你这种类似的行为。"

你没资格命令我！不过我还是把这话咽了回去。尽管我十分希望这是真的，我内心里明白这只是幻想罢了。

使劲咽了咽口水，我低下头："对不起，我不应该这么冲动。"

康的嘴角向上一扬："很好。有进步，但是如果这种事情再发生一次，你就要受教训了，明白没有？"

愤恨涌上心头，我狠狠攥紧了拳头，指甲深深陷进掌心。如果他觉得我会让他打我或是把我关起来，那他就大错特错了。但我还是没法克制住我的恐惧，忍住脊柱上传来的阵阵凉意。

他回头对着士兵说："把她带回到车里去，告诉每一个看见她的人她只是个下人——只是个替身，我真正的新娘到宫里了。"

"遵命，大人！"当总督和他的护卫离开的时候，士兵抓住了我的胳膊。

他像是对待一个下人一样拽着我在大街上走，一边跟所有人解释说我是新娘的女佣。

我的新头衔可能是个夫人，但就算他们把我拾掇干净、描眉画眼，再给我穿上名贵丝绸，我也只是个待遇好一点的奴隶罢了。

第七章

木偶娃娃

形状仿若十数条锦鲤游成一个圆的巨大金色镜框里，一个奇怪的姑娘和我四目相对。这些锦鲤的身形在纸窗外洒进来的柔和日光下闪闪发亮，栩栩如生到这些涂着红漆的雕刻仿佛下一秒就要摆脱桎梏，游向那个姑娘，让她窒息——让这个诡异的、在镜子里坐在我的位子上的木偶娃娃窒息掉。

虽然我曾为表演画过浓妆，这次感觉却截然不同。那个时候，我要么变成传说中的角色，要么变成神秘兮兮的生物。那全都是表现力的一部分，是为了取悦观众怎么夸张怎么来。而且那时候我都是自愿的。

但我现在是被逼着变成了这个浓妆艳抹的姑娘，嘴上带着不自然的唇彩、脸上涂着过了度的红妆。这就是江珠夫人，总督的妻子。如果是自愿成为她，那有可能我会觉得她还挺美。但不一样的是，现在的她不是完整的我。尽管她穿着迷人的绘着金色长龙的红丝裙，但她看上去就像要不久于人世一样。宽大的水袖及腰，而那裙摆在她踩上那双装点着五彩花朵的高脚鞋时刚好及地。这双鞋的鞋底模仿着马蹄的样子，看着穿上了其实几乎没办法走路。当然江珠夫人想走路也没地方去，她已经被禁足于总督府的宫殿中，不得迈出一步。

虽然这宫殿看着十分宏伟——延展在铜秋城正中就像是一座被红墙隔开的城中之城——但它也可能只是座大一点的监狱，不对……是大一点的墓冢。这让我很难喜爱这些金顶的红房子、这些漆着花的廊道，毕竟是它们把我和我向往的生活隔绝开来。甚至连那富丽堂皇的总督府大殿，它那有金色龙盘延的红柱、那屋檐上雕刻得栩栩如生的十二神兽在我看来也都是阴森森的带着不祥的气息。那些两边立着雕像的大理石台阶、花园里美妙的花田和精致的假山、殿宇上错综的琉璃瓦……这一切都因为我无望的命运而在我眼里笼上了一层阴霾。

所有的希望尽失，这场婚姻给我带不来任何的好。这不是母亲希望的我的人生，我也再没法过上那样的生活了。

镜中的女孩顺从地让陌生女人为了婚礼一点点打扮着，我的心在不停地颤抖。我不知道为什么胸口填满了恐惧。除了那一天眼睁睁地看着暗影武士杀死了我的父亲之外，我这一生从没有这般恐惧过。

这些身后的女人们——她们是总督其他夫人们的仆从，为了我的婚礼暂时被叫到这里——把我的头发梳理成一个典雅的发髻。除了让我站起身来或是抬起胳膊抑或是挪挪脑袋之外的指示以外，她们一句话都没跟我讲过；如果她们是忠于她们各自的主子的话，那就没有任何理由欢迎一个新夫人。就算我跟他们在一起，我也是孤身一人。

我的脑海里描绘了一下我未来的场景，在那些漫长空虚的日子里，只有总督会造访。我想象着这个可怕而恐怖的男人触碰我的皮肤，索取他作为丈夫的权利……这想法让胆汁涌上了我的喉头。我要怎么活下去？要是他想要亲吻我，我可能会在我意识到我在干什么之前就把他掐死了。

但这些有权有势的当官的会因为一个人的罪株连九族，几代人都不放过。如果我对他行为不当，康总督会毁掉我的整个村子。在他拥有铜龙的军队面前，黛蓝没有任何机会能够幸存。他就像是俘虏了这一切——我的家庭、我的乡亲、我这一生所见过的所有人。我没有别的任何办法，只能顺从他的意愿、忍住我的愤恨。我怀疑地狱的酷刑都不会有这么残忍。

在镜子里，江珠夫人和我四目相对。她的眼神已死。

我生不如死。

我的心脏感到一股难以忍受的痛苦，尽管我拼尽全力克制身上的每一块肌肉，还是发出了止不住的颤抖。

"你没事吧？"一个女人关切地看着我。

我深呼吸了几口气，试着控制住我心里涌动的血液。但是这没有用：没有人能在溃坝的时候止住洪水。"都出去，所有人。"

那个女人皱起眉头："但是……"

"滚！"我重重地把手指向门外，"滚出去！"

她的眼睛因为恐惧睁得老大："如果你在典礼上迟到了，总督会惩罚我们所有人的。"

"我——我只需要几分钟。"我破了音，"请出去一下——就五分钟。"

那个女人犹豫了一下，接着点点头。她转向其他人，示意她们跟她一起离开了。

她们一离开我的视野，我的双腿不听使唤似的瘫倒在地。不受控的泪水从我的双颊处滑落，我把双手按在眼睛上，拼命要把眼泪憋回去。空气凝重到我感觉窒息，我拼命地大口大口喘气。

完了……全完了……

我将永远不能再不管不顾地在黛蓝的街上自由奔跑了，也永远不能再跟黛蓝守卫团一起保卫家园了。我所知道的一切都永远地消失了。

未来我要迎接什么呢？永远处在恐惧中，担心任何的错误都会葬送掉我的家庭、我的同胞。永远要谨言慎行、忘记我作为战士的一切。

永远作为康总督的妻子和他生活在一起。

还不如那晚暗影武士把我也一并杀掉算了。

我把手摸向我的玉坠，它藏在我婚服的高领之下。尽管我的手指只是摸在丝绸上，我还是能感受到它温润的质感。这宝石让我感到平静，心中浮现出父亲的样貌。他可以为了黛蓝付出他的生命。我一样也可以。

我深深吸了一口气，强迫自己站起身来。镜子里那个奇形怪状的玩偶娃娃脸上的妆花得一塌糊涂，看上去更诡异了。她是个可悲的自怨自艾的玩意儿，我不想再看见她了。明天不会因为我害怕而改变。我无论如何也要保存下我现在仅存的尊严。

我匆忙把脸上擦干净。那些女人们肯定就要回来了，不能让她们看到我这副模样。我在表演的那些日子里学会了怎么把弄乱的妆补好。趁她们都还没回来，我赶忙把脸上的脏污擦抹干净，但是对我眼球上的红血丝我是怎么也没办法了。

突然，吵闹划破天空，伴随着慌张的脚步声。我转身面向门口，两个康的护卫，还有他的一个半机械士兵拿着他们的武器冲了进来。他们转过来走过去，长辫在肩膀上甩来甩去，显然在找什么东西。

我紧了紧眉头："出什么事了？"

一个护卫看了我一眼："宫里进贼了—— 一个蒙着面的没辫子的男的。"

蒙面盗侠？他一定是自大到了一定的份上，才会想在总督大喜的日子跑来宫里偷东西。

"你看到什么没？"护卫问道。

我摇摇头。就算是我看到了，我也不会告诉他们。就让这个理想主义"智障"拿点总督的细软给那些乞丐又怎样。我操什么闲心呢？

"把所有地方找个遍！"康的声音如雷鸣般在外面的走廊里响起。他大步流星地走进房间，脸气得发紫。"你！你和这事有没有关系？"

我惊讶得下巴都要掉了："当然没关系！"

在我还没来得及问他为什么会这样想的时候，苏首领跟着急匆匆地赶来，他的那条机械腿拼命地嗡嗡作响。"大人，我向您保证，我们和您一样想尽快抓住那个贼。我们无论如何都不会打破对您许下的承诺，为我们族人蒙羞的。"

"发生什么了？"我问道。

他转向我，脸上的表情充满恐惧，嘴唇颤抖着："江珠被偷了。一个护卫看见一个蒙面窃贼带着它跑走了，但是他现在不见了。"

我深吸一口冷气。我知道蒙面盗侠胆子很大，但是我永远也想不到他敢偷走江珠。他不是抢了总督——他是抢了黛蓝。该死！我当时就不应该放他跑！

康的眼睛闪了一下："没有江珠，我就不能娶她！而且我也不会在黛蓝部署任何部队。拿珠子和联姻换我的保护——这才是我们约好的。"

"我们以此为荣！"苏双手合十向前伸出，做出请求的姿势。"我们也和您一样，甚至比您更想抓住这个贼！这关乎到我们村的荣耀和安全，只要能把江珠拿回来，我们愿意做任何事。"

"没错！"愤怒像火焰一样在我胸口燃烧。不管那个蒙面盗侠有何意图，他这样会毁掉我付出的一切牺牲。"如果嫁给你意味着保护我们的村子，我不会让一个小毛贼阻止这一切的。"

康的表情放松下来，朝我浅浅一笑："抱歉，我的新娘。当然你跟我一样期待这场婚姻。"

我咬了咬牙，克制……

他接近过来："你和那江珠都会是我的，我会当着你的面手刃那个搅局的毛贼的。"

我的肠胃里翻腾着恶心的感受。我不想让蒙面盗侠去死。但是我也不想现在再说什么——尤其是这贼很显然不在乎因为他我们全村人都有可能一起完蛋。

康转向了他的护卫："我要活着抓到那贼，当众处决，给其他的罪犯一个下马威。最重要的是，我要拿回江珠。听明白没有！"

"遵命，大人！"护卫们纷纷冲出房间，有的去传话有的继续搜索。

康总督跟着跨步走出房间，他金色的长衣的下摆在身后飘荡。苏首领跟着他，我猜他大概是要继续请求原谅，尽管他什么也没做错。我为他感到难过。他也像我一样只想要黛蓝能安全，但他又很无力，除了请求总督保留我们的约定之外什么也做不了。他大概意思是让我在守卫搜查窃贼的时候乖乖待着。

但是我从来没学会等待。

第八章

蒙面盗侠

苏首领说得对，这关乎我们村子的荣耀和安危；这也是如果康总督或者他的手下抓到我的话我会用到的辞藻。这深夜是如此宁静，我都能分辨出远方机械巨龙在空中巡逻保卫城池免遭厉鬼袭扰时发出的嗡嗡声。月光照耀在装饰华美的街边商店上，纸灯笼在我头顶上空舞蹈，里面却没点着火，取而代之的是悬浮其中闪耀着的魔法光芒。我风一样沿着昨天晚上我追逐蒙面盗侠跑的路线跑过人群，没一个人多看我一眼。把脸上江珠夫人的妆擦干净，我普通得没人会注意到我，这也是我想要的。

康的护卫们在大街上四处巡逻，盘问着碰到的每一个路人是否看到过一个蒙面男子。那些半机械士兵用闪着荧光的机械眼盯着他们审问着的每一张脸。经过他们时，我的脉搏都在加速，不过幸运的是，没一个人注意到我。

街道变得越发狭窄，建筑也变得简朴起来，灯笼也不再密集。一股臭气弥漫在空气中，那是未经处理的污水和腐烂的垃圾发出的。这里是铜秋城的贫民窟，是我上次看到蒙面盗侠的地方，但是现在有些漆黑，仅凭肉眼也看不见什么。我不想吸引别人的注意，因此也没有带上任何照明的器具。是时候看看安水的眼镜好不好用了。

我从肥大的裤子口袋里掏出眼镜，戴到眼睛上。像是有盏灯在上空把街道照亮了一样，视野变得稍稍明亮了一点。安水没机会告诉我这镜片的工作原理，但是我知道镜框旁边的这些小齿轮不是为了做样子，所以我尝试着拨了拨其中一个；剩下的也跟着咔嚓一响。街道变得更明亮了。虽然不太亮，但也足够我看清脚底下的路而不会被绊倒了。

我继续向前赶路，我兜里沉甸甸的金制发簪随着我的步子一下一下敲打在我腿上。这是我婚服的一部分，但是我猜应该没人在意它的去向。总督府富可敌国，不会因为丢掉一件小饰品大动干戈的。就算会……嗯，那也是我之后才要头疼的事情了。现在，更重要的是要找到江珠的去向。

我找到了那个老乞丐，他还倚靠在昨天同样的位置上。他抬头看看我，双手合十。"夫人，请您行行好，帮帮我这么一个孤苦伶仃的老头子吧。"

我梗着脖子："我不是什么夫人。"

"可能现在还不是，但也很快了。"

他一定还记得我。我蹲在他的面前，从口袋里拿出那个金发簪："我想做个交易：拿这个换你知道的关于蒙面盗侠的一切。"

老人退却了："不……夫人，算了。我不能出卖他。"

我有些不悦："为什么？"

"他对这座城里我们这些被遗忘的人们来说是一个英雄。"乞丐挥着手臂。"这儿没人会想让他死。"

"他哪算得上英雄！"

我拿起那根簪子："总督府里这样的宝物有成千上万，但这蒙面盗贼却拿走我们村子赖以生存的那一件。如果康拿不到江珠，厉鬼会扫平我们的村子的！"

老人的白眉因同情微微低沉："蒙面盗侠一定不知道那珠子有多重要。"

"我不管他知不知道。如果我没能取回它……"我打了个寒噤。

"你只是想要追回那宝珠吗？你不想蒙面盗侠被处决？"

我摇摇头。我是挺想让这个毛贼为他带给我的痛苦买单，但我不想他死。

老人捋了捋他的长须："我会告诉你蒙面盗侠的藏身之处，但是除非你肯帮他从城里逃走。你肯以你父亲的名义发誓不让他为总督所杀吗？"

我咬了咬牙，想了想，点了一下头："我发誓。"

他眯了眯眼，示意我靠近。我把头倾过去，他冲着我的耳朵轻声讲道："他藏身在一处废弃的房子里……你应该能在那儿找到他。告诉他是老顾送你过去帮他的。"

"谢谢！"我点点头表示感激。我很怀疑那盗贼会不会想要我帮忙，但是我会信守承诺的。不管到底是贪婪还是蛮勇作祟驱使他盗走了江珠，只要把它拿回来就够了，就算是要我帮助偷走它的人逃跑也无所谓。把那金簪子放到乞丐的碗里，我说："拿着它吧，现在你告诉我，我该怎么找到那间房子？"

我在阴影中静悄悄地走过，寻找着老顾告诉我的废弃的危房。余光瞥到一个半机械士兵，我赶忙躲到一辆马车后面。他截住好几个路人，询问关于窃贼的事情，但是没有一个人透露半点消息。我等着他走过，心脏紧张得怦怦直跳。

终于，士兵沉重的脚步声在远处慢慢消失，我可以出来继续沿着街道按老顾的描述找寻那个建筑。这一路上没再碰到其他的守卫；我猜他们分散得太开，没办法每条街都照顾到。不过多亏了安水给的眼镜，让我能藏身在最黑暗的阴影里，躲开他们的视线。

一个石狮子坐在一扇破旧不堪的大门前。黑暗和孤独是城市这一部分的主色调；街上一盏亮着的灯笼都没有。我把眼镜塞回裤兜，让月光照着我接下来的路。

我推开门，摇摇晃晃的转轴发出吱吱呀呀的声音。我走进一间有着宽大窗户的空房间，楼梯上闪过一个阴影。

"别跑！"我冲向他消失的方向。

我奔上二楼，正好看见那贼正要翻出窗台爬上外面的屋顶。我一把抓住他的脚踝猛地一拉，把他扯了下来。

他也没被绊倒，反而借着力冲了进来，一拳把我撂到。

我骂了一句，从地上弹起来从他身后抓住了空档，锁住他的腰。他使劲一转身，回身把我甩飞出去。战士的直觉让我回身翻了个跟头，没有摔得太狠。

月光从窗户外洒进来，这点亮让我看到了地上的一截竹棍。我抓起它来，当那盗贼再次跑向窗户的时候，我把棍子横扫向他的下盘，一举把他掀翻在地。

这次轮到他骂街了。站在他跟前，我用棍子指着他，但是还没等我说话，随着啪的一声，棍子上传来重重一击。很显然地上不止有我手上这一根竹棍。

看到他从上劈下的动作，我迅速双手持棍往上一举，把他的攻击格挡下来。

他用力压下来，想要用蛮力把我推开，这时他蒙了面罩的脸也正好让一片斑驳的月光所照亮。我看到了他乌黑的头发从面颊两边披散下来，仿佛雕刻一般浓密的剑眉下炯炯有神的双眼与我的相对，其中闪烁着笑意："为什么每一次我碰见你，你都想杀了我？"

"要是我想你死，你现在早就是个死人了！"我把棍子向下一甩，把他的挡开。"我不是来取你性命的！"抬起一只脚，我把膝盖撞向他的胃部。相比我的实力，这都算不上什么攻击，但这也足以把他踢回去吓他一跳了。

他没有惊出声，反而哈哈一笑："你确定？"

再一次，他的竹棍又向我挥了过来。我本想冲他吼"蠢蛋！我是来帮你的！"但是在电光火石的互攻中我没机会把这话说出口。

我们面对着面在房间里游走，仿佛在跳着什么奇异的舞蹈，我们的竹棍击打碰撞到一起发出噼里啪啦的声音。光线的不足让我没办法找到他身上所有的空当，不过我想这对他也是一样。他一直在试图把我抵出他的道，这样就能找到一两扇窗户逃走了，但是我不会轻易让他这么溜走的。当我们的武器再一次碰到一起的时候，他爽朗的大笑划破夜空。我恼火地意识到，他现在就是在耍我，这对他来说就是个笑话。恼羞成怒的我攻击得更猛了。

我设法把他推到墙上，我们的棍子锁到了一起。

"先听我讲完！"我咬着后槽牙说，"是老顾叫我过来帮你的！"

他皱了皱他的眉头："什么？"

"如果你把江珠还给我，我就帮你躲开总督的守卫。"

"不成。"他试着推开我，但是我把膝盖重重踢向他的腹部，把他撞到墙上。尽管他弯下了腰，但还是举着武器。他又笑了笑，虽然声音里已经有了些痛苦："你确实下定心思要嫁给总督了，对吧？要是没有江珠他就不肯娶你……这就是为什么你这么拼命要把它拿回去，对不对？"

他语气里的嘲讽态度让我怒火攻心。一阵莫名的气力涌了上来。我用力扯下他手上紧握着的武器："我全村的性命都寄托在这珠子上！"我把棍子的末端抵到他的喉咙口，站在他身前，我们离得近，就算是隔了层面罩我的脸都能感到他呼出的气息。"我要拿它回去救下我的同胞！"

"我也一样。"他刚刚嘴里的轻浮口气消失了，"没有了它，他们将万劫不复。"

"你什么意思？"

"要是你放开我我就告诉你。"

"你以为我会相信你！"

"那我们就得接着打了。"那嘲弄的态度又回来了，"不过，我累了。你觉得换成舌战怎么样？我以为小姐们争执的时候都喜欢文明一点的对话。"

我满脸怒气。他怎敢还跟我开这些玩笑，现在是我占据着优势好不好？"现在我只需要动动手指就能让你窒息——接着就能从你尸体上带走江珠了。"

"那你为什么还不动手？"他挑了挑眉毛，"如果你像你说的这么残忍，我倒很想见识见识。"

"难道这对你来说就是个游戏吗？"

"活着就是一场游戏，小姐。所以你到底还要不要杀我？"

我瞪着他。尽管现在十分愤怒，但我也永远不可能就这么冷血地杀掉一个人。他也一定深知这一点。

我们就这样无声地僵持着，面对着面，相隔不过几厘米。随着肾上腺素逐渐从身体里代谢掉，我感到一股深深的疲倦，汗水从额头上流了下来。他沉重的呼吸也告诉我这战斗把我们双方的体力都耗了个一干二净，但我也很怀疑我们俩是否真的有一个会退让。

可能退一步交涉一下也不是个太坏的主意。毕竟，这也是我来这儿的目的。但是如果我放开他，他可能就能从窗户那儿跑掉，那一切就又回到原点了。我需要某种手段来交涉："摘掉你的面具，告诉我你的名字，之后我就放下武器跟你谈谈。"

"那么，你是决定要说道说道了。不过你看到我的脸又能怎样？我本来也不难认出来。"他说着呼出口气吹开挡着他眼睛的一缕头发。

"发型能变，脸不行。"

"我可不能保证。至于我的名字——你指望我会告诉你我的真名？"

"为什么不呢？你一定已经知道我的名字了。"

"梁安蕾。"他说我名字的调调听上去像是在唱歌，我想他又在嘲弄我了。"或者你更喜欢被叫成江珠夫人？"

我眯了眯眼："叫我安蕾。现在你告诉我你的，这样才公平。"

他机警地看了我一眼，犹豫了一霎，他说："如果这是你的条件，那当然没问题。但是我得脱得开手才能拿开这面罩啊。"

眯着眼睛，我谨慎地后退一步但是依然抬着武器。他双手够向后脑勺，解开了灰色的面罩，扔了下来，露出一张棱角分明的令人印象深刻的脸，一瞬间我就知道这张脸我永远也不会忘记。他不羁的发型让他看上去十分狂野。从他那光滑的皮肤和年轻的样貌看来，他比我大不了几岁。

我慢慢地放下手里的棍子："我放下武器了，到你了。"

他冲我咧嘴笑了笑："我的名字是太。"

"你的姓呢？"

忽然他的脸上闪过一丝奇怪的表情——像是痛苦，但又不只有痛苦，这表情带着更强烈的情绪："这不重要。"

考虑到他是个贼，我想他大概是个孤儿。但是我是为了江珠来的，不是来听人讲述什么悲惨身世的："好吧。现在请你告诉我，你刚刚说你需要江珠拯救你的同胞，这话是什么意思？"

/ 第九章 /
骑虎难下

太滑坐到地上，背依然靠着墙。阴影吞没了他，我只能看到一个黑色的身影，在月光下映出了隐隐约约的轮廓。

我定了定神，做好立刻冲上前去的准备，以免他再试着干什么有的没的的事情："说吧？"

他大声地喘了口气："你知道魔王吧？就是地狱里的那个。"

"我当然知道。"每个人都知道，罪人会被打进的黑暗地界，传说中它的入口在那大名鼎鼎的黑火山底。那地方为残暴的魔王统治，充斥着残虐不可告人的酷刑。每一层地狱各自惩罚一种罪行，因为罪有无穷多，因此也有无穷多层地狱。很多人都曾写过其中有着什么，但是因为去了那儿就别想再回来，因此没人知道那里到底是什么模样。那为数不多的逃脱回到人间的魂魄也都被折磨得不成形，以至于话都不会说了。"那些下地狱的和这有什么关系？"

"我们的同胞被魔王困到地狱里了。"一道月光此刻穿过云层，打在太的脸上，正巧照出他紧紧绷着的面孔。"我不知道他是怎么做到的，也不知道是为了什么……我只知道我必须要找到一个解救他们的办法。"

"魔王诅咒了你一整个村子？"

"不完全是。他受制于天法没办法杀掉他们，但还是能把他们一直关着。除非我能找到一个办法把他们救出来，不然他们只能永世和恶魔怨鬼做伴，不得超生。"

当我想到地狱里有无辜的人正被迫忍受着只有穷凶极恶之徒才会受的折磨时，我不禁感到一阵战栗，仅仅是旁观都会是恐怖非凡。"那……太可怕了。"

他抬起头看向我，月光照亮了他的双眼，深邃的黑瞳里，愤怒和痛苦交织在一起："我是当时唯一一个逃跑的，为了找到解救他们的方法已经奔波数年。直到最近我偶然知晓了江珠的力量。"

"你觉得江珠能从地狱里把你的同胞解救出来？"我不屑地哼了一声。"这破烂都不能尽它的义务保护好我们的村子。就我所知道的，这玩意儿和其他宝石没什么区别。"

"古代的学者们曾发现了它其中的潜在力量，但因为害怕会落入坏人之手，他们便把研究成果都尽数销毁了。但是我最近发现了这远古的记载，上面就写到了江珠的魔力——以及如何掌握这力量。"

"这不可能是真的。"我摇了摇头。我从来都没有听说过这所谓遗失的古代记载。"我从记事以来就知道江珠，它从来都没有离开过那个翡翠座子。"

"那是那些古代学者们想让你们觉得的。"他朝我靠了靠,"不是只有我一个人相信我说的——如果康总督也在这儿,不跟你扯谎的话,他也会跟你这么讲。这就是他为什么下定决心要拿到江珠——不惜跟一个贫穷的无足轻重的边陲小村联姻。"

我怒目圆睁:"你怎么敢——"

"这就是康对你们的看法。莫非你认为他很看重他和你们村子的同盟吗?"

我紧紧握住了双拳,气得七窍生烟——但不是冲着太。那个总督年复一年地无视我们村子绝望的求援,权当我们根本不存在。尽管他号称是路过的时候不经意地看到了厉鬼的攻击,但他这么快就跟苏首领达成了协议,这让我禁不住怀疑他从开始就是为了江珠来的。"你是怎么知道这些的?"

"上次不是我第一次进总督府。"他坐回去,"我已经刺探过很多次了,也顺手帮他清理了一些无关紧要的财产。"

"我明白了。"

"总督已经觊觎那江珠有几年了。他原来并不知道它具体的能力,因此没有多么迫切地想要得到它,仅仅只是因为有一则神谕提到江珠是能帮助他巩固权力的几个物件中的一个。直到最近他才发现了一篇描述江珠真正神力的古代卷书。他第一次翻开的时候正好让我看见了……他并不知道我当时在场,但是我跟他看到了同样的描述。很久以前有人告诉过我,说龙的神力是从魔王手中解救我的同胞的关键。直到我读完了那卷书我才意识到江珠是我该找的东西。第二天康总督就出发去黛蓝了。而从那之后我就一直等着找一个机会把它据为己有。"

这个故事听上去实在是太过于奇幻了——同胞全体为魔王所囚禁,曾被我以为毫无用处的古董里竟蕴藏着神秘力量。怀疑的阴云笼罩在我心头,但是我同时也不明白,如果这是假的,他为什么要撒这种谎?可能他以为这样就能唤起我的同情好让他带走江珠。

这是我无论如何也不能做的。不管康想要拿这珠子做什么,只要他信守承诺保护黛蓝村,他就能拥有它。

"你不相信我,是不是?"太冷笑一声,"当然你不信……为什么你会相信一个阻止你大婚的家伙。"

一个细微的动作引起了我的注意,他的手已经挪向落在地上的竹棍。我怎么刚刚没看见他的小动作?

我立刻伸出棍子指向他。他快速地抓起他的棍子做出防守的动作,但是我没有打下去:"你这么迫切地告诉我为什么你需要这江珠拯救你的同胞。你难道忘了我也同样需要拯救我的同胞吗?我同意嫁给康只是因为他那样才肯保护我的村子。厉鬼已经杀了我们太多的人——包括我的父亲——如果给他一件古董和新娘子就能阻止它们杀更多的人,那就给吧。"

"对不起,我没有意识到这一点。"他的表情和声音显得十分悲悯,甚至有些诚恳,但是我不相信我真的能读懂他的心。这表情只维持了一瞬。长叹一口气，他说："唉，那看上去我们又困在这个两难的局面里了。要不还是用棍子解决吧。"

我差点都同意了："你不打算说服我相信你说的是实话了？"

"那又有什么分别呢？"他依旧端着武器，"即便你相信我，相比你水火中的人民，你难道会选择救我的同胞？"

我没有回答。虽然我感到他在掩藏什么东西，但我也不能说服我自己去认定他嘴里那些同胞悲惨命运的话是在骗我。可能是因为我明白讲一个谁都不会相信的实情是什么感受。在被周围的城市数次回绝援助的请求之后，黛蓝的信使曾数次找到皇上上谏厉鬼的事，但只被污蔑成是愚昧迷信作祟。我又怎么会做同样的事呢？

摆在我面前的有两个选择，一是拯救我的同胞，二是拯救太的。他很显然是要救他的，而且他的情形好像更迫在眉睫。起码，黛蓝还在。可能会有个什么办法让两方都能保全。

"如果康知道了在你同胞身上发生的事情，他可能愿意借给你江珠。那样的话，就可以既让他保护我的民众，也让你能前去救你的。"

太干笑了几声："你真的相信你刚刚说的话吗？"

我有点火："试一试总没什么坏处。"

"只要对康没有直接利益，他从不会做任何多余的事。

看看你们得拿出什么才能换取他驻军保护吧，你们村都还在他的辖区，他本来就有义务确保你们安全。"

这让我刚刚的话听上去幼稚得我自己都讨厌。我皱了皱眉头，想另外再找一个解决的办法："要不然这样，你先暂时把江珠还回去，在康跟我结婚、确保了他对黛蓝的保护之后你再偷走。我可以帮你。"

"康绝对会在这次事情之后加强守备的。谁知道到时候我们还有没有能力接近它？"太举着棍子站起来。"我是不会放弃这一次拯救我同胞的机会的。"

我紧紧盯着他的动作，以免他再次向我攻过来："你一直在说你的同胞，但他们都是谁？你们村子叫什么？"

"在魔王夺走他们之前，我的同胞们住在白光。"

这个村子我之前从没有听说过，而且我觉得我应该会记得一个以光命名的村子，不过碧月帝国实在是太大了。大部分人也从来没有听说过黛蓝村。我咬了咬下嘴唇，考虑了一下我们还能有什么办法。"你打算怎么使用江珠？"

"有一个强大的魔法师懂得如何制作足以打败魔王的强大的剑。但是要让这把剑做出来，需要龙的魔力。"一缕头发遮到太的眼睛前。他双手持棍，摆了摆头。"我计划带着江珠到他的寺里打造宝剑，接着再去地狱救走我的同胞。"

我差点笑出声："你是想要杀掉魔王？"

"别说傻话了好吗。没人能杀掉这种不死的存在。"他慢慢挪到右边。

我上前一步挡住他的去向，盯着他问道："接下来呢？"

"虽然没法杀掉他，但是他的肉身是可以被毁的。"显然，意识到他没法从我身旁溜走，他又靠到墙上。"毁掉他的肉身之后，他必须再花上几百年才能修炼成型。"

"那你为什么刚刚不这么说？"

太耸了耸肩。

他简直是我碰见过的最能拆我台的人，更别提他是多么荒谬了。独身一人闯进地狱还要直面魔王——这种故事只会在神话传说里出现。想到我第一次遇见他的时候还只把他当成一个普普通通的贼，我都不知道现在是佩服他还是觉得他蠢。"你先说说你打算怎么进到地狱里去吧？"

"那个法师有一张附了魔的地图，沿着地图就能找到。"

"那如果你办成了这事，江珠会怎么样？"

他嘟了嘟嘴："我想我应该能从剑里把它抠出来还给你。毕竟说到底，我只需要用它来打败魔王。"

那就行。我本担心打败魔王可能会把江珠毁了——为了施法磨成粉或是怎样。如果太只是需要借这块古石一用，我们尚可达成一个协议。我不知道现在谁更蠢一点了——是提出这个计划的他，抑或是相信他能实施的我。"最后一个问题，这个庙在哪儿？你整个行程要花多长时间？"

太的嘴唇抽了一下："这是两个问题。"

我吼了他一句："回答我就是了！"

"我已经回答得够多的了，你现在还是不相信我吗？"

"不相信。"

他笑了笑："好吧，应该花上个几天时间就能走到。"他的手指在棍子上敲了敲。"我……我之前搞了一艘总督的飞船。用它我应该一两天就能走到寺庙那儿去，假设我没有在地狱里迷失了方向或者没有为魔王所杀，我应该能在一周之内把江珠还给你。那我们就都能取得我们想要的结果了。"

"那寺庙的位置呢？"

"我会在回来之后告诉你。你说怎么样呢，夫人？"

我不打算相信一个贼会回到一座全城通缉他的城里还他偷走的东西。而且，他描述的这一趟冒险……听上去就是我一直以来梦寐以求的，像是女战士踏上的探险一样。我想成为那个穿山越岭、上刀山下火海、和魔王本人对峙的人，就算我拯救的不是我自己的同胞。我想代替太去做他要做的事情。

说不定至少我可以参与进来……在被深埋进总督府前抓住这最后一次机会出人头地。黛蓝应该能撑过一周。而且可能在这趟去往地狱的行程中我能找到厉鬼出现的原因，甚至一口气解决掉他们。

"有一个条件：我跟你一起走。"

太大笑起来，一点没有遮遮掩掩的谦虚意思："我早就该想到你会这么说的。你听到我要闯进地狱跟魔王战斗了，是吧？"

"我当然听到了——我听得一清二楚。你难道以为地狱就会吓跑我吗？"

"我要是这么想了，那我岂不比你眼里的我还要更白痴。"

我差点被他奉承倒了，但是立马就警告自己他说不定又是在嘲笑我。

"听上去我们像是达成协议了，"他说。

"只要你肯向我发誓。"我不知道誓言对这些鸡鸣狗盗之辈有没有效力，但是有就总比什么都没有要好。

太严肃起来，直视着我的双眼说道："我以母亲的在天之灵发誓只要击败魔王、从他的手下解救出我的同胞，我定立刻将江珠还给你。"笑容又回到他的脸上。"你现在相信我了？"

"还是没有。"

"我会尽力证明你错了的，小姐。"他鞠了一躬。

我翻了个白眼："首先，我们得想办法把你搞出铜秋城去。"

"还有你。"

"我逃出去问题不大。不像你，我能藏到人群里。"我昂了昂头。"为什么你就不能打扮得跟其他人一样呢？戴顶帽子、扎个辫子，出去的时候不戴着面具不就行了。"

"我不能告诉你为什么。"

"为什么不告诉我？你让我相信你，但是关于你自己的事情却又缄默不言。"

"我更愿意做一个神秘点的角色。你知道得越少，你就会对我越有兴趣。"他冲我眨了眨眼。

我一瞬间差点忘了我们的计划，想再把他撂倒。如果这计划意味着接下来的几天之内我都得忍受他这张自以为是的脸，我不确定这到底值不值："要是你再不严肃起来，那你就不用再担心总督了，在他处决你之前我就会宰了你的。"

"我不怀疑这一点，小姐。"

"别叫我小姐了。你知道我叫什么。"

"抱歉，安蕾。"他从墙上弹起，站定身子。"我有一个主意，但是你肯定是不会喜欢的。"

"什么主意？"

"在夜里，大部分人都看起来差不多，就算是康的半机械士兵也很难分辨高速移动的人，如果你也把脸遮住的话，那他们就会认为你是那个蒙面窃贼。"

"你想让我当你的替身吗？"这不是个坏主意。尤其是当我把头发披散下来的时候确实能模仿他那外国人一样的发型。当然，我的头发要比太的长多了，我们的衣服也不一样，但是如果我跑得够快的话，也不会有人看出来的。

"康的人如果忙着追你的话就顾不上我了。而且你移动得比我快，所以你会更容易甩掉他们。我们可以在出了城之后集合，在我拴着偷来的船的地方。"太咧了咧嘴，"我知道你不会喜欢的。"

我抬了抬眉毛："我怎么知道你不会带着江珠跑了？"

"因为你相信我。"他睁大眼睛摆出一副无辜的表情。

我想一拳打在他这张脸上："要不然这样，你先给我江珠，然后我带着它出城。"

"又来了……可能我们真的还是得打一架才能说清楚。"

有点失去耐心，我挥了挥手上的竹棍："如果你想的话。"

太格挡了一下，房间里响起了乒的一声。"我就是开个玩笑！"

"我可不跟你开玩笑。你难道拿这什么都不当回事吗？"

"除非我能控制住。"

我瞪着他："如果你不给我一个真正能信任你的理由，那我们可能还是回到开始的地方比较好。"

太的右手放开了他的武器，让它从左边悬垂下来。看上去他好像是投降了，但我还是保持着警惕的姿势。"你知道我的名字，也看过了我的长相……这已经足够让你确信我会一直信守我们达成的协议了。"

"这是什么意思？"

没有回答，太把面罩拉上，盖住了他的鼻子和嘴巴。"那艘偷来的飞船藏在东边的森林里，在灰毛湖边。我在日出的时候就会出发，不管你最后决定要怎样。你可以帮我，也可以试着阻止我，但是不管你最后的抉择是什么，你要记得我的同胞的命运在你手里。"

突然一股力量从我的脚踝上传来，并不足以伤到我，但让我丧失了平衡。我惊叫一声，笨拙地摔倒在地上。

太扔掉了棍子，冲向窗户。我跌跌撞撞地爬起身来跑去要抓住他，但是这一次他更快。

他妈的！骂了一句，我跟着他一起跳下窗台，但是当我跳上屋顶的时候，他已经走了。

我戴上安水的眼镜往四周察看，他肯定就在附近。这栋楼并没有跟其他建筑连在一起，所以他一定是溜着边滑下去跑到街上去了。

这个自以为是不可理喻的恼人的白痴！我沿着房顶走来走去，不知道接下来该干什么。他现在从我这儿跑掉了，但他也告诉我他要去的地方了——如果他跟我说的是实话的话。

叫喊声从下面传来。得益于安水给的眼镜，我看见有几个护卫和一个半机械士兵在沿着街道跑过来，我不知道他们是不是已经发现了太，正追着他跑。

要是他们把他抓到了，康会杀了他的。

虽然太让我很火大，至少他在我面前是讲了点礼貌，还很热心地帮助有困难的人。而且他现在急着要拯救他的同胞。一想到我要眼睁睁地看着我那未来的丈夫因为一个物件就要夺走他的性命，我心里的怒火就噌噌地往上蹿。

更何况，我对老顾发过誓——以我父亲的名义——要帮太从城里逃跑。

行！我干还不成！把眼镜放到我裤兜里，我解开头绳，把头发放了下来。猛地一扯，我从外衣的边缘上扯下来一块布，把它围到我的脸上，遮住鼻子和嘴。再把松散的衣服扎到腰带里，这样起码我看起来就像一个穿着短一点的外衣的男的了。我得快点跑，就不会有人看清楚我的样貌知道我不是太了。

我一定变得跟他一样荒谬了。

第十章

城墙之外

　　我拼了命地跑过巷子，钻进角落，翻越那些围绕在各色建筑周边的低矮篱笆和城墙，肺里像是着了火一样地疼。因为太正朝着东边森林跑过去，我就得领着那群守卫和半机械士兵往铜秋城的西边跑——或者起码是我以为的西边，仅凭着我上次坐车来的时候对这城市格局为数不多的一点印象。

　　半机械人沉重的脚步声在建筑一字排开在两侧的街道里回响。这儿没有太多提供掩护的东西，如果我真的是个想要逃跑的贼的话，我永远也不会傻到选这条路线。

　　"他在这儿！"一个男人喊道。

　　很好，我引起他们的注意了。我拐进一个胡同口。凭我听到的动静，我估计康的手下们接近我应该还有半分钟的时间。从兜里掏出安水的眼镜戴了上去，我看到一栋高一点的楼房上有着我在黑暗里迫切要找的一个阳台。揣回眼镜，我跳到撑着阳台的柱子上，爬了上去。我的胳膊因为今天夜里爬了太多这样的阳台而感到酸痛不已。一遍一遍地逃跑，再吸引守卫注意，躲起来，再逃跑……也不知道这种高强度的逃亡我还需要坚持多久。

我趴在阳台的地板上屏住呼吸，康的手下经过下面。口鼻上盖着的破布快要把我憋死了，也不知道太是怎么忍受一直戴着这玩意儿跑来跑去的。

他到底是什么人？可能他是某个名门望族的纨绔子弟，担心他的行径会给家里惹来麻烦。不过我想，只要等这一切结束以后我能拿回江珠，那些并不重要。

几分钟过后，等康的守卫的声音逐渐远去，我爬下了柱子。

一只冰冷的金属质感的手抓住了我。倒吸一口冷气，我回过身去看到了一张半机械士兵的脸。他胳膊上覆盖着的金属战甲在他人造的左眼发出的黄色光芒下折射出阵阵闪光。我拼命扭动身子，但是他抓得太牢了。他用另一只手——那只人类的手—— 一把把我戴着的面罩扯了下来。

我的心脏停滞了。我突然明白了为什么太会害怕别人知道他的身份。只要我还蒙着面，就还有可能回到康总督那里，假装什么都没有发生过的样子。但如果我被认出来是梁安蕾——未来的江珠夫人—— 一切都将会变得非常非常非常糟糕，不管是对我还是对其他所有我认识的人。

士兵人类的眼睛眯了眯："相比那个贼，你太矮了。"

我胸口的石头稍稍放了下来。

"你是谁？为什么戴着个面罩四处跑？"他的机械眼盯着我，"我能分辨人的谎言。"

当一个人问一个女子她是谁，实际上就是在问她家里是什么人。

我用力地吞了口口水："我就是个穷乡下来的村姑。我父亲名叫梁立伟。"

梁是个很普通的姓氏，而且不管是康还是他手底下的任何人都没有过问过关于我父亲的任何事情，他们只知道他已经过世了。

我顿了顿，想找一个办法既能说实话，又能不把我的身份说出去——还不能让这士兵知道我在帮太。"听说有一个男的从总督那里偷走了东西，这种胆大妄为的行径让我觉得实在恼火。在我们村里，每一个村民都有义务阻止犯罪，所以我离开房间想要抓住他。但是我父亲是一定不会允许他女儿晚上在大街上四处乱跑的。所以我罩上了面罩，这样就不会有人认出我来了。"

半机械人眼中发出的幽幽黄光晃得我眼里啥也看不见了。我的心脏仿佛提到了嗓子眼，不知道他是否能听到我心脏紧张的怦怦声，或者发现我额头上凝结着的汗珠。

终于，他松开了我的胳膊："这儿不是你的村子。这活儿还是让专业的执法者干吧，赶快回家去。"

"遵命。"我松了口气。

"还有，别再戴那面罩了。你会被认成那个贼的。"

"当然当然，对不起，大人。"

士兵挥挥手示意我离开，他沿着胡同跑去跟其余的人汇合。我拽下脖子上围着的那块破布。太悬了。

我怎么会没听到他接近的动静？他不可能是一开始追着我的那群人……要是那样的话他不可能相信我说的话。他一定是刚刚在一个人巡逻正好撞见我落到他跟前了。

我有些太累了，都开始犯这种不该犯的错了。下一次我就不会有这么好的运气了。而且我还得偷偷摸摸地回到总督府去，毕竟我还需要几样东西才能跟着太去。

这个点太肯定已经溜出城外了。觉得我已经给他争取到足够多的时间了，我动身往总督府的宫殿走去。

烛火熠熠把信纸照亮，我正琢磨着如何下笔知会康总督我将亲自追讨那个窃贼。这倒也是实话，虽然有点片面。我解释说既然江珠是我们村赠予的礼物，那么确保他得到他想要的东西是我应尽的义务，希望他能接受吧。我很庆幸不用当面跟他讲这些；毕竟在纸上扯谎还是要容易得多，虽然对我来讲写这么多字是个艰巨的任务。我一定写了不少别字，但是我也没时间校对了。就算是我自己重新读一读我刚刚写的东西，那些字看上去也是七弯八拐的。我把这信尽量写得越短越好。

不适在我心头撕扯。康要是读到这张便条发现我已经跑了，铁定是会不高兴的。这没什么大影响，毕竟没有江珠的话他无论如何也不会娶我，但他好像希望对我有绝对的掌控。我担心就算我之后回来，他也会因此拒绝和黛蓝的联姻。

他会为了他的面子让整个黛蓝村陷入厉鬼的浩劫。

我多加了一句话，请求他原谅我的鲁莽，保证只要我一回来就会变成他想要的那种世上最恭敬的贤妻良母。写下这样的话让我觉得反胃，真正恶心的味道涌上口腔来，但这可能是唯一能缓和他的情绪以确保我们村能得到应有保护的办法了。

我结语写道：我以我父亲在天之灵的名义发誓我一定会取回江珠。我会留下我身上最宝贵的东西：他给我的玉坠，为我的誓言做证。

我从衣服领子里把这坠子提出来，把它从脖子上摘了下来。这一瞬间，我感觉仿佛有我的一部分从身体里消失了一样。我从孩童起就一直戴着这玉坠，我甚至都没有它不在我身边的记忆。康不会知道它对我的含义的，但苏首领知道。而康读到这封信的时候，苏也一定在场。

想到他明天早上会多焦虑，我感到有点愧疚。我这是让他替我去承受总督的怒火——我那时已经不在这儿了。

我只希望在我能够带着江珠回来之前，厉鬼会离黛蓝远远的，或者至少守卫团能撑住不要让他们杀掉一个村民。选择跟太踏上去地狱的旅程就意味着黛蓝孤立无援的每一天都是我的责任。如果那些鬼怪这期间再度袭击，有人去世，那我的手上会不会就沾上他们的鲜血了？

我望向房间另一头的镜子——那面照出我作为江珠夫人

穿着婚服的镜子，感到肠胃一阵翻腾。我现在还不能变成她——我不能。如果她将伴随我下半生，那么至少应该允许我有最后一次机会为梁安蕾而活。

尽管我不断告诉自己帮助太拯救他的同胞是正确的、值得做的事，但是我也没有办法自欺欺人说我做这件事情纯粹是因为热心肠。这还没出发，我的热血已经激动地沸腾了。想象着自己在地狱砍倒魔王，带着白光的居民走向解放，我就不由得咧开嘴角。可能这事是太要做的，但是这不意味着我就会袖手旁观只让他成英雄。就像那个传说中的女战士一样，我也要成为一个战胜邪恶、斩妖除魔的传奇。

我是不会放弃这次千载难逢的机会的，即使这可能会让黛蓝村陷入险境。而且毕竟这也花不了太久——要是太的估计是对的，只要短短一周就足矣。

我把写好的信放在桌子上，压上我的玉坠，从行李里面取出父亲留下的剑。我不知道在地狱里它的附魔还能不能起作用，但是有起码比没有强，而且一路上我和太很有可能会撞见厉鬼。我也带上了我的左轮手枪。尽管带着相同强力魔法的子弹不剩几颗了，带上说不定还是会有意想不到的用处。

在换上一件新行头，扎起头发之后，我把剑用皮带绑到身后，把手枪揣进皮套。不管进了地狱会有什么妖魔鬼怪等着我，我都已经准备好了。

我纵身跃入黑夜。

当我抵达东边森林的时候，清晨的第一缕阳光已经将天边照耀得带着略泛灰白的蓝。从铜秋城跑出来比我想象中要更费时，因为康的手下还在不辞辛劳地巡查城市，搜寻着那个蒙面大盗。

现在到了这里，我才意识到我根本就不知道如何去往那个湖。我开始不安地从树林里进进出出，想找到有没有什么东西能给我方位——会不会有一个标志，要么一条人走出来的路也行。一边找我还一边把剑握在手里。尽管黑夜已经渐渐退去——也尽管我没走出康麾下那些铜龙的保护范围太远——我也没法确保厉鬼不会朝我攻过来。他们过去的攻击从没有什么规律可言。

而且，那个我来找的人也不一定就不会攻击我。

因为在密林深处的阴影里很难看清楚周边的一切，我冒了点险一只手持剑，另一只手去摸安水的眼镜，这是除了武器之外我带在身上的唯一物件了。当我把它戴到鼻梁上的时候，镜片中附着的魔法让整个森林看上去好像是阳光从树叶间直接照下一样明亮。我看向的每一片地方都只有树、树、无尽的树。因为康的手下已经开始搜索城外的密林，我不敢停下脚步，直到那些城市边沿的建筑从我视线中完全消失。

现在，我意识到这个主意到底有多蠢。我应该顺走一张地图的。实际上，为了这趟行程我本应该做很多大致的准备，而不是像现在这样拿了几样武器，丢下张便条就这么走了。我能找到路的……那湖应该不会太远了。

我的步履踏在林地上有些蹒跚，空气中凝着夏日密林里特有的味道，呼吸起来并不轻松。

"看起来你还是决定要帮我了。"

听到太的声音，我回过身去，发现他正翘着长长的二郎腿倚躺在一棵树边。尽管他看上去不像是设了防，但也有可能在他身上某处藏着武器。在上次他偷袭踢了我一脚之后，就算是他再用这种吊儿郎当的态度掩藏攻击的意图我也不会再上当了。

但是起码他出现了。我接近他，手上紧紧握着我的剑："我是决定不管做什么都要拿回江珠，即使这意味着要忍你一路。"

他夸张地捂住胸口："我还以为你是因为我露出的帅气逼人的面庞跑来追求我的。"

我翻了个白眼，暗自希望我谈吐机敏一点能怼回去就好了。

"你这是戴了个什么机关？"他用下巴指了指。

"能让我在黑暗中看得更清楚的眼镜。"我忍不住多了句嘴，"这是我妹妹做的。"

"她一定是个天才。"

"她的确是。"

太的眼神转到我伸出的剑上："放下它吧，天已经亮了，不会再有厉鬼现身了。还是说你是打算把我宰了？"

　　我有点想逼着他把江珠交给我，没有理由让他而不是我来保管它。但这丛林实在是太过茂密，而且很显然他要比我更知道这片地形。要是他现在跑了，消失在里面，我不可能再把他找出来。

　　我把剑塞回背上的剑鞘里："现在高兴了？"

　　太从树上弹起来，机警地扫了扫四周，看了我一眼，说："跟我来。"

/第十一章/
林中之船

清晨的阳光洒在卉貌湖的湖面上，涟漪阵阵泛着点点闪光。清新的空气中弥漫着泥土和新芽的气息。

疲倦黏黏糊糊地涌上来，我打了一个哈欠。这一天过得竟如此漫长，且充满这样多的起起伏伏，让我都不敢相信这是在短短一天发生的。昨天本应该是我结婚的日子，决定我余生的日子——但现在我竟会在这里，踏上只有女战士才会踏上的旅程。

我曾想过宁愿下十八层地狱也不愿嫁给康，但是现在我竟然确确实实要去干这事，这让我觉得有点滑稽。

太一路拨开茂盛的长草，涉入湖中。我在岸边停了一下，想找找他号称偷来的船到底藏在哪里。我以为他会用什么草或者叶子之类的把它盖起来，但是看他往湖里走的架势，好像不是这么回事，除非他就是想进去游游泳。

"你在干什么？"

"过一会儿你就知道了。"太继续往里走，水没过了他的膝盖。

我的目光扫过他身上的衣服，想找到藏着武器还有江珠的地方，他一定是带在身上的。但是他外套和裤子在他苗条的身上显得松松垮垮，我没办法看清楚他到底放在了哪里。

太举到空中的双手交叉到一起，仿佛在跳着一种奇怪的舞。他身体周围像是围绕了成百上千只萤火虫一样，出现一圈火花，空气里出现一阵光芒。过了一小会儿，一只小船慢慢出现在这道光里。一根桅杆矗立在它铜质的船身上，浅黄色的帆挂在上面，在初升太阳的照耀下扇面边沿微微泛着光。水面上伸着宽大的桨叶。

我踏入湖里，惊讶地看着这熠熠生辉的舰艇："是你把它从总督那里偷来的？"

"是我。"

"怎么做到的？"

"我从一个魔法师手里得到了一剂隐身水。我只需要潜进船坞，把药水倒到船身上，再开走就行了。总督到现在都没发现……相比他的舰队来说这一条船微不足道，而且看守船坞的总管也不敢让他知道这艘船消失了。"

"你用了隐身水？"我皱了皱眉头。要获得这种程度的魔法绝非易事。尽管那些魔法驱动的小设备很常见，但为了达成强大魔法所需要的原料是很稀缺的，这也就意味着只有那些位高权重的人才有行使的能力；黛蓝的魔法师们绝对是没有办法制出能让一整条船隐形的药水的。看起来太不太可能是简简单单"得到"这个药水的。"那也是你偷的，对吧？"

太做了一个夸张的义愤填膺的表情："你怎敢这样指责我？我跟你讲，这计划打一开始就是法师构思的。"

"这是不是那个你说有本领为你打造一把可以战胜魔王的宝剑的法师？"

"对，就是他。"

"为什么这么一个强大的人会帮你？"

"因为我的动机高尚。"他冲我眨眨眼。

我叉着手，说："动机有可能，人就算了——就是个毛贼。"

他爽快的大笑在空中回响："我也从来没号称我不是啊。"

我走进那艘船，湖水淹没了我的裤腿："你是多久之前偷的这艘船？"

"它已经在这儿待了三年了，虽然我在那之前就已经开始寻找解救我同胞的办法。没想到踏破铁鞋无觅处，得来全不费工夫，办法竟然是在我故乡找到的。"

"我以为你的故乡是白光。"

"我说我的同胞住在白光。"他抓住了从船边垂下的一根绳子。"那是我母亲的故土。我是在铜秋出生的。在我很小的时候，妈妈曾经带着我去白光见过家人。"

"她也被魔王带走了吗？"

"不。她在我六岁的时候去世了。"

虽然他说出这话的时候仿佛稀松平常，但我确定这话里是带着些许哀伤的。我太明白丧失父母是一种多么刻骨的痛苦了。我应该说些什么。但是不管说过多少次吊唁的话，我从来没有搞清楚应该如何不尴尬地表达这种哀悼的情绪。不知为何，我的话听着总是很别扭，好像我的表情也不像该有的那样悲伤。尽管我不能像他人一样表达悲伤，但这并不意味着我就感受不到这情绪："我……我为你感到抱歉。"

"那是很久以前的事情了。"太的目光看向绳子，"我不知道你怎么样，但是泡在水里我的脚有点开始发冷了。"他跳出水面抓住绳子开始向上爬，一边爬一边还盯着我看，好像他担心我会这时候打他一样。

我体会到他选在此时登船是为了不让我提更多关于这件事的问题了。

当他把自己拽到甲板上的时候，我在他身后开始爬绳子，我的手掌被磨得生疼。接着我意识到我比自己爬的速度要上升得更快。奇怪地抬头一看，太正把绳子往上拉。

"你在干吗？"

"搭把手。"

"用不着！"我瞪了他一眼。这就是为什么我讨厌跟男的一起干活——他们老是假定我就一定比他们弱。作为黛蓝守卫团的一员，我总是尽可能地躲着跟男性搭伙，因为就算是我在训练中能打败他们，他们也永远不会认识到我和他们一样强。如果太也是一样的话，那这趟行程对我可就有点难熬了。"你别想把我当成一个弱者！"

为了我们的家园

太张张嘴，好像要回应什么，接着挑了挑眉毛："行吧。"

他松开绳子，突然坠落的力道让我没抓稳。我惊叫一声，重重地摔进湖里，砸出水花。太的笑声响了起来。

混蛋！憋了一肚子火，我站起身来擦干脸上的水，抓着绳子三两步爬上甲板，看见太正靠在舵轮上。

他咧着嘴："泳游得开心不？"

这嘲笑的语气把我惹得彻底火大了，在我意识到之前，我已经脱下一只泡了水的鞋拿着就朝他砸过去了。

"哎！"他躲开，鞋打到舵轮上弹了回来。"你生气的时候实在是太暴躁了。"

"那就别惹我。"

"但是这很有意思啊。"

我扯下另一只鞋威胁地举了起来。

"好好！对不起！"他举起手来，"休战？"

"我接受你的投降。"

"我很感动，小姐。"他双手合十，夸张地做了一个感激的动作。

我气呼呼地说："我们不是有一个魔王需要打败吗？"

"当然当然。"太拿起我刚刚丢出去的鞋双手奉上递给我，"现在，如果可以，这个先在您那儿放几分钟，我得启动这艘船了。"

我克制住了把两只鞋都砸到他那张臭脸上的冲动："你能先告诉我，我们要去哪儿吗？"

104

他挠了挠后脑勺：

"我们起飞之后就跟你讲。"

让我把鞋穿到脚上用尽了我脑袋里所有的克制。

这艘船的舵轮比我想象的要复杂得多。红色和棕色的按钮嵌在铜质面板上，四个刻度表装在金属棍子末端立在前面木甲板上。太的手伸向舵轮旁边的一组控制器，上面立着各种控制杆，还闪着各色的灯。他花了几秒把头发扎到脑后——就像我在画作里看到的那些远古战士的发型一样。我盯着他按下按钮启动了船的引擎，水中的螺旋桨开始转动，把船身抬了起来。我不是很喜欢一个人在旁边闲着什么也不干只看着他操作。

太在阳光的照耀下眯了眯眼，这光线把他本就棱角分明的脸映得线条更加明显了。风把几缕头发吹下来，在他额头前飘来飘去。

旁边一阵闪光吸引了我的注意。回过身去，我的视线中看见一个铜色的东西从树梢上空飞了过来。虽然只能远远地看到这金属的光泽，我也清楚地意识到这一定是守卫着铜秋城的其中一条机械战龙。

我倒吸一口冷气："巡逻的来了！快点啊！"

太骂了一句，手抓向一个曲柄。还没等他手够上去，冲来的战龙已经张开了嘴，朝我们喷出一口赤焰。冲击波砸到甲板上，把我们俩都弹飞到空中。灼热的热浪吞没了我。我抓住舵轮不让自己飞出去，在我身体的带动下舵轮被扯向右边。船猛地一转弯，我差点掉下去。

我们依然在往上飞，我的视线几乎与机械龙平行了。尽管我们之间有段距离，但它在迅速地减小这段差距。再一次它张大了嘴，深深的金属喉咙里能看见它正蓄着力的亮光，这是要准备再一次喷射出龙焱，火是里面一个机械结构点发出的。心脏怦怦直跳，我猛地把舵轮一转，希望能躲开它龙息的轨迹。船身吱吱呀呀地向左边倾斜过去。要不是因为我手上还紧紧抓着舵轮，我也没法保持站立。

"拧那个蓝色的手柄！"被甩到甲板另一头的太在倾斜的船上一边挣扎着平衡自己的重心一边大喊道。

我看到了控制台上的手柄。"这是干什么用的？"

"拧开它就是了！"

"为什么——"第二次冲击袭来，把我砸得猛地向前一冲。我使出吃奶的力气抓着舵轮，辐条卡在我的胸口上，我都有点惊喜地发现这艘船竟然还在飞。想到我曾看到的康麾下的铜质战龙所能展现的火力强度，我猜上面的那些人不是想杀了我们——只是想让我们停下来。毕竟总督也说了他想要活捉这个贼。

太向控制台冲了过来，双手抓住了蓝色的手柄："你为什么不听我的？"

我怒吼道："你为什么不告诉我这是干什么的？"

太猛地一使劲，但是这只让手柄转了四分之一。这玩意儿一定比它看起来要重多了。齿轮咬合在一起的动静和着蒸汽嘶嘶的声音从下方传来，银色的光芒出现在我们周围。"这个能激活隐身魔咒，行了吧？还能把这艘船发出的声音隔绝在里面，他们就听不见我们的方位了。"

"那为什么你不在起飞的时候打开？"

"这需要引擎足够热的时候才能开，而且需要几分钟预热。"

"你要是知道这事，那你一开始就不应该解除这艘船的隐身魔法！"

"那我不就错过你看见它浮现出来的表情了？"他咧着嘴乐，一边还不忘继续推着手柄。

我张大了嘴："你个智障！你拿着我们俩的命冒险就为了冲我显摆？"

他耸耸肩："我那个时候也没看见周围有什么人。现在，能劳驾您帮我拉一下那个橘色的拉手倒一下船把我们藏起来吗？还是说我得再长第三条胳膊？"他冲着那个拉杆抬抬下巴。

我都想回绝他了，就是为了刁难他——尤其是现在我们陷入这种状况完全就是他的错。但我们最好的逃生机会就是做一些意想不到的事——要是追着我们的人看不见我们，那他们就会假设我们依然往前跑。"行行行！"

"等着我的信号——这个魔法还没完全生效。"因为浑身都吃着力，他的声音听上去有点勉强。他再次猛地一推手柄，这下到底了："拉！"

我把拉杆使劲一拽。螺旋桨反转的声音震耳欲聋，船重重一刹，船身向后倾斜着飞过去。这一刹一冲让我失去了重心，跌倒到甲板上，肩膀撞到木板子上，一阵剧痛像冲击波一样从上到下穿透了我的全身。

船颤颤巍巍地停了下来，螺旋桨也安静下来。我跳起身来。我们的船盘旋在树林上方，而刚刚马上就要贴到我们船尾的机械战龙这个时候已经在前面几十米的地方向远方开走了，湖面上映着它铜色的倒影。

太好像抓着救命稻草一样死命扒拉着控制台的边沿站起来。紧张的笑颤抖着从他嘴里传出来："刚刚可真是悬啊。"

我看了这距我们越来越远的战龙一眼，松了口气："康手下所有的船都有这隐身的功能吗？"

太摇了摇头："总督是永远不会想要把他的舰队藏起来的——他最在乎的就是用这恐吓对手让他们感到敬畏。是我把这个隐身咒语加进去的……那个法师告诉过我如何把魔法调配进这艘船里。"

至少我们不用担心会有艘隐身舰艇跟踪我们了——如果太是对的。"你一直都在提到的这个魔法师到底是谁？"

"这是个秘密。"

"你到底要在我面前藏多少秘密？我还以为我们应该是同伴。"

"请您原谅我不相信一个刚刚才认识的小姑娘……还是个一直想杀了我的小姑娘。"

我叉起腰："我可从来没有要杀了你啊！"

他挑了挑眉毛："确定你还没有？"

"况且我可是刚刚帮你从康的巡逻队手里逃出来。"

"你帮我的时候不是也帮了你自己。"

我火大得不得不刻意地抿住嘴唇才能不张嘴发出动物一般的咆哮："至少告诉我，我们要去哪儿，我们已经起飞了。"

"我觉得也是。"太凝视着我的脸仿佛要从上面读出什么一样，"那座庙在白鹤山上。"

这比我预料的要远多了。白鹤山离我们有一省之隔——要是骑马得走好几周。但是有了康飞船的速度，应该用不了两天我们就能到。

在远处，那条龙在空中吐出一个火球但是什么也没有打中，他们一定是想这样逼我们现形。

我紧张地看着这场面："我们应该在他们决定回头看之前离开这儿了。"

"同意。"太把粘在他汗津津的额头上的几缕头发撇开，推动了一个控制杆，螺旋桨加速转动了起来。

船向高空飞了上去，启动得有些突然，让我差点失掉了重心。机械部件吱吱呀呀在作响，地板在起起伏伏地震动，虽然我不像我妹妹一样是个机械上的专家，但就算是我也知道这不是个好兆头。"这是什么动静？听上去好像是引擎有什么地方受损了。"

"我觉得不是。"太看了看仪表盘，把方向调向南方。"只是你刚刚舵掌得七扭八歪让这些部件受力不太均匀，摇摇晃晃的不是很容易调整方向。"

"你确定吗？有可能刚刚的冲击把什么重要部件给打坏了。"

"这艘船之前发出过更糟糕的动静。我曾经把它用得更狠，但是它比看上去结实多了。不用担心——一切都在掌控之中。"

颤动停止了下来。我怀疑地看了他一眼："你不应该去检查检查吗？免得哪里再出什么问题。"

"没关系的，相信我。"太的声音有点恼了，"就是引擎震颤。这不意味着就有什么问题。这不很快就自己平顺下来了吗？"

我知道祖父的机械马车也工作得好好的，就算是它经常发出噼里啪啦的声音。可能这艘船也一样。不过，我还是希望安水现在在这里。她肯定知道应该怎么做。

我走向栏杆，谨慎地看着机械巨龙慢慢消失在远方。我的心脏仍然在颤抖。就算是我已经看不到它了，我还是盯着它消失的方向以免它又回来了。

"你可以歇会儿了。"太从我身后叫了我一声，"要是他们有追我们的意思的话，他们现在早就追到了。"

我转过身，发现他正斜着倚靠在控制面板旁边。"你觉得他们看到我们的脸了吗？"

"我猜没有。在我激活隐身魔法的时候，他们离我们还很远。在那个距离上我们俩看着就像蚂蚁一般大。况且这帆也会阻挡视线的。"

"他们现在一定还在找我们。"

"这倒是，不过天空是这样广阔，我们现在又是隐身又不发出动静。对不在上面的人来说，这艘船就和不存在一样。我觉得我们现在不会有什么问题了。"

我依然有些紧张，但是困意再一次袭来。尽管凉爽的风打在我依然湿漉漉的衣服上能让我清醒清醒，我觉得我还是快站着睡着了。我打了个大大的哈欠，不知道我能休息之前还要过多久。

太看了看我："甲板下面有间船舱。那儿有张床。如果你需要还有食物和水。不是我要照顾你还是怎么样……你不要觉得我是把你当成个弱者一样对待啊。"

我眯了眯眼："很好。"

他叹了口气："我们总得有人某个时间睡一会儿觉。而且考虑到去白鹤山不止一天，我们应该轮流休息。"

"当然，你可以先去。"

"我这一天在偷江珠之前可没有你忙活。我知道我晚上得出来，所以白天一直在睡。这就意味着我现在比你要清醒多了，不会开着开着把船撞到山上。"

"我们离山区还远着呢。"看着他恼火地瞪了我一眼，我感觉好像有股子笑意涌上嘴角。不过我在这儿光跟他争这些有的没的、站着白费精神也没什么好处。更何况，要是我现在睡一会儿，之后就能值夜班，我对付厉鬼的本事还是要强一些的。

"安蕾……"

"好了！我去睡！"

我穿过甲板，发现在接近船尾的地方被炸出了一个大洞，边沿被烧得漆黑，里面露着船的齿轮和机械。我希望那个隐身法术能像太说的那样有效。要是再打一场遭遇战这艘船可就飞不起来了。

一条窄窄的过道前是一段向下的楼梯，通向船的底舱。这下面也没有什么东西——就是一小间舱室，台阶下面的空里塞着一些行李。我关上身后的门，把剑别到把手和墙中间，做了个自制的门闩。我不会傻到在一个陌生人的船上毫无防备地睡觉的。

说是张床，不过就是块木板子上面盖了张竹席和破毯子，但是当我躺上去的时候，感觉比世界上最奢华的床垫还要舒服。我把手枪放在一旁。

当我闭上双眼，一阵轻柔的噪音在我周围窃语。这一定是船发出来的——可能是引擎，也有可能是螺旋桨。但是这动静里面听上去有种不祥的感觉……它带着种空洞的、仿佛不是这个世界的质感，跟船所能发出的机械噪音完全不同。这甚至像是有几百只鬼魂在同时说话，但是又太过模糊让我听不清楚。不久我就不再想这件事了，困倦遮住了我的双眼，彻底把我拽进梦乡里去了。

/ 第十二章 /
盗贼们

当我睁开眼的时候，首先映入眼帘的是一面陌生的天花板。我坐起身来打了个激灵，先抓住身边的手枪，才想起来我这是在哪儿，为什么来这儿。

这儿是艘飞船，从总督那儿偷来的。这儿有个年纪轻轻的江洋大盗正要踏上一场神奇的旅程。我到这儿是做了一个狂野异常、让我自己都不太敢相信的决定。

虽然这么说，但我的想法中却从来没有出现过一丝一毫的后悔，就算是现在疲倦退去，头脑像是外面的阳光一样清晰明亮，也不觉得我的选择是个错误。我当时有无数的能回头的机会也没能阻止我来到这儿。所以要是我确实丢掉了自己的理性，那拥抱荒谬的新常态也没什么不好的。

我站起身来伸了伸懒腰，我的肌肉依然在为昨晚上的战斗、奔跑和飞檐走壁而感到酸痛。身上的衣物还有些潮，我已经暗暗在心里记下了一笔，等有机会的时候一定要把太推湖里让他尝尝这滋味。这个智障，再这么下去可能用不着魔王动手，我都会在路上忍不住把他宰了。

也是奇怪，马上要跟魔王战斗的未来并没有吓倒我。可能是因为我已经跟厉鬼战斗过多次，可以坦然面对死亡的威胁。或者有可能是因为这想法实在是太过奇异我一时间还没能完全接受得了。

一阵微妙的噪声在空气中飘荡，它太过空灵，不像是船的机械所发出来的。我模糊地记得好像在快睡着的时候听见过类似的声音……这声音让我想起鬼魂的轻语。尽管我没法判断出具体在说些什么，它还是让我感到十分悲伤，就像是有什么看不到的东西在因苦痛恸哭。

这嗡嗡声逐渐消散了。我的脊梁传来一阵颤抖。这是鬼魂吗？还是什么别的超自然存在？抑或这只是一阵风？

我拾起我的剑，把它插回我身后，走出船舱，一边把手枪揣回皮套里去。我脚下的地面发出一阵颤动；我试着回想这艘船是不是一直都是这样摇摇晃晃的，还是说我睡着之后这情况变得更糟了。

我登上了甲板，刺眼的午后阳光让我不得不掩着双眼找寻太的位置。但我没在舵轮前找到他，反而是看见他坐在控制台上闭着双眼低着头。很显然，被昨晚上的冒险折腾得够呛的不只有我一人。舵轮中心的显示灯微微亮着黄色的光，说明这艘船依然在空中翱翔。

这粗枝大叶的脑残！要是康的巡逻队正巧碰上我们怎么办？要是被击中了的话，就算是有隐身魔法我们也会暴露位置的。

我走过去想要把他叫醒，但是突然注意到他的右手捂在肚子上。他是不是正护着江珠呢？要么他把它藏进什么暗兜里了？

现在我能轻而易举地拿回他偷走的东西，他没带武器又没有意识，正是最容易得手的时候。而且明知道有一个陌生人在他船上还敢这么放心大胆地睡觉，就算是被偷袭也是他活该。

但是太依然是这里唯一一个知道怎么驾驶这艘船的。我也许能威胁他听我指挥，但我也很怀疑这办法能维持多久。从之前的事情上可以看出他确实是滑头。到时候就会有两种可能，一是他再次从我手里把江珠偷走，二是我把他捆起来，自己找到驾驭这艘飞船的办法。不过就算是我想这么干，太口中的那个魔法师也不见得会帮我。那不就又回到原点了吗。

可能现在拿回江珠，不论如何先确保我们村子里同胞的安全是个更明智的办法。不过，我现在还是没有做好这么干的准备。

我蹲下身来，摇了摇太的肩膀："太！"

他睁开双眼，在阳光下眨了眨，嘴巴斜斜一笑，说："要是你现在正想要偷回江珠的话，那你这活做得太糙了。"

我的良心隐隐作痛："我只是考虑过。"

他的笑容消失了，困惑地看了我一小会儿："你要是偷了我也没法责怪你什么。"

"但就算是这样你还是睡着了，"我挑了挑眉毛，"这意思是不是说你很信任我？"

"或者这意思是我很懒。父亲经常警告我说这懒惰早晚会让我吃大亏。不过也没几个人赶得上他勤勉就是了。"

虽然我知道他是不会直接回答我，但我还是忍不住问道："你父亲是谁？"

他斜着看了我一眼："这是在审犯人吗？"

"我这就是问了一句！"

"那我建议你别再问了。"

我有点火。再说了，他的过去有什么可保密的呢？还是他得对我有多么不信任，连个简简单单的问题都不愿意回答？

他站起来，面向控制台："我们明天一早应该就能到白鹤山了。那座庙在群山之上，不过城是坐落在山脚下的山谷里。我得把这飞船藏到市郊，实际上我也做不到把它直接降落到悬崖绝壁上。"

我知道他只是为了岔开话题，不想告诉我更多的东西了。但是我不会这么简简单单就放弃的："你父亲也是白光人吗？还是铜秋城的？"

太抱起胳膊："你没听到我刚刚的建议吗？"

"你连这么个最基本的问题都不肯回答，怎么指望我们继续合作呢？"

"这事情很简单。我们先去到庙里，从法师那里拿到剑，接着去地狱，最后打败魔王。这些事情里没有一件需要我告诉你我家里人都姓甚名谁。"

我握紧拳头。不过我想我们这趟行程的关键更在于我们此时此地是谁——而不是我们从哪个地方来，家里都是什么人。"行吧。"我越过他的肩膀看过去，"那你能告诉我这些控制面板怎么用吗？"

"既然从这儿到我们的目的地在天上不用走弯路，直到我们抵达那附近之前这船自己控制自己就行。而且我自己就能完成降落。"他歪了歪脑袋，"你为什么想学呢？"

"我不喜欢被困在一艘我没法控制的飞船上。"

"你的无知恰恰是我的保障。只要我还是咱们之中唯一知道怎么开船的，你就不得不遵守我们之前的约定。"

"你也别这么确定。我随时都能把你制服逼你做我想做的事。"

他的嘴角翘了起来："你是有过机会，不过很明显你自尊心太强了，没法拉下脸来趁别人睡觉的时候偷袭。"

"这自尊心对你还是够了的！"我深吸一口气，克制……"我们很有可能会碰上麻烦的，要是你发生什么情况，我起码得知道这艘船是怎么工作的。"

他眯着眼考虑了一下："我猜这也有一定道理。我会——"他突然转过身去看向控制台。暗暗骂了一句，他抓住了边上的蓝色手柄，这手柄的转角好像和之前不太一样了。

"出什么问题了？"我问道。

"隐身魔法失效了，一定是有什么东西坏了。"

我张大了嘴。"我早就说过——"我说了一半停下了。在远方的天际线上隐隐显出了一艘船的轮廓，这轮廓每一秒都比上一秒更清晰。"我觉得那儿有另外一艘船！"我使劲咽了咽口水，而且他们能看到我们……

"没关系。"太把手柄扳回到原来的位置上去，"现在他们就看不见我们了。"他的目光落到了一处仪表上，睁大了眼睛："我不明白……"

"什么？"

在他来得及回答之前，接近的船开火了。现在它离得已经够近了，我都能看清楚这是一艘和我们的船差不多的单帆飞船——不过上面装备着一门巨炮。甲板传来巨大的爆炸。我不由地被掀翻在地，热浪袭来，周围充斥着金属熔化的气味。我滑向一边，张牙舞爪地挥舞着手臂，但是什么东西都没抓住，直到重重地撞到了围栏上。

身下的地面倾斜，旁边的风声呼啸。焦虑中，我的喉咙发紧。我们之前就是勉勉强强才躲过了追捕——现在鬼知道我们应该怎么跑？我不知道现在我更恨谁——是无视了船身损伤的太，还是全盘相信他说一切正常的我。

不管肋骨上的剧痛，我还是拼了命地想要爬起来，但好像总也没法重新站起身来。我在灰尘里眯了眯眼。太一只手扶着控制台，另一只手抓着舵轮，但是他转向的尝试只让这艘船摇晃得更剧烈了。那另外一艘船现在已经压在我们正上方了——是真真正正压在我们上面。它那颇有威慑力的船身在明媚的午后阳光下投影到我们的船上，船底蹭过我们的桅杆。但是它好像在逐渐上升，离我们越来越远……突然我意识到不是它在动：

是我们在往下掉。

我脑子里能想出来的脏话全都一股脑涌上心头："现在你看出问题了没有？"

太大笑了几声。这个自大的智障竟然真的笑出了声："隐身魔法失效的时候正好碰上康的船巡逻过来，这是运气问题。"

我大怒。我要是因为他的粗心大意死在这儿，我就是变成鬼也不会放过他的。

我再次尝试着在这歪曲的甲板上爬起来，但是船身突然的倾斜又让我跌跌撞撞地摔了回去。我的头撞到木头的栏杆上，眼冒金光。我的愤怒中带着丝丝的恐惧。我逃离铜秋城不是为了一会儿之后在天上这么被轰下来，我一定还能做些什么挽回现在这种局势。金属扭曲吱吱呀呀的噪音传进我的耳膜，伴随着部件折断爆裂的声响。接着我眼前出现了一片绿色——那是迎面从栏杆中间戳过来的叶子还有朝甲板逼近的树枝的颜色。

飞船停下来了。没有引擎的轰鸣声、风的呼啸声，空气仿佛凝固住了一样。我缓缓地站起身来，揉了揉阵痛的额头，四处看了看。

飞船是坠毁到树上了。从甲板向下倾斜的角度判断，船身扎到了树枝里；这角度也不是特别斜，我还能在中间爬上爬下，但这感觉像是走在一座陡峭的山坡上一样。船的下方冒着白色的烟雾，中间还夹杂着几缕黑烟。一股烧焦了的金属的味道，刺鼻得让我皱了皱鼻头。

我以为能在控制台那里找到太，但是他并不在我视线中。"太？"我拼命地四处看。他不会掉到外面去了吧？我突然感到一阵恐慌。不会的——要是那样的话我刚刚肯定会注意到的。可能他跑到船舱里去了。我冲向往下的楼梯："太！"

"你叫我？"太出现在楼梯最底下，手里拿着个铜做的棒子，上面悬挂着皮质的带子。

胸口的石头放了下来，我问："你还好吗？"

"我还好。"他昂起头，嘴角露出一丝微笑，好像是被逗乐了一样，"你看上去可是十分担心啊……是不是说要是我死了你会很想我？"

这安心感瞬间变成了恼火："我当然很担心——是为了江珠。要是你发生了什么事情，我可能就再也拿不回来了。"我退回到甲板上看向天空。另一艘飞船正向我们所在的方位缓缓降下来。

焦虑紧紧地攥住了我的肠胃。总督一定是给他大半个舰队都下了搜查太的命令。还是说他们是为了我而来的？

他很可能指挥他的手下不只要找那个贼，还要把他刚愎自用的新娘子也一并逮回去。要是他们抓到了我，他们一定会把我拽回铜秋城羞辱我的。要是他们意识到是我帮着太逃走的话，那事情可能会更糟……我都不敢想总督要是知道了会对我做些什么。而且他们一定会处死太，他的人民也就会被永远关在魔王的地下王国中了。

我们现在应该怎么做？我朝周围看了看。我们正好落到了一条长河边的茂密丛林的树冠上。越来越近的飞船旋转的螺旋桨带起的阵阵旋风在河面掀起阵阵涟漪，金色的日光照在甲板上，映出士兵的轮廓，发出金属的反光——他们一定是半机械人。这一个连着一个的树冠向四周绵延。就算是我们能逃脱被俘虏的命运，我们也得待在这个鸟不拉屎的地方，可能走上好几周都不一定能找见人烟。

我转向太："我们的船还有没有可能再飞起来？"

"悬。"他的嘴始终微微地翘着，"刚刚的冲击在船身侧面开了个口子。我们得趁着他们登上来之前离开这儿。"他动身往前走。

"等等！"另外一艘船和我们的看起来差不多，很可能是同一型号。这就说明它没法搭载太多人。"像我们这么一艘船最多能搭几名士兵？"

"可能三到四个，再加一个驾驶员。这种船原本设计是侦察用的。"眼睁着接近的船身——以及船上的士兵——他伸进衣服里的暗袋中，掏出他那块灰色的破布，围住了鼻子和嘴。

我也应该把我的脸遮住。要是那些半机械人认出我来了，他们就会知道我是在帮蒙面盗侠。康总督会认为我背叛他，甚至是叛国了。盛怒之下的他不知道会对黛蓝做出什么事。

我藏到楼梯口，正准备扯下衣角的时候，太用手肘推了推我。

他拿出另一块布出来："拿着，我可不想让康的手下认为我绑架了他们未来的江珠夫人。"

没想到他竟然想得这么远还带了第二块布，我有点儿惊讶。当我戴上的时候，布料隐隐约约有一股锯末和胡椒混合的气味。意外的是还挺好闻。

至少现在那些半机械人只会看到蒙面盗侠有个帮手。他们只会知道未来的江珠夫人可能跑到另外一个省去了。

我的目光再次越过树梢。按我脑子里现在形成的计划，看上去躲到这茂密的丛林里是个好办法。

"你能开他们的飞船吗？"

太盯着我。

时间可能只过了一两秒，但是随着敌舰越飞越近，每一秒钟都很宝贵。"你可以吗？"

从他嘴唇里冒出不可置信的笑声："你想从康的半机械人手里抢走一艘飞船？"

"这艘飞船也是你偷的，不是吗？这应该不会有多么困难！"

"你得知道——"

"太！我们没有时间说这些了！你能不能开他们的飞船？"

"能。"太眯了眯眼睛，"你计划是什么？"

巡逻飞船已经离我们很近了，近到我都能清楚地看见那些在甲板上蓄势待发的士兵机械眼中发出的幽幽黄光。"这艘船侧面有个洞，对吧？"

太点了点头，指了指台阶下面："看见透过我们新窗户的光了没？"

在台阶底的地面上闪着斑驳的日光。

"你在船舱里有没有绳子之类的？还有锚定船用的钩子？"

他的表情明朗起来："当然有。我知道了——你是想等士兵登上我们的船，趁着他们在这儿的时候，爬上他们的。"

"正是。"我跑下台阶，"他们大概会在船上留一个护卫跟着驾驶员。我负责对付他们。你接手控制台，明白？"

"很好。你会成为一个出色的海盗的，小姐。"

我说不好这是不是在夸我。

在小房间里边的墙体上裂开了一个边缘参差的洞，中间横亘着垂下的横梁和扭曲的机械部件。太跳进楼梯下的空间掀起一件木箱子的盖子。末端装着一把钩子的绳子躺在里面。他把绳子丢给我。

我检查了一下钩子上的绳结以确保它足够结实，此时上

为了我们的家园

方响起一阵沉闷的金属声响。不一会儿又响起了脚步声：士兵们正在登船。时间很紧迫了。

我冲向墙边，爬过横梁和破破烂烂的残骸，往外看了一眼。细长的铜板连接着悬空的巡逻船和我们，不过它搭在船首上，而我们待在船尾。铜板的表面有着层层叠叠的类似山脊一样的结构，它一定是伸缩出来的。两名士兵行进在中间。从我站的位置，我能看到另一艘船舵轮的位置，后面站着驾驶员，甲板上单有一名士兵在踱步。

太走过来，他把棍子甩到肩膀上。我拾起钩子，准备扔出去，却又停滞了一下。要是我在中间的时候有人看到我怎么办？那我就完全没办法回击了。

我的手伸向了左轮手枪，里面已经没有几颗附魔子弹了，我也不想在这儿把它们都用了，毕竟之后还得跟厉鬼作战。不过只是开火的话照明弹倒是有的是……

抓起武器，我大拇指扳开保险，确保能够打照明弹。"拿着。"我把它塞到太的手里，"它能打照明弹，应该不会伤人，但是亮度绝对能吸引注意力了。"

他拿着手枪："我倒是一直都很喜欢放烟花。"

我使劲甩了几下绳子，然后松手把钩子送向空中，它钩住了巡逻舰的围栏。我荡了过去，冷汗直流。到现在还很安静，这就说明还没人看到我……

一束红光打破了宁静，呼喊声响起。不管太现在在干什么，我都不能回头看。巡逻艇铜质船壳就在我鼻子前几厘

124

米，螺旋桨带起的风呼啸着，把我的头发吹得满面都是。

当我爬上甲板的时候，我已经做好准备直面守卫了，但是甲板上却一个人都没有，我多少有点失望。接着我就知道是怎么回事了——在我们那艘船的破损船身里不停地炸着红色的火焰，把那几个半机械士兵挡在楼梯口没法进到下面的船舱里。太一定是在楼梯下面往上开枪，这倒是有利于我不被士兵们发现，但是我又该怎么通知他让他荡过来啊？

我回头看了一眼洞口，意外地发现太就站在那里向我挥手。我把绳子扔回给他，我得问问他对我的枪做了什么。

同时，那个留守的守卫正站在跳板尾部，盯着我们船上的动静。我从剑鞘里拔出剑来。他要是忙着跟我打，就不会注意到太了。

我一跃而起，冲向守卫，一剑向他挥去。他迅速起身格挡，但因为是突袭我还是占了先机。半机械装备给予他非凡的力量，但当我速度够快的时候，他跟不上我，力气再大也没有用。我一躲闪，他的利刃从我身边呼啸而过，在他重新站定之前，我狠狠地一脚踢向他的腹部。

守卫踉踉跄跄地跌倒在跳板上。现在另一艘船上的士兵们也已经发现我了；其中一个跑向跳板想要过来，但是跳板在他登上之前就收回来了。我这边的守卫再次冲向我，我躲闪的时候跳板正好收了回来，而他脚还在上面。他掉了下去，铁手抓住船边。我用剑柄砸向他的手指，他的手松开了。他掉进了下面的湖中。

不一会儿湖中第二次传来了水花的声音。我转过身去，发现太从另外一边跑向了控制台，手里抓着棍子。

"驾驶员哪儿去了？"我问。

"在湖里洗澡。"太扔下棍子，拉下旁边的一根手柄。船身忽地向前一冲，我抓住了身边的栏杆才没有跌倒。

我回头看了一眼。在湖边，我们之前的飞船躺在树冠里，随着我们起飞变得越来越小。我的呼吸慢了下来，面罩突然间让我觉得窒息；警戒着周围，看到没有其他的康的舰船了，我一把把它扯了下来。迎面来的是一望无际的蓝天。我们逃开了——也不是太的功劳。我走上前去，大怒道："你个笨蛋！为什么你刚刚不听我说我们的船受损了？"

"你还在纠结这个事情吗？"他把面罩拉下来，"这不是一切都顺利吗。"

"差点就完了！我们现在可能已经被抓了或者困到树林里了！"

"但是现在我们有艘新船，引擎更顺滑，多亏了你那完美的计划。"他微微一笑。

我都不敢相信他竟然心大到这个份上。我刚刚没有把他跟着守卫和驾驶员一起踢到湖里真的是太可惜了："你真是不可理喻。"

"谢谢夸奖。"

翻了个白眼，我把剑收回剑鞘。我空空如也的皮夹子提醒了我："我的枪呢？"

"应该还在分散那些半机械人的注意吧，我猜。"太冲我眨了眨眼，"我在扳机上绑了根绳子连上了一盏浮空灯笼的螺旋桨，这样就能自动开火了。"

要是我没有被他气得七窍生烟的话，可能会觉得这俩俩挺天才。但它还是消耗了我为数不多的几样自卫手段，虽然我也不是多喜欢那把手枪，这毕竟还是我的东西。"所以我们现在少了件武器。"

"对你来说什么都不够好，是不是？"虽然他的嘴上还带着浅浅的笑，但是表情变得有些不寻常了。

我不在意他是不是生我的气了。毕竟我们碰上的这所有麻烦都是因为他，他也没有资格指责我。我在甲板上沿着围栏四处走，搜索着天际线。我内心有一部分希望看到某个时候会有更多艘船从天而降，但是我绕着船身走了一整圈，什么都没看见。

太离开驾驶位，走向连着下方的船舱的走廊。

"你在干什么？"我问道。

"看看这些士兵都有什么吃的，我快饿死了。"

"都这时候了你怎么还有心思考虑吃的？"

"什么时候？"他挑了挑眉毛，"我们逃走了。再说了，人是铁饭是钢，一顿不吃饿得慌。"

我的胃咕噜地叫了一声表示同意。不过，现在操心吃饭这种小事确实感觉还是不太对："我最好还是守在上面，警戒康的舰队吧。"

太摆摆手:"侦察舰的全部意义就在于脱离舰队独自航行。你担心得太多余了。"

"你倒是担心得少,你害得我们差点就被抓住了!"我怒目圆睁,"我永远不会再相信你的警戒了,即使这意味着剩下的路上我都不睡了。"

"你这空洞的威胁变得越来越有意思了。"他笑着往舱内走了进去。

我希望能反驳他这不是空洞的威胁,但是事实上,我明白这确实是。一边生着闷气,我一边审视着天空。白色的云朵悠悠地飘着,看上去是如此平静,很容易就让人相信我们已经安全了,但是我们离终点还有一些距离,我很确定前面还会有更多的麻烦。

热血仍然因为刚刚的战斗而沸腾,我擦了擦额头上的汗水。黄棕色的扇形帆面在桅杆上骄傲地如波涛般迎风飘扬,在空中泛着光,仿佛刚刚上过蜡一样。

我还是有些不敢相信——我真的从总督的士兵手里偷走了一艘飞船。我不自觉地发出一阵笑声,趁太没听见赶快用手捂住了嘴。我不能让他发现我的这阵喜悦,他会把这当成我的担心是多余的证据。

被巡逻队发现我竟然觉得有点庆幸,这是不是很糟糕?紧迫的危机已过,我可以尽情享受胜利的狂欢了。就算是母亲口中勇猛大盗的传说也比不上我刚刚干的事情。

母亲要是知道我这样轻而易举地堕入犯罪,一定会以我为耻的。父亲也一样。毕竟父母他们一直都在向我强调法律和规则有多么重要。我深深吸了口气。偷走一艘船，还把那些士兵置于险境不是英雄行为。可能这是不得已而为之的，但我不能这么高兴。然而，我也没法让自己感到十分耻辱。

我在甲板上踱着步，父母亲教过我的话在头脑中回响。法律是为了保护人民而设立的，没有法律，就没有秩序。我暗自向自己保证要尽一切可能不再继续犯法了。

但是很有可能，偷走这艘船不会是我去往地狱的路上犯的最后一次罪。

/ 第十三章 /
家乡一样的江

闪闪烁烁的繁星穿过朦胧的云朵，从太在船舱里睡下以后，只有船的轰鸣和风的呼啸伴着我。我凝视着那皎洁的月光，想到那些在这光芒中生活的生命们；尽管月神们已经数年没有出现在我的生命中了，他们消失的阴影依然在我心头萦绕。

飞船的驾驶台上按钮发出萤火虫一样的光芒，舵轮上的黄色光辉让我想到了篝火。这是整艘船上唯一的亮光了，因为点亮灯笼实在是有些冒险。我甚至都想把这些光都关掉，但不管是我还是太都不擅长对机械动手动脚，还是作罢了，免得再弄坏什么东西。

太整个下午都在给我演示这些控制装置是怎么工作的。我仍然没法掌握所有的技巧——想要真正学会完完全全控制这艘飞船航行需要的不只短短几个小时，但是我知道的也足够用了。根据仪表显示，我们在风小了之后慢下来了不少。不过螺旋桨推进器还是能让我们继续前进，在明天中午之前就能到白鹤山了。

我走上舰首，看着眼前的黑色地面向后飞掠过去。尽管周围一片宁静，我还是保持着警觉。就算是在夜幕笼罩之下，我依然觉得自己还是暴露在敌人眼中。

太从甲板下方的船舱中爬上来，打了个哈欠："地上有什么有意思的东西吗？"

我依靠到扶手上："你刚刚也没有休息很久啊。"

突然一股冰冷的感觉冲入我的胸口。有一瞬间，我都没有搞清楚为什么，接着我听见了……那可怕的呻吟声，鬼魅般的呜咽。尽管我在另外的一艘船上，这鬼上身一般的声音好像还是跟来了。几秒之后声音消散了，但是这摄人心魄的冰冷感并没有。

"你听见了吗？"

太点点头："我在另外的船上也听到过这东西。我不知道这是什么……我第一次听见的时候，以为是月神。"

我皱了皱眉头："月神已经很多年没有出现过了。"

"我知道，但是我还是希望是他们。"太耸了耸肩，"可能是康的某种魔法，给予他的舰船生命的魔法。有一次，我听到有声音在呼唤我的名字，但也有可能是我的幻觉。"

我抬头看了看这艘船的古铜色的桅杆，不知道船上依附着怎样的一种超现实存在。可能那是鬼……可能康总督曾经在战争中用过这艘船，那是他的敌人和部下去世后的亡灵。

太走过来在我旁边靠到扶手上，身上仿佛带着一种莫名的忧伤。他眼里的奕奕神采消失了，脸上也没有一丝往常日子里那嘲弄般的笑容。

"你怎么了？"我问。

"没什么。"他看向月亮，"我只是想念月神了。"

"我也是。"传说中月神的祖先住在一个古老的村庄，他们的灵魂是如此的纯洁以至于可以离开肉体凡胎，登上月球生活。我希望他们现在正在那儿生活。"我妹妹说她曾经见过一位——是一个把发带缠成动物形状绑着头发的小姑娘。"

"她很幸运。"太笑了笑，"你有没有碰到过呢？我是说，现形的那种？"

"没有，但是我有一次看到了祖父的一只机械铜蝴蝶消失在空中，还传来了一个小姑娘咯咯的笑声。我一直觉得很奇怪，按理说比人类纯洁得多的生命为什么会做盗窃这种事情。"

"月神的祖先可能曾经纯洁过，但是月亮上的灵魂在一代代的繁衍中也会变化的。相信我，他们也不比我们这些人纯洁多少的。"他说的就像是他知道一样。

"那你碰见过他们吗？"

"母亲曾经给我讲过关于他们的故事。"

"我的母亲也讲过故事。"风把一缕头发吹到我面前，我用手把它捋回耳后。"我一直都很喜欢那些月神战士帮助人类战胜怪物的故事。"

太点点头："我也喜欢这些，不过要说我最爱的，是讲一位月神姑娘爱上一名凡间王子的故事。"

"我不知道你原来还是个浪漫主义者。"我取笑他。

"你会发现我其实充满了惊喜。"

"这不难，毕竟我有一半的问题你都拒绝回答。"

"这不还给你留了一半。"

我摇摇头："这故事是讲什么的？"

"这是我能回答的问题。"太仰望着明月，"从前有一位月神姑娘……不是贵族，但也可能曾经是，因为她是月神国王最信任的门客的女儿。小的时候，她非常的调皮，经常在人类身上做各种恶作剧。"他的嘴角挂上一丝温柔的微笑。"她最喜欢的受害者之一是一名年轻的王子。他是一位魔法天才——是整个王国最伟大的魔法师们最为宠爱的学生。他召唤了一次魔法想要困住她，但是这魔法有效的时间只是让他看到了月神的脸。作为报复，她带走了王子最昂贵的财产。不久，这变成了他们之间的游戏……月神姑娘会试着偷走王子的东西，弄乱他的房间，或者用各种办法给他惹麻烦，王子呢，就一心想要抓住她。最后，他们成了朋友，当他们渐渐长大，他们相爱了。但是不管什么时候他试着触碰月神姑娘，他能感受到的只是一阵雾。"

"接着发生什么了？"

"她请求月神国王用魔法将她变成人类。尽管国王一开始回绝了她，但是直到国王答应她一直都没有放弃。为了让她在两个世界都能现形，所施的魔法用了月神从没有在单一魔法中用到过的巨大力量。只要魔法生效，她就能在人类和月神两种形态中变换自如。"

"听上去是个大团圆结局的故事啊。"

"是。从此以后，她和王子幸福圆满地在人间生活。"太的眼神中仿佛闪烁着悲伤，"我希望她——还有她的族人——仍然会在我们身边。"

"我也是。"我叹了口气，想着妹妹在桌上放着给月神族朋友的那些发带，它们从来没有被动过。"你觉得在他们身上发生了什么？"

他态度不明地耸了耸肩："我不想猜。"

"我一直以为他们是不是在厉鬼开始攻击的时候就回到月球王国去了。"

"有可能。"

"可能是魔王派出的厉鬼在追杀他们。"我沉思着说，"可能当我们到地狱面对他的时候就知道真相了。"

"或许吧。"

我望向漆黑的天际线，试着想象地狱会是怎样的一副模样。竟然实打实地要去那里，这对我来说，感觉有些不太真实。但是只要我到了那儿，我想让魔王为他所做的一切给个交代——不只是绑架太的同胞。厉鬼也是地狱的生物，这意味着最终的幕后力量也是魔王。天知道……说不定当他们的王肉体崩坏之后，厉鬼也会一并撤退？那样的话黛蓝就不需要外界的保护，我也就不必嫁给康总督了。

抱有希望也没什么坏处。

连绵不绝的绿色树冠在整片大陆上蔓延，所望之处都是绿色的海洋，一直延伸到远方地平线上那蓝灰色的崇山峻岭。俯瞰众山的，正是在其中若隐若现的白鹤山。根据飞船上的导航仪器显示，我们离那里大概还有二十里地。山脚下的城——同样也叫白鹤山——从这里看下去仿佛是洒落一地的七彩的鹅卵石。我眯着眼睛看这座山，想找到白鹤山庙的方位，那正是太的魔法师居住的地方，但是我目所能及之处只有郁郁葱葱的绿叶以及地上灰色的石头。

下面，白鹤江的江面映着点点日光。我把胳膊肘靠到围栏上。这欢快的涟漪让我感到平静，想赶快降落下来好用手感受感受这流淌的江水。在黛蓝，不论我在哪儿，只要路过几家的门口就能看见流水。

据太所说，在这宽阔的江面旁边有几个巨大山洞，计划是把船停进其中一个，把它藏起来，接着徒步走完剩下的里程，这样我们可以装成是普通的旅行者，就不会有人怀疑了。去往山里的路只有一条，而我们也只能穿过这座城市。

太从舵轮后面看了我一眼："一会儿我们到城里你想吃点什么？我给你偷来。我想想，你肯定和我一样吃馒头吃腻味了，咱们弄点小笼包怎么样？哦哦对了，还有烤鸭！"

我抱起了胳膊。虽然太在这艘船上翻出来的白面馒头实在是难吃得要死，但是我宁愿吃上一百个这种馒头也不愿让太偷东西给我吃。"首先，我不需要你养着我。其次，以后不能再有这种盗窃行为了。只要我在跟前，就不许你再偷东西。"

他一个胳膊肘靠在舵轮上，跷起二郎腿："你偷这整艘船的时候好像也没这么介意嘛。"

我的脸颊瞬间涨得通红："那不一样！我们那个时候很危险。而且总督有那么多艘船——他不会多介意丢掉这么区区一艘侦察艇的。"

"你继续自欺欺人吧。事实就是，你已经迈上了成为江洋大盗的康庄大道。"他冲我眨了眨眼。

我转过头去，显然我的脸已经比上升的太阳还要红了。我的父母亲养育我长大成人不是为了变成小偷的。但是他们确实告诫我要帮助别人，而且我也十分确定他们会同意一条人命要比一艘船来得宝贵。如果这样考虑，偷走这艘船也就不算是什么罪过了。

"如果你不想偷东西的话，那我希望你口袋里还有点碎银子，不然你打算怎么办？乞讨吗？"太摸了摸下巴，"当一个乞丐，你实在是太干净了，你得在脸上抹点泥才能装得像一点。"

我忍住了打他一拳的冲动："提醒你一句，我打算工作来喂饱我们。"

"谁会在大街上雇你这种漂亮小姑娘？你这是要找什么

工作？"他挑了挑眉毛。

要是他在暗示些我觉得他在暗示的什么，那他被千刀万剐也死不足惜。不过虽然他一直在挑战我的耐心，但是我发现我已经足够成熟可以忍住了，至少我们两个人中间得有一个稍微成熟点的。

"我和我妹妹都会表演杂技。我们的父母曾经带我们去别的村子里表演过。"可能这不是最好的办法，毕竟我的表演很可能会吸引康手下的注意，尤其是现在他们还在找寻我们的下落，但这是我能接受的风险。白鹤山不在康掌管的省里，因此很有可能这里根本就没有他的人马。只要我保持警惕，应该就不会有事。"大部分时候，我们都是在街边搭台子演出，我准备接下来就这么干。"

"你在街头表演杂耍能赚几个钱？"

"足够我们吃上几顿饭了，而且这也不会给我们带来什么麻烦或是剥夺其他人的财产。"

他紧紧捂住了胸口："你的话伤透了我的心！你知道我只会损有余而补不足，从那些有钱人手里偷些他们不在意的东西，而且从来没有被抓住过。"

"你被我抓住了，不是吗？"我得意地笑了一下。

"只是因为你那时候有帮手。但我对你会的把戏还挺好奇的，所以我们可以先试试你的办法。要是你没挣到足够的钱，我再偷点做补充。成不？"

"不成。因为我挣的肯定比我们需要的多。"

"你是不是有点刚愎自用啊。"

"你先照照镜子再说这话。"

他微微一笑："至少我不会自大到认为我们能这么大摇大摆走进白鹤山城里还不被别人怀疑身份。一起旅行的年轻男女可是个丑闻……除非我们结了婚了。"他冲我伸出手："你愿意做我的假妻子吗？"

我挑了挑眉毛："或者除非我们是亲人。让我当你的假妹妹怎么样？"

"嘻，我还以为你会很想假扮一个夫人呢？毕竟你是这么这么地渴望结婚。"

虽然他明显是想要开个玩笑，但刚刚的话还是让我的内心微微地刺痛了一下。这小段时间里我控制自己忘记要嫁给一位我深恶痛绝的男性的命运。但我余生都会侍奉康总督的想法仍然让我打心眼里感到恶心。这不是能当玩笑开的东西。

这是太永远无法理解的——我也不想跟他解释。我只是瞪了他一眼走开了，胸口里仍然充斥着怒火，但我不知道到底是为谁生气，是因为总督，还是因为提起他的太。

"等等！"太跑到我面前，挡住了我的去向，"我不是故意要让你不高兴的。"

"那你是什么意思，嗯？"

"我……"他无助地耸了耸肩，"我也不知道，对不起。"

我呼出一口气，提醒我自己他无论如何也没有办法了解每当我想到要嫁给康的时候我内心是有多恐惧。"以后不要再提起我的婚事了。"

"我不会了。"他的脸上闪过一丝奇怪的表情——仿佛是痛苦一样。

想要换个话题，我说道："现在我们已经确确实实地到白鹤山了，你总能告诉我关于这位魔法师的事情了吧？这男的是谁？"

"是女的，她来自离我们非常非常遥远的南方大陆。"太的声音有点轻，"而她的名字是伊布司徒·巴克勒……不过在他们的文化中，名字是放在姓前面的。所以你见到她的时候，叫她伊布司徒就好了。"

我将要见一位从天边的南方大陆来的人，这足以让我忘记关于康总督的一切了。母亲和父亲都曾给我和安水讲过那些遥远大陆来客的故事。传说他们有棕黑色的皮肤，说的语言听上去仿佛是石头从山上滚落下来发出的声音一样。就像那些西方来的人们——那些奇奇怪怪的外国人长着金黄色的头发带着刺耳的腔调——他们有的时候会长途跋涉到珠月国做生意。当然不会有人跑到黛蓝这样的偏远乡村就是了。

"伊布司徒。"我试着念叨这奇怪的名字，"我以为你说这个魔法师是个男的。"

"我可从来没这么说过。"太的眼睛闪烁了一下，"这是你以为的。"

我皱了皱眉头，脑子里回想起我们之间的对话，但实在是没法回忆起确切的字眼。我不知道他这么说话还对我瞒下些什么别的东西……只告诉我片面的消息让我自己猜剩下的。我也不知道这样下来我在他身上攒下了多少错误的印象。

飞船的舵轮处鸣响出一阵铃声，提醒我们已经接近设定好的目的地坐标了，我大步走向控制台。太跟着我走过来，看了一眼仪表。

"该下降了。"他拉下一根控制杆，转身面向舵轮，我闪到了一边。

我好奇地看着他操作控制台上的各种控制杆。他已经跟我讲过一切是如何操作运行的了，但看他实际操作这机械还是大不一样的。按下按钮、转动舵轮、拨动开关——一系列的细小操作让我们这艘小船离水面越来越近，直到它缓缓推开船底的水，平稳地降落到江面上。

甲板前后摇摆了几下，我抓住扶手保持身体平衡，直到船彻底停稳。在一旁的山体一个巨大的山洞张着它的血盆大口。带着窄窄叶子的细密绿色藤蔓铺满了洞穴里棕灰色的上表面，藤的末端在洞口处垂下来。太转动舵轮，船游进山洞里面，螺旋桨激起阵阵水花，星星点点的水洒向空中滴到我身上，这感觉仿佛是自然的馈赠。

我们航行进洞穴，帆布擦过绿色的藤蔓。我感觉这个洞穴都能把整个黛蓝装进去。弧顶上垂下一条条牙齿一样的钟乳石，我感觉我们就像进入了一只庞大的怪兽的嘴里。水面向黑暗的前方延伸仿佛没有尽头，不过考虑到我都能看到江底的泥沙和石头，这水应该没多深。

船停了下来。"我们最多就只能到这儿了。"太说，"不比隐身咒藏得好，但是也足够了。给我一分钟把船锚定好，接着我们就可以动身往城里走了。"

我向洞口望过去。我们刚刚降落的地点看上去很是偏僻，不过一艘飞船还是很显眼的。"我去侦察侦察，确保刚刚没人发现我们。"

"随你便。"太不屑地挥了挥手，眼睛盯着控制台都懒得回头看一眼。

我再次检查了一下我剑鞘的皮带有没有绑好。这把剑会让我看上去很可疑，虽然我也不想这样，但是我走到哪儿都会带着它的。更何况，我得用它做那女战士的表演。在我的肩膀上打了个结——我把太给的那块罩面的布用带子系上去了。它最好在顺手的位置上以免出情况我又要遮住脸的时候找不到。

在船首找到那根绳子，我把末端抛下船。它掉进水里溅起一阵水花。我爬下去的时候，甚至还有点希望太再试着搞个什么恶作剧，就像他之前在卉貌湖那儿弄的，这么顺利地爬到底下我都有点失望了。

冷冽的江水没过了我的膝盖，这感觉像是皮肤上有神在触碰一样。我尽情享受这畅快的感觉，一路蹚着水跑向岩石覆盖的江岸。身上湿了问题也不大，岩洞外的阳光很强，等我们到了城里的时候，这点水应该早就干了。

江水在阳光的照耀下熠熠生辉，我想象着那条江龙，身上披挂着红色绿色的鳞片，身后跟着长长的蜿蜒的龙尾，在江面下游泳，能像它这样一天天自由自在地过活该有多么幸运啊！

我沿着江边走向船尾，尾部离洞口只有咫尺，阳光都能洒在甲板末端的围栏上了。我抽出剑，以防万一出现什么情况。船的动作停了下来，没了它，空气瞬间变得安静，感觉都有些祥和。只有远方清脆的鸟鸣和微风的轻语打破这片平静。如镜面般安宁的水面带着深绿的色彩延伸向地平线的尽头，远方的高山骄傲地在上面洒下巍峨的影。

哗啦一声打破了这片宁静。猛地袭来的泥土和江水的冰冷让我倒吸一口冷气。惊吓中我的心脏怦怦直跳，我立刻回头看过去。

还没等我看到太，他的笑声就先传来了，他正站在几步远的地方，一只手里还拿着他的铜棒。在船尾处荡悠下来了一根绳子。

"你应该看看你脸上的表情！"他笑得前仰后合，"浑身是泥的你现在倒真的像一个乞丐了。你确定你不试试？"

他一定是故意从船尾爬下来落在我旁边的……又搞这种恶作剧。我愤怒地吼了一声："混蛋！"

太睁大了双眼："这是个意外。"

"你骗人！"我扔下剑猛地向他扑了过去。

太躲开我，跳向岸上，扔下他的棍子。我追着他跑了过去。

"意外！意外！"他一边笑一边叫道。

"你个智障！混蛋！猪脑子！"我的怒气沸腾了，追着他到洞穴外，冲上了长满青草的岸边。

他急转过去让我扑了个空，又急转回来摆脱开我，但是第三次我抓住了时机挡住了他的去路，我猛地跳到他的身上，拦腰抱住，一下就把他抱摔到地上。

我们狼狈地栽倒在地上，他趴在地上，我趴在他身上，头顶在他的背上。他翻过身来想要把我推开，但是我又拽住他的肩膀再次把他摁倒进土里。

没有继续反击，他举起双手，脸上带着讪笑："大侠饶命！"

我方才发觉这个场景是有多滑稽。有那么一两秒，我还在怀疑地盯着他的眼睛，不过接着就忍不住笑出了声：我把他抓起来这是打算干什么？

他跟着我一起笑了起来，想到我们这愚蠢至极的行为俩人都忍俊不禁。我弯下腰，我的脸和他的离得是那么近，脸颊上都能感受到他呼出的空气。

"傻瓜！"我打了他肩膀一拳头，"我告诉过你不要惹我发火！"

"我也告诉过你，你发起火来是多么有意思！"他的眼睛中笑出了泪花。

"我恨你。"

"不，你并不恨我。"

我翻了个白眼："我是不。"

"那这是不是说你喜欢我，嗯？"

"不，"我顿了顿，"可能，有一点。"

"那就够了。"他与我四目相对，"我得向你坦白一件事情。"

"哦？"我感觉我应该看向别处——别的什么——只要是别的什么东西都好，但是他的眼神好像有种魔力。

"你来铜秋城的那天……你从轿子里看到我不是一个巧合。我当时就是冲着你来的。"

"这是什么意思？"

他的嘴角勾出一丝浅浅的笑："城里大家都传说总督的新娘子是个村姑，但她十分勇敢，都敢和厉鬼打仗，就像是一个当代的女战士。我不相信，我原来也听说过有一些偏远的小村子拿姑娘当守卫，但是我从来都对这个说法不置可否，直到我听他们谈到有这么一位活生生的姑娘要来城里。我当时觉得这个女孩子简直是太不可思议了，竟然敢站出来跟那些屠戮了无数勇武过人的战士的怪物战斗。"

我用牙咬了咬腮帮子里的肉。他这样夸我我应该觉得洋洋得意才是，但实际上，我有点想找个地缝藏起来。除了我妹妹，还没有人……曾这样欣赏我。我的心脏怦怦直跳，我告诉自己这一定是因为刚刚全力奔跑导致的。

"我一定得亲眼看看你,所以我跑去迎接总督的车队过来。当然,我肯定是没法抵御一个不设防的钱包的诱惑的,但是紧接着我就被你给看见了……"他窃笑了一下,"之后发生了什么你就都知道了。"

我不小心笑出来一小声:"贼。"

"罪过罪过。"

仿佛有种无形的力量在推着我,我向他倾过身去。脑子里一片空白,没有想是什么,也没有想为什么——我脑子里只剩下这当下的一秒。他一只胳膊肘压在地上抬起身子,呼出的温热的空气吹开我脸颊两旁的发梢,他离我更近了——近到我甚至都能感到他嘴唇发出的热量。我们目不转睛地看着彼此的眼睛,他的视线一秒都没有离开我,而我突然感觉我好像全身都陷入了他漆黑的瞳孔,在不停地往下陷、往下陷……不知道是为了什么,也不在意是为了什么。

忽地,咚的一声把我从恍惚中带了出来。我吓了一跳,赶忙抬头看了一眼。不管我刚刚中了什么咒,现在好像也全都消失了——我突然间回到了现实世界。

我慌张地从太的身上爬下来,这才意识到刚刚我的动作是多么不合适。我不是一个小姑娘了,不能再像是小孩子一样这么跟男孩子打闹。母亲要是看见我这样肯定会狠狠凶我一顿的。

现在需要做的事是赶快拿回我刚刚丢到河边的剑,弄明白刚刚那声动静是怎么回事。要是康的手下追上了我们可怎么办？

我冲到水边一把抓起武器。那咚咚响的声音又出现了，这一次还伴随着嘶嘶的动静。听上去像是机器发出的声音，但是我什么都没有看见。"这动静是什么？"

我以为太会像我一样警惕起来，或者至少随便给点评论，但是回应我的只有沉默，我回过头去，却发现他依然躺在草地上，一只胳膊肘撑着地，脸上挂着副奇怪的表情。尽管他的双眼看着我的方向，但灵魂好像在九霄云外。

"太？"

他眨了眨眼："我猜我们现在看起来都像是乞丐了。"他站起身来拍了拍衣服上的尘土。

空气中再一次响起刚刚的声音，这一次声音更大，更近。我往岸边走了几步，注意到地上有一条蜿蜒的土路。在不远处一座小山丘上开过来一辆机械马车。相比康手里那些强大车辆，这个长得更像是我爷爷造的那台。车后面满满的装着一堆西瓜，一个晒得黢黑，头发灰白的老头戴着一顶斗笠坐在驾驶室里。他绝对不是康手底下那帮半机械人，看上去都没有带武器。从他身上朴素的穿着看来，他更像是一名正准备去白鹤山贩售他的农作物的当地农民。

要是我能搭个便车的话，我们就能更早地抵达白鹤山了。但要是他发现藏在山洞里的飞船可怎么办？我回头看了一眼，洞中的影子把所有的船体都遮挡起来，只有一小点围栏露出来，而那洞口垂下的藤蔓把那一点围栏也遮了个严严实实。我们越早抵达白鹤山，就能越早重新出发上路，那有人撞见它的概率就会越低。

我把剑放回身后登上那个小山丘。"先生！"我朝司机喊道。

马车停了下来，老人看了看我："你是哪家的姑娘啊？你没有监护人看着一个人跑这么老远出来干什么？"

"她是我妹妹。"还没等我回答，太一只手里提着棍子，大步走上土路，接着说道，"我们的父亲派我们到城里做些差事。请问您能行行好给我们这俩穷乡下来的兄妹在车上腾点空位出来吗？"他话里的讽刺意味实在太浓了，就算是我也能听出来。

但看起来对马车上的老人来说，这话还是中听的，因为他接着嘟囔了一声说："当然，你们从后面找个位置坐下就行，别把我西瓜弄掉了。"

"谢谢。"太爬上马车，小心翼翼地迈过一个个西瓜，找了个空位置坐了下来。

而我选择坐到了西瓜后面的车后部窄窄的边上，不想再更靠近他。

老人推了推马车上的一个手柄，马车一下子噼里啪啦地动了起来，车后喷出一股白烟，模糊了我面前的景象。不过就算是这样我还是继续死盯着我面前，我已经下定决心不要看太，除此之外看哪儿也都无所谓了。

第十四章

街道上的舞台

白鹤山看上去有点像是黛蓝和铜秋城的混血。像黛蓝村一样，城中心穿过了一条小河，各色的石桥或木桥横亘之上，上面有着狮子或是莲花样的雕塑做装饰。有一架桥看上去和黛蓝村里的如此相似——都有着简洁的拱和圆形的扶手——弄得我都有点想家了。但同时这座城的大小和布局又让我想到铜秋城。精心打造的形形色色店面在街边一字排开，商贩摊铺挤满了本就摩肩接踵的巷子。大街上机械马车来来往往发出呀呀的声音，但是不像铜秋城，这里没有机器人，也没有那些发条驱动的仿生动物。这种技术在这儿还是很罕见的。

相比铜秋城那些精英散发出的气氛，白鹤山老百姓之间的氛围也大不相同，这里男人们发型各式各样的都有。大部分扎着辫子——帝国普遍的式样——但是也有很多人留着和太类似的——也就是远古战士的发型。当然还有其他一部分人，穿着简简单单的僧侣白衫，头上根本没头发。

怪不得太根本不担心他那"外国人的发型"在这儿会扎

眼。很明显，白鹤山这儿有不少外国人，毕竟这里离通往西方的商路很近，不少旅行者都会经过。而且我们离铜秋城也足够远了，不管太之前遮住脸是在担心些什么，现在也都不成问题了，因为我们已经过了好几道守城的关卡也没出现任何异常状况。到现在为止，我没有看见任何康总督往这边派了人的迹象，他的搜索队应该还没有抵达。我只能希望我这想法是对的。

我四处张望了一下，想在街上找个相对空旷能表演的地方。几个西方人从我们身边经过，穿着奇怪的裤子和更奇怪的上衣，那衣服胸口开着口，露出了里面另一件更修身的衣服。虽然不是所有的西方人都是黄头发——有些头发是棕色的，也有些和帝国的居民差不多长着头黑发——但他们标志性的面部特征让他们在人群中颇为显眼。棱角分明的高耸鼻子和突出的下巴，圆眼睛上有着浓密的睫毛，头上的头发甚至比太的都要短。而且，他们的语言听上去有的像是羊的咩咩叫声，有的像是笛子奏出的音符，这可能和他们是从西方具体哪个地方来的有关系。

"找个街角要花多久啊？"走在我旁边的太漠不关心地说道。从我们下了马车到现在，他一直表现得好像刚刚什么事情都没有发生过一样。

那我也这么做就是了："挑地方得讲究战略战术，你得找个人多的地方才能吸引足够多的围观群众，但是人也不能太多，不然他们看不见表演只能看见人脑袋了。"

前面一栋房子的后墙根下有一片空地。这地方正合适——正巧面对着一条熙熙攘攘的大街，也不会挡着任何一家店面。我也没有在周围看见什么别的卖艺的。

"这地方就可以。"我快步走进这片空地解开身上绑着剑的绳子。看了一眼这锋利的边沿，我把皮带缠到了剑刃上；我可不希望这把剑在我不小心脱手的时候在旁观的人身上开个口子。

太看着我，脸上带着一副困惑的表情："你真心觉得这样就行吗？"

"是的。"我回答道，尽管内心在暗自嘀咕：不太行。自从十二岁以后，我就再也没有在街上卖过艺了，而且过去卖艺的时候我有爸爸和安水陪着。在黛蓝，我的观众就只有我的亲朋好友和邻里乡亲。我也不知道怎么样布置往常我表演女战士时用到的舞台，所以这次我得临场发挥了。这一路风尘仆仆让我简简单单的外衣又脏又破，根本和动人心弦这几个字不沾边。不过说回来，我上一次盛装打扮的演出给我惹了一身不必要的关注不说，更招来一场我深恶痛绝的婚事。可能穿着简单点也挺好。

当我绑好了剑刃，我把它高高举起，效仿着过去父亲曾经说过的台词说道："父老乡亲们，注意了！你们有没有听说过女战士的故事呢？当然听过，谁会没听过？但是你们又有谁亲眼见过一位活生生的姑娘为您现场表演这段传奇？她的动作行云流水，武术刚劲有力，月神女武神的一切技巧将展现在您的面前。"当人们开始回头看向我的时候，我脸上挂起大大的笑容，回想着父亲当时是怎么做的，试着尽力赶上他信心十足的吆喝："尽情观赏我为您带来的现场表演：伟大的女战士！"

尽管紧张中我浑身的肌肉有些颤抖，我还是高昂着头。我不能让任何人看到我有什么踌躇的动作，尤其还当着太的面。一些看热闹的人自动在我周围围成了一个半圆，太也在其中站着，脸上还挂着一副不可置信的表情，但同时眼神中也有几丝好奇。我看不出来他现在是崇拜我呢，还是在无声地嘲讽我。不过后者的可能性更大一些就是了。

相比曾经安水和我一起演出的时候，这次我能吸引到的围观者少了不少。我把它归咎于招徕群众的是我而不是我仪表堂堂威风凛凛的父亲。不过仍然，这儿至少还是有那么十几个人在看的，如果他们每人——或者至少大部分——给上那么几块钱，那起码也够我们吃顿中午饭了。

"你听没听说过女战士的故事？"我重复道，往一边挥舞了一下手中的剑。尽管我的心脏有些微微发颤，但我的语气中充满了自信。

我在人群中看见了太的微笑，不知怎得，它鼓舞了我。他说要是我赚得不够，就会偷出我们的下一顿饭。我可不能让他得逞。

因为我现在没有往常要跳上的竹竿，我得想点别的办法开始这一场表演。我把剑放到地上。"她是一位月神王子和他美丽的妻子的女儿——这一对夫妻的灵魂是如此美好纯洁，上天都为他们祝福，赐予他们星星的神力。"

为了表现这些天上神仙，我向空中腾起，在半空翻了个跟头，又借着动量再翻腾了一圈。软绵绵、稀稀拉拉的掌声在周围响起。

"但是邪恶的魔王嫉妒这一对神仙眷侣，他用黑魔法诅咒他们，因此每一个他们新出生的孩子都会堕入凡间，困在人的肉体凡胎当中。"

为了表现坠入凡间的过程，我冲向墙体，借着这股力量把我抬起来，我像是蜘蛛一样跑上垂直的墙面，感到有点失重。仰头后空翻下来，双脚着地，接着转过身来面向观众。又零零散散响起了一阵掌声。

我趴到地上，四肢蜷缩把身体弓成一个球形。"婴儿月神公主落到的地方是一片战场，那些灵魂——埋葬于此的伟大战士们——心生怜惜，他们把她养大成人。"慢慢地，我站起身来，捡起了落在一旁捆起来的剑。"在他们的训练下，她学会了如何像男人一样，甚至比大部分男人都能强悍地战斗。"

起跳、筋斗、回身……我手中的剑从一只手滑向另一只，在空中我的身姿如烟花一般爆炸般地舒展开来。尽管这小小的一撮人为我的表演发自内心地鼓起掌来，但这人数始终没有增加多少。我的内心闪过一丝失望。

"但是女孩知道她无法永远跟灵魂生活在一起。因此她离开这些战士灵魂的保护出发去寻找人类的踪迹。"我走了一大圈，趁机会调整调整呼吸，为了演出效果，其间把剑向旁边挥动过去。"魔王意识到她变得如此强大，派出了他的恶魔士兵妄图在她孤立无援的时候杀死她。"

我举起剑，准备变换角色表演恶魔士兵的部分。

"接着他向月神姑娘攻来！"太挥着他的铜棍从人群中突然跳出来。

我吓了一跳，回身面向了他，本能地把剑挡到我身前。他跑上来，棍子挡到我缠着带子的剑刃上，一瞬间我们四目相对。

他这是想干什么？我瞪着他。

他嘴角翘起，把我的武器打向一旁。看着他的棍子向我呼啸着挥了过来，我向旁边一跳躲了过去。耳边响起了周围人们赞许的掌声。

我想吼他让他闪一边去，但是观众正看着，我只能顺着这情形继续发展。当他再次向我攻过来的时候，我躲闪之后，华丽地跳起身子，空中劈开双腿，挥舞着剑反击了回去。

余光中我看见有更多人涌了过来想要看看这骚动是怎么回事。这有用……

不过依然，要是太想要参与这表演，他应该提前知会我一声而不是这样打断演出先斩后奏。我再次攻向他—— 一点表演里放水的意思都没有——他向旁边一闪。我看到他攻击我的动作，立刻跳开并用手推向地面向前空翻了一下。带着点恼怒，我旋转身体开始了一串戏剧般的组合连击，这都是武术套路动作，但就算是有那么几下真的砍到他肋条上，那也是他活该。太格挡住了我的攻势，但是这一次，我设法把他逼到了墙上。

没有像恶魔战士一样被我击败，他却从我的腋下钻了出去，跑向了观众。

"女士们先生们！"他喊道，"你们听到的故事是不完整的！"

他在说些什么？我眯起眼睛看着他。

"那个被大家当成是恶魔战士的人并不一直都是魔王的拥趸。"太继续说道，他的表情带上了一股悲壮的色彩。那皱成八字的眉毛、噘起的嘴巴，还有那被拉得长长的声音看上去还有些滑稽，我轻轻哼笑了一声。"他效忠魔王以换取从敌人手中保护他村庄的力量。但是尽管这效忠的誓言让他被迫服从地狱的命令，他的内心中善良犹存。"

这不是故事的一部分！我本想张嘴抗议他胡乱改编神话故事，但是突然发现周围围观的群众已经足足增长了两倍有余——还都看得津津有味，就先闭嘴了。很显然他们并不在意太是在瞎编乱造。我有点欣慰能吸引这么多人的注意，但是内心里更多的是恼火。

"伟大的女战士啊！"太回身面向我，咚的一声双膝跪地，扭曲的脸上依然挂着那夸张的悲痛表情："求求你让我摆

154

脱这魔王的诅咒吧！"

我恼火地说："我以为魔王是派你来杀我的。"

"我本意绝非要服从他的命令。我现在只想得到解脱……求求您了，我伟岸的，强大的，美丽的女战士啊！您能帮帮我这个无助的，悲惨的，受诅咒的灵魂吗？"

我怒视着太，不知道我现在应该怎么办。当你困惑的时候，让你的观众帮你做选择，我母亲曾经这样告诫我。他们会告诉你他们想要看什么。

望向四周的群众，我问道："我是不是应该帮助这个魔王的使者？"

几位周围围观的人喊出赞成的话。可能他们看过、听过这个故事太多次了，想要看看一个不一样的结局。抑或者是太……他每每做一个动作毫不费心思都会散发出一股子迷人的光环。看上去他干什么都是这么自然而然、简简单单。

我向下看着跪在地上的他，他的眼睛冲我恶作剧般地眨了眨。

"女战士，那你能帮帮我吗？"他更夸张地噘起嘴巴，虽然我揣着一肚子火，但我也得拼命憋才能忍住到了嗓子眼的笑。

满足观众的愿望看一个新版本的神话也没什么坏处嘛。"非常好。"我伸出手，"起来吧，你这样子实在是太可笑了。"

人群中隐约传出几声咯咯的笑。太握住我的手，我把他拽了起来。他与我对视了一眼，脸上还挂着他那标志性的得意的笑。这感觉太熟悉了，我都不知道现在我是想笑他还是想揍他。手心传来他手指的温热，放开手的时候我发觉自己好像内心有点不舍。

我挥了挥手里的剑："我们该如何解开这个诅咒？"

"魔王用黑魔法从我胸口取走了我跳动着的心脏。"太捂住胸口踉跄着后退了几步，"他把它放到了一个附了魔的匣子里，由那些恶魔手下保护着，如果我们能打败他们取回我的心脏，那我就能重获自由！"

"哦？"我挑起一只眉毛。他的故事听上去有点不合逻辑：传说中魔王有过不少的恶行，但是取走一个人的心脏这种故事我从来没有听说过，"我以为你会说魔王取走的是你的灵魂呢。"

"一个人的灵魂就在他的心脏里——这你当然是知道的吧？"他挥动起他的铜棒，"我们前往地狱，前去直面地狱中的恶魔。"

他开始挥舞起他手中的铜棒，先双手之间交替旋转，接着转向头顶，接着在肩膀之间转动，这一整套提撩舞花的动作如疾风、如闪电，弄得众人眼花缭乱目眩神迷。群众拼命地鼓起掌来，但是他的表演还没有结束。他把棍子忽地抛向高空中，趁着没有落地，弹起身来将双腿高高踢过头顶，在空中翻了个筋斗。身子一落地，他正好抓住空中落下的棍子，顺势把它向观众的方向坚定地一指，动作充满戏剧又夸张。

围观者大声鼓起掌来，显然被这一套动作震撼住了。他冲我笑了笑，好像是期待我也和他们一样。我不得不承认，他舞棒弄枪的本领还是可以的。但这些观众是为了我而来，我可不会让他把本属于我的掌声夺走的。

我摇了摇头："照这速度下去我们可永远也打不倒它们，让我加快点节奏。"

我从他手中抽走了棍子，接着一手持棍一手舞剑，两把兵器在我的双手中飞舞如蝶。虽然这长棍要比一把剑长得多，耍起来没法像舞双手剑那样飘逸，但我还是控制住了我的脚步，没有让观众发现我这略微的失衡。我在这街边的舞台中旋转，两把兵器穿梭在我手中，舞过我的头顶。最后，我把它们都掷向空中，接着跟太同样跳起身翻了个筋斗，但是同样的动作我做了两次——我伸手抓住剑和棍之后，再次将它们扔上天空并做了个空翻。双脚接触到地面的同时，我在空中截住两把兵器以一种充满力量的姿势做结尾：剑挡在头顶、棍刺在身前。

欢呼声从人群中传来。我眼睛瞟了一眼站在一旁盯着我的太，他的表情中充满了讶异，而这一次，轮到我得意的时候了："尽管士兵在战斗中勇武过人，但是他的全身武功在女战士面前也宛如儿戏，她更是能多倍胜之。"我把棍子扔回给他，叉起腰来，看看他还有没有什么能耐。

他低了低头："当然，士兵自知不如传说中的女战士。"

一股满足感传遍了我全身，这种感觉不知怎的有点奇怪，简直都带着点不真实之感。他刚刚认可我比他强了——之前从来没有男人这么说过。虽然我有点奇怪太这么轻而易举地认可是不是表演的一部分，但是他眼中炯炯发光的钦佩和欣赏看上去不像是演戏。我的胸口感到一阵温暖，我刚刚得意的笑也变得有些不太一样了。

"不过俗话说：一个篱笆三个桩，一个好汉也得三个帮。"我把剑从一只手扔向另一只，脑子里闪过一个主意。"团结一致跟这些怪物作战定会更有效，你觉得呢？"

显然是明白了我的暗示，太又开始舞动起手中的棍棒："当然。"

我奋力挥动剑身，剑刃划破空气爆出高亢的嘶鸣，接着腾空做了几次连踢。同时，太在头顶耍起了他的棍子。有那么几分钟，我们分别表演起各自的招数，一套立圆舞花让他手中的八尺长棍虎虎生风，我也同时腾空而起在空中翻了几个筋斗。

耳边响起了周围人们发出的欢呼雀跃，我微微一笑。太看着我的眼睛，把他的长棍掷给我。我一把抓住它，双手挥舞起两把兵器，不过也有些好奇太耍剑的把式是什么样，我顺势把手上的剑递给了他。

他正好踏到了点子上，剑柄落入手里的瞬间抽走剑身顺势用力地划破了他身前的空气，动作急如闪电令人目眩。我耍着手中长棍的同时，眼睛的余光微微瞟着他的动作。尽管他使剑的动作赶不上我飘逸，但是一看也能知道他也是颇具剑士天赋的，剑如飞风，就算是对着假想中的敌人一招一式也尽显凌厉杀气，我不知道他这剑法师承何人。能练到这个水平绝无可能是无师自通的——他一定是从小就拜师习武才行。难道他过去是个战士吗？

太再次跟我四目相对，接着把手中的剑扔回给了我，我抓住剑柄，接着把手中的武器都扔向空中，腾空做了最后一次空翻。在半空中我抓住了两柄兵器，接着狠狠落在地上，借着动能跪下来，把长剑长棍刺向地面。

"他们就这样战胜了敌人！"尽管一套动作下来我的呼吸有些沉重，但我还是强迫着自己用力说出了这句话。我站起身来，感觉有点下盘不稳。

雷鸣般的掌声在围观人群中响起，他们乌乌泱泱地聚在周围，密得我都看不见中间有缝隙。

"战士拿回了他跳动的心脏。"太捂住胸口，又开始了他那戏剧性的表演。他瞅了我一眼，脸上好像闪过一丝坏笑："当他重回人形的那一秒，他就意识到他已经无可救药地爱上了女战士。"

什么混蛋玩意儿？我紧紧咬住后槽牙才没有骂出声。滚滚怒火冲上了我的胸腔。他这就是一定要拿我取乐不可吗？

"那真是太遗憾了，因为我们大家都知道，接着我们勇敢的女战士是独自一人踏上了未来的旅途，"我狠狠瞪了太一眼，"而且在击败了无数更加强大的敌人之后，她会嫁给一位伟大的国王。"

太的嘴巴嘬了起来，脸上又挂上了那副滑稽剧一样欠揍的表情，手还是捂着胸口，他瘫坐到地上："衣带渐宽终不悔，为伊消得人憔悴，这不幸的战士在这位高尚的女子解放了他的灵魂之后，余生茶饭不思，最后支撑不住在孤独与悲痛中离世了。"

我紧紧握住自己的拳头，这样才能忍住上前揍他的冲动。

周围的人群失望地抱怨起来。我意识到情况有些不对……我们不能让这些人看到这么一个令人失望的结局，这么下去没人会给我们钱的，那我们刚刚的汗水不是就被白白浪费了吗。

在我还没想到用什么办法挽回现状的时候，太突然站起身来："我猜你们也跟我一样不喜欢这个故事就这么结束吧？"

人群中一片摇头，嘀嘀咕咕的抱怨声音更大了。

"那么，你们要不要听一个新故事呢？"太的嘴角止不住地扬起，"想不想知道这神话的另一种发展，另一种结局？"

大家点着头、欢呼起来，雀跃着表达同意。他们这是出什么毛病了？女战士的命运是定好了的——她的故事早就被传唱过几千遍了。每个人都知道她后来怎么样了——一场与强大统治者的婚姻让她后半生都深藏宫阙，她放弃继续冒险，转而成了红墙里的一位人民的好皇后、皇家的好妻子、王子的好母亲。人们不应该改写乱编古老传说的已有结局，这是在亵渎已死之人的灵魂。

但是人群好像并不在意这些。太给的这种可能选项让他们着了迷。他这样轻而易举地俘获大家的内心让我打心眼里感到妒忌，我从小就不是很招人待见，就算是我表现最好的时候，大家看见我也是像看见荆棘一样唯恐避之不及。即使是在我表演杂耍的时候，大家过来看演出也是为了我的技巧，而不是我这个人。可能这就是为什么太闯进来之前人群那么稀少，为什么在我妹妹参与演出之后，每一次大家的掌声都是冲着安水，就算我表演的难度更高。真可惜总督当时只看见了表演中熠熠生辉的我，而不是那片荆棘一样的我。

"那就来个新故事！"太向我转过身来，"美丽的女战士啊，我这位卑微的战士愿意一生侍奉您，献给您他不变的忠诚。"他向我双手合十，双膝跪地："您是否会握住我的手，与我一起立下结婚的誓言呢？"

我摸了摸下巴，脑子里想了想我的角色应该会回答些什么："伟大的女战士是不会因为一个男人这么要求就爱上他的。"我倨傲地看了他一眼："他必须要赢得她的爱。"

"他也一定会的！"太站起身来冲我使了个眼神，我克制住了向他翻白眼的冲动。

"怎么做到？"我问他，"就靠帮她杀掉怪物带来财宝？你得记住，女战士自己一个人就战胜过很多、很多的怪物，也不需要什么。"

"那是当然，怎么会有人忘掉呢？"他的表情变得温柔起来，携起了我的手。他的眼睛看向我的双眼，那莫名其妙的魔力又再一次把我吸引进去了——但是这深邃的目光的深处到底是怎么样的世界，我并不知晓。

一股热浪传遍我的全身，我的脉搏怦怦直跳，耳膜中充斥着我的心跳，这声音之大我都怀疑周围的观众是不是也能听见。刚刚的表演一定是比我以为的还要累人……肯定是我的身体比我之前想象的还要疲惫，我才会这样的。

"战士很清楚，自知他没有像女战士一样的强大力量。"虽然他的话是对着观众说的，但眼睛却没有挪开，一直在看着我，"他知道他永远都不可能赶得上这样一位传奇女子，也知道他将会永远藏在她的阴影之下。但是他的爱却是真的，他不在意旁人的看法。"

他一只手抚摸在我的面颊上，我的呼吸变得急促起来。有那么一秒钟，我仿佛忘了周围的一切，忘了我在哪儿，忘了我在干什么。

"这卑微的战士所能提供的一切只有他无条件的尊敬与爱戴，还有奉献一生的勇气，他希望这些就足够了。"他的语气变得更加柔和，这听上去是那么真诚，我都不知道他是不是没告诉过我他曾经当过演员。或者这就是他当盗贼的一环——他不用魔法就能让别人产生幻觉。

因为这一切都是这样的——都是幻觉。他只是在扮演他的角色，我也一样，不过我实在是有点厌恶自己还得提醒自己这一点。我一定不能太陷入自己的角色，刚刚我竟因为他的话而心跳加速了。但我不是女战士，我也不会成为女战士，他显然也不是这莫名其妙刚刚编出来的情景剧里的人物。

"嫁给他！"人群中爆发出一个女人的声音。

"对！嫁给他！"另一名观众跟着喊道。

我忍不住笑了起来。这帮观众看这么一出改编了的传说竟然会这么投入，实在是有些滑稽，不过我又为什么这么在意呢？毕竟说回来，这就是个故事而已。而且如果让女战士嫁给了这名士兵——不知道怎么搞的第一位女战士击败的恶魔竟然莫名其妙地变成了一名浪漫主义的英雄——会激起更多人给我们几块铜板，那我也就更不需要跟这事情过不去了。

"很好。"我的表情也轻松了下来，我看向周围的观众，"在年复一年的陪伴中，他证明了自己忠贞的爱情，女战士也意识到有一位志同道合的人相伴亦是难能可贵，因此同意与士兵结婚。"

"接着他们一起踏上旅途，等待着他们的将会是更多、更刺激的冒险和旅途。"太补充了一句，"他们云游四方，为各地斩妖除魔、排忧解难。"

担心他会把这表演拉得更长，我赶快说道："表演结束！谢谢大家！"

　　我从太身边退了一步，抽走了他手里握着的手，接着向观众们鞠躬致谢，迎面而来的是赞许的掌声与欢呼声，我乐开了花。此刻这一路上的所有不快和担忧都被这排山的掌声一扫而光。

　　太也走上前去深深鞠了一躬。虽然他面对着观众依然面带笑容，但是他看上去……好像有些魂不守舍。眼中那往常的灵光消失不见了，笑容中也带着勉强。

　　我感到他身上有着一股诡异的……什么东西……就在我面前站着，但是我却看不见。我也不知道我是否真的想看见。

　　这东西让我感到害怕。

第十五章

遮住脸

辣乎乎的味道冲进我的口腔，带着一股麻椒的味道包裹住我的舌头，眼睛鼻子都跟着刺痛起来，但是我很喜欢这感觉。我此前从来没有吃过味道这么重的菜。很显然，浇到这道牛肉上的红油还是不够辣，所以厨师长往里面死命加了一堆的朝天椒，这实在是辣得让人直呼过瘾，口舌生津。开这家饭店的老板来自西南的鲁南省，那儿的人嗜辣如命全国闻名。我不太确定这麻辣到底是更添风味还是徒增痛苦，不过不管怎么样，我还是很享受挑战它的过程的。

我们仍然没有看到任何康总督搜索队的迹象，我只能猜测这意味着他们还没有走到白鹤山这一带——有可能他们还在四江省里面挨个排查，还没来得及出省。但是我们也没有办法百分百地确定，因此还是不要逗留太久，这么想着我加快了吃饭的节奏。

在这破旧的木头桌子的另一头，太瘫坐在椅子上，脸上带着好奇的表情："你确定这是你第一次吃西南菜吗？"

我忙着往嘴里塞米饭压住那滚滚的辣味，所以只是点了点头作为回答。

"那你一定是真的饿了，"他看了我面前吃得盆干碗净的盘子说道，盘子底还挂着一层红油，"大多数人都得适应很久才吃得下水煮牛肉。"

我咽下嘴里的东西："我也不是大多数。"

"这倒是。"他目光挪开了。

自从我们在街边表演完以后，他一直都安静得不太寻常。就当我们穿梭在人群中捡他们丢给我们的铜板的时候——已经足够我们吃上很多顿饭了——我冲他的方向幸灾乐祸地自夸了好几句。毕竟，我证明自己是对的，他也不会再偷任何的东西。但不像往常一样嘲讽我，他只是笑了笑。

在我们穿过白鹤山的街道找吃的的时候他也一直都是一副魂不守舍的样子。是我选了这家鲁南人开的苍蝇馆子——我一直都想试试这全国闻名的麻辣菜肴。眼见我选了家这么出格的饭店他竟然也没作任何评价。

"你是出什么毛病了？"我想都没想就说出了口，"自从演出之后你怎么看上去跟丢了魂似的。"

"我累了。"他耸了耸肩，"表演这么一场，跑来跑去又得做打斗动作实在是有些消耗体力。"

我眯了眯眼，不予置评。

"怎么了？还不允许人家累了？"他眼神里闪起了嘲弄的目光，虽然我知道接下来他嘴里吐不出象牙，一定得把我惹个够呛，但我还是有些欣慰，因为这表情又回来了。"我知道了，你是喜欢让我惹你生气吧。不用担心，我有的是办法。"

"这我当然知道。"我还是保持住我的语调平稳不着痕迹。

他的胳膊肘在桌子上："你看上去很喜欢我给女战士的故事编的结局嘛。"

"那是因为观众喜欢！再说了，你为什么要搞这么一出？"

"因为有意思。"他的嘴角一动，但是又收了回去，笑了起来，"我一直都不太喜欢这女战士神话的结局。我喜欢这开头——一位孤独的年轻战士挑战世界之巅一步步战胜各种妖魔鬼怪。你可能会嘲笑我，但是我一直都梦想着成为她。"

我挑了挑眉毛，有点惊讶："没有多少男人承认这一点。"

"我确定有很多人心里这么想，只是他们嘴上不这么说就是了。"他笑着说，"这倒是次要，主要是我听过的每一个版本都以这传奇的女战士嫁给一个国王为结尾。那之后，这个故事就这么……结束了。就好像她结婚以后就消失了一样。我老想着我能把它改改。"

我从来都没有这样子读过女战士的故事。大家都讲成为一名伟大的女王就是她最终的胜利，但是太说的对……在她结婚之后就再没有故事发生了。这就好像是她的生命都随着婚姻的到来而戛然而止了一样。

这也是我要面对的未来。我想起了江珠夫人在镜中的形象，阴云笼罩上我的心头——那浓妆艳抹的脸看上去都不像是我了。她都不是个人样……她只是一个言听计从的精致物件，跟那些康手下的机器人没什么区别。

"安蕾……"太戳了戳我的胳膊。

我抬头看向他，他冲我使了个眼色，眼珠转向左边，但是头没有跟着动。他的表情很严肃——肯定是出了什么麻烦事。我瞥向他示意的方向接着赶快回过头来。

饭店外有一名康的半机械士兵走过。那泛着黄色荧光的眼睛和镶嵌着齿轮闪着金属光泽的胳膊，不会错的。我的全身汗毛直立。

他们是怎么找到我们的？他们不可能跟上我们的船啊……那样我们就一定会注意得到的。要是总督的手下可以让飞船隐身的话，那他们一定半道上就截住我们了。我们不会走到白鹤山这么远的。总督一定得知了太偷走了他的一艘船，往每一座城市都派了人搜索线索。我不知道那几个我们扔在树林里的人有没有报信的机能从而通知了总督我们最后出现的方位。会不会有人已经发现了藏在山洞里的船？要是已经发现了，然后总督的人收回了船，那我们又该怎么往地狱走啊？

我们现在必须要离开。因为半机械人正站在大门口，我四处看了看想要找到另外一个出口。我的目光扫过饭馆里四周的白墙，越过那些破破烂烂的桌椅和叽叽喳喳的食客，停在了通往厨房的一扇小门上。餐厅的老板—— 一个圆脸宽腰、身材壮硕的女人——推开门走了出来，给顾客倒茶的时候她身前长长的蓝色围裙在膝盖上晃来晃去。她应该不会介意多收几块铜板放我和太从后门溜走的。

我回头看了看太，下巴指了指那扇门。太看了一眼，点点头。

铜秋城现在大街上一定是一个士兵都没有了，因为似乎所有的士兵都跑到这儿来了。我每每走过一个街角几乎都会看到一个半机械人。本地人外国人都一个表情地扭着头看这些半人半机械的生物。两艘铜色的船盘旋在城市的上空，每一艘都是三顶桅杆的大船，上面挂着宽大的棕色的帆，巨大的螺旋桨在嗡嗡地轰鸣着，船身两侧垂下长长的绳子。

这时候我真是想谢谢这些主路上熙熙攘攘的人群。我每走一步，都得撞到别人身上，要么我就得蹭到一辆慢慢悠悠往前走的马车上。在这么挤的地方有人能从里面移动都已经是奇迹了。但是太和我还是选择了这条城里最为繁忙的路段，就是因为这些人能给我们提供些掩护。

一边穿过街上的摊贩，挤过成堆的人群，太一边在面前严严实实地绑上了一块布，只露出他的一双眼睛。我也扯下那块系在肩膀皮带上的那块布遮住了我的脸。几位路人奇怪地看了我们几眼。这么做好像只会让我们在人群中更显眼。

"我们离城外还有多远？"我小声嘟囔着问他。

"不远了，但是我们该怎么出城可能都会很成问题。"他把头扭向右边，"看见那个大门没有？"

我仰起脖子，目光越过人群乌乌泱泱的头顶。这被各色店面在两旁围起来的大道通向的地方是一座带着精美篆刻的石门。挺立的拱门的石柱上雕刻着精妙的花纹，有的模仿着云朵流动的姿态，有的描绘了层层叠叠的山泉喷涌而下的灵动。在这石门的前方，一条窄路蜿蜒爬上山峦，高耸的山峰在层层白云的环绕下若隐若现。我隐约看见了远处像鸟巢一般挂在山腰上寺庙的屋顶。

这大概就是我们要走的路了。但是城门处站着两个半机械士兵，一直在盯着进进出出的每个行人，而且进出城门的人也不算多，相比城里其他地段，这里的人流已经很是稀少了。

"那就是唯一能去到寺庙那儿的路，"太低声告诉我，"我们倒也可以迂回到别的地方从城外绕过去，但是我有预感其他出城的路也都会有人看着的。"

我点点头，心里暗暗骂了一句我们的霉运。可能现在我们在白鹤山多待上一阵子是更稳妥的办法，但是我们又得藏多久呢？我倒也不是觉得康会命令他的部下挨家挨户从这儿到整片南方大陆每处有人烟的地方都要排查一遍，不找到这小偷不罢休。但是跟他比耐性需要时间——这时间我可耗不起。我和太在解救他同胞的路上花的时间越久，这期间黛蓝遭遇到另一次厉鬼袭击的可能性就越大，我必须要尽快拿回江珠，确保总督对我们村的保护。

更何况，我本来也没这么多耐心，总会有一个办法……

我的目光看到了那条穿过城市的小河，那些架在河上的简朴的拱桥总是让我想起家乡。据我的观察，没有半机械人在河岸上巡逻。为数不多的几艘舢板在平静的水面划过，载着堆成小丘的鼓鼓囊囊的编制麻袋，一股臭气从河中传来，就算是隔着面罩也冲进我的鼻腔。这座城所有的垃圾和屎尿一定都被倒进这条河里了。很显然也是因为这样，那些船夫也都用面罩掩着口鼻。

怪不得路上没人拦下我们俩盘查。虽然不在河边还戴着面罩可能有点奇怪，但是这里的人大概也都觉得这事司空见惯了。

几艘小船停在一道桥边，突然我想到了一个主意。

"跟我来。"我小声说了一句。

太挑了挑眉毛，但还是什么都没说就跟着我向河岸边走了过去。余光瞥到了一个半机械士兵，我把脸扭过去，接着贴着一辆马拉的双轮马车后面穿了过去，走到一家卖斗笠的店面前。顿了一下，我拿出一块铜板买了一个斗笠。看我想都没想要讨价还价，这小贩好像有点讶异，抬眼看了看我俩脸上罩着的面罩，他顿了一下，但是最后什么都没说。

如果康的部队质问他的话，他是有可能把我们供出来的，所以我连忙带着太挤进周围熙熙攘攘的人群，这样他就看不清我们的去向了。

"你有什么计划？"太耳语道。

"走水路。"我扶正了头上的斗笠，"我们坐船出城，因为他们没有在找女的，你藏到货舱里，我来掌舵。"

"哦，那你这是又要偷了？"

"怎么能说是偷呢？是借。"我眯了眯眼睛，"我会给船主留下我们手里剩下的那些铜板的。而且我们走到了城边上我就会把它停到一个显眼的地方的。"

太挑着眉毛说："那船主也找不着啊。"

"你有个更好的办法？"

"我也没说你的法儿不好啊。只是告诉你你大概跟我一样差不多也是个贼了。"

我选择不回应。当我走到河边的时候，一阵揪心的负罪感让我良心阵阵发痛，但是无论如何一个人的命总比物件重要得多。

宽阔的桥面下一艘窄窄的舢板停泊在水面上，它锚在岸边，绳子打了个水手结系在桩子上，要不是我打小生活在水乡，可能还真不知道从何处下手。船尾放着几个巨大的空竹筐。这艘船应该就可以。我走近过去，心脏怦怦直跳，暗暗祈祷着船主这一会儿千万不要回来。不一会儿我就溜进桥拱的阴影里。

"把你的棍子递给我。"我伸出手来。

太听话地把手里的铜棍递了过来，当我鼓捣着解开绳结的时候他在一旁放风。我解开之后，他爬进船尾的货物堆里，接着俯下了身子。身上带着把剑实在是太可疑了，我就把它也解下来放到太身边，接着用那些空竹筐子把太和它一起盖了起来。我把之前街头杂耍赚的那一小包铜板放到地上用一小块石头压住，然后离开了，我也只能是希望船主能发现这点补偿。我不能确保没有其他人会偷走这点钱，但是试试起码比什么都不做要好得多。

跳到舢板上，我用棍子推了一下这条浅水的河底，让船沿着河走了起来。看到桥上走过一个半机械人，我的呼吸变得有些急促，赶忙低下头，希望斗笠能把我的脸遮起来。就算是戴着面具，我也还是有些担心他能从眼睛里认出我的身份来。

他不知道我们在这里，我暗暗地提醒自己。他能看出来的我只是一名白鹤山的居民罢了。

不清楚这条河究竟流向哪儿，我谨慎地抬头看了一眼，远处的前方有山峦屹立，虽然我必须朝上游的方向走，但是只要沿着河流，我们就能靠近那座寺庙了。

我用棍子在河床上一下一下地推着。太趴在那里一动也不动，但不知道为什么我总感觉他的存在还是让我周围有什么东西。我祈祷康的手下可千万别有这种同样的感觉。

一个半机械士兵在我们正前方的岸边走来走去，问询着每一位经过的船夫。我靠近的时候感觉心脏都要从嗓子眼里蹦出来了，偷偷地把船推向另一侧的河岸，希望他没有注意到我。

他闪着黄光的眼睛与我的双目相对。"你！"他挥挥胳膊，示意我过去。"我——"

"你无权搜查！"突然，一位穿着刺着当差的绣花的长衫的男人向士兵走了过去，他黑得发亮的辫子随着步伐在他官帽后面摆来摆去，"朱总督命令你们过去见他，你们所有人，现在马上！"

半机械士兵回过头去，跟那个当官的争执开来，我长吁了一口气。

始终低着头，我推着小船继续向前荡了过去，不知道我这狗屎运还能持续多久。

安水的眼镜在茂密丛林的深夜确实派上了很大的用场，但是视野中还是有很多阴影让我不得不时刻保持警惕。上岸之后我和太已经在这片树林里奔走好几个时辰了，但是总感觉我们离寺庙没有缩短多少距离。因为我们必须要穿过无人的树林——这个时候走主路就有点太过冒进了——我只能寄希望我们现在走的方向是对的了。

我看了落在我身后几步的太一眼，说："你知道我们离那儿还有多远吗？"

"不知道，我从来没有走过这条道。"

我的全身都因为今天一整天的奔波而酸痛不已，肚子这时候也咕咕地抗议，毕竟早就过了晚饭的饭点，但是我们也没法慢下脚步——尤其是在夜里，四周没有一点掩护。"白鹤山寺是有魔法屏障保护的，对吧？"

"对，"太回答道，"虽然我从来没听说过这里来过厉鬼。据我所知，它们只出没于四江省。"

"我不知道为什么会这样。有的时候我都希望它们能攻击别的地方，那样的话皇帝就能相信我们求援的使者了。"

"我很确定他不相信唯一的原因就是康不想让他相信。"太的语气变得阴沉起来，"要是让帝国的其他地方知道他的辖区正遭到攻击需要别人支援的话，他的面子会过不去的。"

"所以他宁可让我的村子遭受这么惨痛的损失，就为了他的面子？"我皱起眉头，心中充斥着怒火。

"我是这么认为的。"

如果太是正确的，那么康有可能也要为厉鬼在黛蓝的所作所为负一定的责任。既拒绝提供任何援兵，又阻止其他人的援助，他这是坐视那些怪物在我们家乡肆虐。然而我们还得卑躬屈膝地乞求他的帮助，为了确保他不食言我还必须嫁给他。这一切都是错的，我现在渴求着寻找到某种正义。但是我又能做些什么呢？像黛蓝这样的小村子只能任这些达官贵人为所欲为。那高高在上的皇上甚至都不在意我们是不是真的存在。

"你是怎么知道这么多关于总督的事情的？"我问到。

"我不比其他人了解得更多。"

"但是对他手下的士兵来说，你的面容透露了某种信息。今天要是没有我，你是不可能不被发现就能全身而退离开白鹤山的，意思是我相当于救了你一命。再加上我帮你逃出铜秋城的一命和偷走那艘侦察艇的一命，总共加起来你欠了我三条命了。你起码应该告诉我你究竟是谁吧？"

太动了动嘴角，眼神不在我身上，我不知道这是因为夜里太黑他又没有安水的眼镜看不清楚，还是故意想躲避我的视线："我的身份是我藏了一辈子的秘密，我曾发誓要一直守着这个秘密。这不是我能向别人透露的。"我开始抗议，他举起了双手："你想怎么抱怨我都可以，但是我没法打破誓言。"

要是他真的发了誓的话，那仅仅因为我的好奇心作祟逼他说出口确实也不大好。至少这意味着他还算是讲信用，应该会信守承诺在一切结束之后把江珠还给我。

"那你之前为什么不告诉我你发过誓？"

"我习惯不把这些东西告诉别人。"他耸了耸肩，"我就这个性格。"

在我的话说出口之前，一股雾一样，但比影子还要黑的烟在附近升起，吸引了我的注意。我把安水的眼镜塞回口袋里，拔出了剑。

"厉鬼。"我低声告诉太。如果在白鹤山出现了，那它们一定是已经扩大了它们的活动区域了。我感到有些不安，但是很快又镇定了下来。我对这种突发情况也已经适应了——当你住在一个厉鬼可能一周之内每晚上都袭扰但是接着一连好几个月一点影子都没有的地方，你也会适应这种随机性的。"靠近点，我会解决它们的。"

176

在这片黑暗的笼罩中，我的胸口有些发紧，这黑暗伸手不见五指，我使劲睁了睁眼才确定我没有闭上眼睛。我从来没有在这种地形上战斗过——这种浓密的树林，枝叶是如此茂密连月光都无法穿透。我有点想继续戴着眼镜，但是又担心它会掉下来。尽管我只见过厉鬼成群攻打人群密集的地方，但是刘先生——他是为数不多的活着回来的信使之一——曾经描述过一人在荒郊的小路上走的时候有两只厉鬼出现在他面前。

厉鬼特有的凄厉叫声在我左侧响起，我回身将剑劈了过去。好几双腿上长着多个躯体的厉鬼挥打下来许多只手臂，每只手上都拿着一柄短剑。好几个脑袋上都长着幽幽的白眼，每一只眼都在瞪着我。这东西看上去好像是谁把几名持刀的彪形大汉生生捆到一起了一样，每一个人都还想着赶快从这状态里逃出来。

这突然的动作让我的血脉偾张。一柄柄黑色的刀刃从上向下刺向我，我迅速地提剑格挡了下来，在我的剑身上魔力一下下地碰撞，爆出金色的火花。看到它动作中闪开一道空当，我冲向前去剑尖从下往上一挑，将一个躯体从中劈成了两段，它那无数的头同时发出尖叫，这声音让我从心底感到一阵战栗，但是随着这声音，它的其中一个躯干——还有两侧挂着的手臂——渐渐在空中化为灰烬消散掉了。

在我眼角的余光中，我看到另外有一只厉鬼正在成型，但这多头的厉鬼依然在攻击我，我实在无法腾出手来保护太，只能暗自祈祷他能找个掩体躲起来——虽然我也不知道这地方怎么找掩体。这荒郊野外没有任何地方可以施展防御屏障，而且手里没有一把附了魔的武器，他和手无寸铁也没什么区别。

我尽可能加快着攻击的频率，身体因为战斗有些发热。卸下这厉鬼另外一条胳膊，我接着砍掉了它的一个脑袋。凄厉的悲鸣充斥着我的耳膜，这声音实在是太吵了，我都听不见手上的剑碰撞到它的匕首发出的爆裂声了。

眼前一晃，一把黑色利刃刺向我，我向边上一闪，但这动作让我失去了重心，另一把刀刃划开了我左臂的皮肤，一阵剧痛传来。我还没能站定，接着又有一只手拿着匕首刺了过来。虽然这一次我设法用剑挡了一下，这股力道还是把我向后一击，飞了出去，我重重撞到了一棵树上。

我的脖子向后一仰，后脑勺砸到了树干上，瞬间我感到眼前一黑。

过了一会儿我已经着地了，但是我却没有摔到上面的印象，剑躺在我胳膊肘旁——我是什么时候松的手？

伤势暂且放在一边，我抓起武器撑起身子来，想要结束这场战斗。但是那厉鬼已经不见了。是我昏迷过去之前的攻击已经足以让它消散了吗？觉得有些困惑，我往前走了几步，远方两棵树中闪烁着金色的火花。什么玩意儿？

另一声啸叫在我身后响起。我一回头刚好看见一阵火花爆裂开来，前面闪过一团波浪般的黑色物质，有些被刚刚的

178

战斗吹散，露出一个似曾相识的面孔。

暗影武士。这是在几天之内我第三次看见他出现了——难道是他在跟踪我？为什么？

暗影武士幽幽的白色瞳孔一瞬间抓住了我的双眼，接着他消失在黑暗之中，我又一次丢掉了手拿把攥的复仇机会。这熟悉的愤恨再次冲上心头，但是这一次有一股困惑夹杂其中。其他的那些厉鬼看上去好像也都消失不见了。它们去了哪里？

有个东西碰到了我肩膀，我吓得一回头，抬起了我的剑。它砰的一下撞上了太手中的铜棒。

"喂！是我！"他挡开我的剑刃，"我觉得它们应该是离开了……"

我竖起耳朵警惕那厉鬼的凄鸣，但什么也没听见："刚刚是怎么回事？"

"我不知道。我杀了两只——我觉得一共就只有这么多吧。"

"不，这儿刚刚至少有……等等，你杀了两只厉鬼？用什么杀的？"

太看了一眼他的长棍，甩了一甩："这里面的魔法足够打中厉鬼的躯体了。"

我张大了嘴巴："你这手上一直都有附魔武器吗？你应该告诉我的！"

他撇了撇嘴："对不起，我不是故意要隐瞒什么。只是我之前没想到要提这件事情。"

"这是你从谁那儿偷来的，是不是？"

"我要是说这是有人送给我的，你信不信？"

"不信。"我哼了一声，"不论如何，我们现在得赶快了。"我把剑收回剑鞘，从他身边走过，但是他接着抓住了我的肩膀。

"你受伤了。"

我看了一眼胳膊上的伤口，有点刺痛，还流着血，但是这也就是个皮外伤。"没有，这算不上伤。"我把他的手甩开，又戴上眼镜，继续穿过丛林。这时候我意识到他没跟着，我回过头去，问道："你还来不来了？"

太走上前来，手里拿着一件白色发着光的东西：那是江珠。他的眼与我的眼神对上，他又把它藏到身后面去了："你别想这时候趁人不备啊。"

"要是我想偷，我早就偷走了。你拿这玩意儿出来干什么？"

"按理说龙的魔力是有治愈效果的。"他拿起那珠子，"我觉得应该能用在你的伤口上。"

"黛蓝有一半的人都这么试过，从来没有奏效过。"

"他们没有读过我在总督府看到的那卷上古记载。"他盯着那发着光的石头说，"我不知道这有没有用，但是你让我试试总也没坏处。"

听上去还是有几分道理，我伸出左臂，把袖子挽起来，露出了那道从手腕划到胳膊肘的鲜血直流的刀伤："好吧，你试试。"

太走近来抓住了我的手，他温暖有力的手指握住了我的手背，这感觉莫名其妙的还挺舒服。他把江珠靠到我的伤口上方，靠得如此近我都能感觉到它上面流动着的魔力正蹭过我的皮肤。

他闭上眼睛，我好奇地看着他的脸，不知道他会怎么做。

我的胳膊上传来酸麻的刺痛。吓了一跳，我下意识想要抽回手来，但他的手抓得更紧了。接着一股温暖的无形的似脉搏跳动着的能量穿过了我的皮肤。就像水流流过岩石一般，一束白光从江珠里流出来进入我的伤口，我稍稍呻吟了一声。

几秒钟之后，这束光消失不见了，我的胳膊上的皮肤仿佛从没有被划伤过。我盯着胳膊，呆若木鸡："这……这是怎么做到的？"

"真的管用？"太睁开双眼放开了我的手，"还……真是挺神奇。"虽然他的语气和往常并无二致，但脸上的表情好像带着些奇怪、不安的色彩。"我说过这不只是一块没有用的破石头。"他把玩了一会儿江珠，接着塞进了他的外套。

"你没有回答我的问题。"我止不住地看着我的胳膊。这东西不可能有用啊，我曾经目睹过黛蓝的魔法师们为了解开江珠的法力而一次次尝试，又一次次失败。怎么这一个陌生男子居然能成功？"你刚刚干了什么？"

他挑了挑眉头："说实话……我也不知道。那卷书上有一些话……我没有办法解释，但我刚刚就是在想那些东西，接着就感到江珠在我手中发热了，我猜那就是魔法在生效的感觉吧。"

"那卷书上说了什么？"

"不是那些话本身有什么效果，而是它们中间蕴藏的情感。"他摇了摇头，"我刚刚说过了，我解释不清楚。"

我眯了眯眼，但他脸上也是挂满了困惑，很显然刚刚的魔法是如何起作用的他也搞不清楚。

"我需要看看那卷书。"

"那你就需要一个贼帮你把它偷出来了，不过我倒是认识一个愿意为您效劳的。"他冲我恶作剧地一笑。

"我会考虑考虑的。"

那么这江珠确实是有魔力的……而且这魔法强大到某个人看了几句话什么都不用做就能够生效。怪不得康总督这么想要江珠。

第一次，我开始觉得江珠真的可以用来击败那魔王了。现在我见识过了江珠的魔法，我也终于对即将面对的事产生了实际的感受——我们是真的要前去挑战魔王了。我们要去向何方的疑问终于落了地，随之而来的，一股奇妙的混杂了兴奋与恐惧的心情涌上了我的心头。虽然我的心脏有些悸动，但是这事实也不会发生变化。

走得太远，我已经无法回头了。

/第十六章/
魔法师

当我们到达白鹤山庙的时候，太阳俨然已经将第一缕光芒洒向人间。一整晚在丛林中跋涉让我浑身灌了铅一般沉重。要是能知道方位我们应该能早很多就到了——要是走那条连着白鹤山的小路，我们只需要走三个小时——但是我们这一路上一点标识都没有，应该说能摸索到目的地已经是奇迹了。那庙顶宽大的飞檐让我精神为之一振，我加快了走向前的步伐。

一围石墙环绕。我刚刚绕到正门，太就风风火火地从我旁边跑过冲向入口，他一定跟我一样急着要结束这漫长的旅途。

在我们还没到门前的时候，大门吱呀一声打开了。门后站着一位高高的女性，皮肤是棕黑色的，底色发冷，我从来没有见过长这样的人，我警告自己不要一直盯着人家看。她身着一袭白衣，长长的衣摆从肩膀一直拖到脚踝，中间用深蓝色的腰带束着腰，腰带上织着彩色的线。她脖子上挂一串木制念珠，突出的颧骨向下过渡到坚实的下巴上。尽管她的头像寻常的和尚一样剃得精光，但是额头上却戴着黑白相间的珠串。

太向她微微笑了一下打了个招呼："伊布司徒，很高兴又见到你了。"

"你能回来我十分欣慰。"她低沉的嗓音仿佛是碧玉碰撞时发出的声响，再加上她的奇妙口音，她说出口的话仿佛都失去了棱角，每一个字都是如此柔和却又刚劲有力。她除了嘴角处有些难以察觉的纹路，其余的地方皮肤紧致与我并无二致，但是她那耐心的双眼说明她比我年长不知道多少——可能她甚至比我母亲的年龄都大。挥起一只细长的胳膊，她示意太进来，表情柔和："进来吧，你一定是累坏了。"她的目光落在我的身上："你是谁呢？"

我走上前去："梁安蕾。"

"她是我能活着走到这儿来的唯一原因。"太冲我笑了笑。

"是这样。"伊布司徒的眼中闪了闪，"然而你们这趟行程最艰难的部分尚未开始。我猜你已经找到那最后的拼图了，是吧？"

太的动作迅雷不及掩耳，我甚至都没有看见他是从哪里掏出了江珠。

双手接过江珠，伊布司徒合上双眼："对……我能感觉到江龙的力量，你是怎么得到它的？"

"从我手里偷来的。"我抱起胳膊，"我到这儿来就是为了确保他能打败魔王，接着把东西还给我。"

听到这话，她忍不住笑了一声："你真的是有不寻常的胸襟和勇气啊，梁安蕾。"

听到这赞扬，我心里一暖："谢谢。"

"别客气。"她走进了庭院，"我想你们俩就是康总督的半机械士兵昨晚要到寺里搜查的原因了。朱总督的手下阻止了他们，据我所知，两位总督现在正透过一个信使协商，确定康是否有权力在这片地区搜查。现在你们应该是安全的，但是我也不能保证时间长了会怎么样。"

"已经可以了。"太回应道，"他们有没有提到在山洞里发现一艘失窃的飞船？"

伊布司徒挑起眉毛："为什么不用我给你的隐身咒，怎么了？"

我嘲弄地哼了一声："之前那艘船坠毁了，就是因为太不小心，我们后来不得已又偷了一艘。"

他幽幽地带着点怨气地看了我一眼："那是我们运气不好，我……"

"我不管。"伊布司徒责备般地瞪了太一眼，"我希望你过来不是为了再要一个的。隐身咒药水需要时间才能制作。"

太的嘴角仿佛是因为羞愧低了下来。

"至于你最开始的问题。"她继续说道，"你觉得要是他们真的已经发现了你藏起来的飞船，你觉得还用得着这么官僚主义地商量来商量去吗？他们就会确信这个省里逃窜进来一个危险异常的盗贼，康的手下就能想怎么抓你就怎么抓你了。"

我长舒一口气，至少我们不用徒步去地狱了——假设在我们回去之前依然没有人发现我们的船："我们没有太多时间了。"

伊布司徒点点头："跟我来。"

我走在她身边，眼前是一排长长的单层的木制平房，每一栋都有带着飞檐的坡顶。窄窄的木梁立在宽大的窗户中间，将它们从中隔开。宽大的石台阶延向一座佛塔，上有着精美的红黄相间的琉璃瓦。安详的佛像在小道旁一字排开，那些石佛双腿盘坐，手上轻轻捏着释迦无印。几缕金色的阳光把天空打上一层闪闪的色彩，清晨凉爽的微风拂过我的发梢。

一队白衫僧人坐在其中一栋屋的门后，大门敞开着。他们的眼睛都闭着——一定是在打坐。传进我耳中的是一阵轻柔的，仿佛是远方传来的念经声。三位身着蓝色袈裟的女子——其中有两位像是帝国人，而另一位是西方来客——从一座佛塔中走出来，窃窃私语了几句。从我无意听到的几句来判断，她们在谈论古籍中神的旨意。

这里从里到外都充斥着平和，我轻轻呼出一口气，感觉一身轻松。

"这儿很美，是吧？"伊布司徒冲我微笑了一下。顺着我的视线，她对那几位身穿蓝色衣服的女子点了点头。"她们信仰的中心思想是心灵的宁静。这是为什么她们身着平和天空的颜色。而身穿白色头顶剃发则是为了遵从我们大道至简的教条，虽然我自己更喜欢戴上几串从我祖国带来的小饰品。"她摸了摸头上的珠串，"虽然我们这一拨人人数最多，但是这个庙也是很多其他门派思想家的家，每一位投奔这里的人都可以保持自己的信仰。唯一的原则是要互相尊重。当我第一次来珠月国的时候并没有特意找这座寺庙，但是一到这儿，就知道我一定会在这里修行很长时间了。"

"您是哪里来的呢？"我问道。

"这个问题解释起来有些复杂。我出生的地方叫莫维兹，也是一个以月亮命名的国度，虽然我父母的故乡并非在那里。我离开家乡去探索各种知识，寻求各种方法提高自我。我这一生都在南方大陆游历，接着也去过你口中的西域，最后在这里发现了白鹤山庙。我更倾向于相信是命运把我带到这里来的。"

"莫维兹。"我品味了一下这几个音符，不知道生活在那里会是怎么样的感受。有那么一小会儿，我沉浸到我未来也会有某日在南方大陆云游的冥想中，但是接着我又想到自己的命运，江珠夫人甚至都不被允许走出她丈夫的宫殿，更何况出国。

"我不知道我会不会永远留在这里。"伊布司徒走进一栋房子推开门，踏上高高的门槛，"没有人的命运是定好的，不管它现在看上去是什么样子。"她意味深长地看了我一眼，我都怀疑她是不是用什么魔法看透了我在想什么。

我跟着她走进了一间宽敞的房间，四面不加修饰的白墙上有宽大的窗，让我回想起在黛蓝的那些房子。她走到一张简单的木桌前，拉了一把椅子坐了下来。这两个家具再加一排塞了几卷书的书架，就是这间屋里我能看见的全部家具了。她面前的桌子上摆着白布捆着的一柄长长的东西。

太把他的长棍靠到墙上："这不会是那个吧？"

伊布司徒点点头："自从上次你离开以后，我基本上已经把它做好了，过来吧，打开它。"

太走上前来解开白布，露出了一柄闪着光的由铜和银做成的武器。错综复杂的花纹交织着字符盘延在它的刃上，微微亮着魔法的光芒。就算是从我站的位置都能感受到那股超自然的力量在它的金属剑身中脉动。宽大的十字护手在剑身上方，剑柄上缠着一条铜雕刻出的蛇，蛇头对着一个空着的金属环，看上去正好可以把江珠放进去。

那一定是可以打败魔王的附魔剑。我的手心发痒，想要挥一挥这把宝剑。虽然这是太的使命，但是我有的时候也希望能成为手刃邪恶魔王的那个人。

"这已经可以打败世界上绝大多数的超自然邪灵了。"伊布司徒伸出手，太把剑递了过去，"但是没法打败魔王——现在还不行。"

她把江珠放在剑尾的环内，双手扣在上面。埋下头，她紧闭双眼，集中精力地皱着眉头。魔法的火花在她的双手

中绽放，但这颜色不是往常我所熟知的金色，而是清澈的
湛蓝，仿佛是万里无云的盛夏天空的色彩。这些火花跳向空
中，越来越高，接着坠入剑身，像风一样环绕着这宝剑的剑
刃，空气中颤动起一阵低沉的轰鸣声，我能感受得到魔力在
其中流动。我不禁打了个寒战。

火花渐渐消失了。伊布司徒长出一口气，趴了下去，额
头贴上依旧扣在江珠上的双手。我不知道发生了什么，看了
一眼太。不过他也皱着眉头——看起来和我一样一头雾水。

几分钟之后，她坐直了身子，眼神中流露着疲惫。"做
好了。"她指了指剑，"现在正有一股强大的邪恶力量觊觎着
这个国家，要是不能阻止它，那么受苦受难的就不只有你的
同胞了。带上这武器，把它捅进魔王的心脏里——这样就能
毁灭他的肉身了。"

太抓起剑柄，惊叹地看着剑身："我都不知道我该如何报
答您。"

"我把这东西做出来不是为了收取回报的。"伊布司徒不
屑地挥挥手，"早就不了。"撞上我疑问的目光，她继续说
道："使用魔法创造一直是我的爱好，这魔咒或者物品做起来
越复杂越精妙我就越有成就感。就算是做出来我自己不用，
制作的过程就让我很享受了。"

我点了点头，安水之前也对我说过类似的话。

"我年轻的时候只要是有挑战的乐趣，我愿意做几乎任
何的东西。"伊布司徒接着说，"很多人带着高额报酬请我，

就算是那些我打心眼里不愿为其工作的人，只要做的工作我觉得有意思，我也会接手。现在我更有眼光了，所以就稍稍保存了我的真实能力。对那些寺庙以外的人，我就是会点魔法的一个普通出家人，庙里的人也都尊重我的隐私，不会过问我平时都在做些什么。我只会尽我所能帮助那些值得的人——英雄和即将成为英雄的人。"她转向太，说："我相信你所要完成的使命是值得我这么做的，我也相信你。"

太不好意思地笑了笑。我的胸口升起一股醋意，他能在他的故事中成为英雄，能找到像伊布司徒这么伟大的魔法师，能从戒备森严的总督府偷走他需要的东西，而且最终还能成为他同胞的救星。当他们传唱他的传说时，我就最多是一个注脚——有一个女子曾经一段时间里帮助过他，婚后就消失了。那我的故事在哪里？谁会听一个小村子里成长起来的女战士用剑与血保卫她的人民但最终被迫嫁人的故事呢？

胳膊上有东西碰了我一下让我的思绪回到了现实，太用剑柄碰了碰我，递了过来："拿着，我知道你想试试。"

我可拒绝不了这种诱惑，他把剑塞到我的手里，手指拂过我的掌心。一定是这剑里的魔法还在起作用，因为我的手中传来一种微妙的奇怪感觉。

我举起附了魔的剑刃。这把剑要比父亲的重许多，但是平衡却做得更好。剑中的能量嗡嗡地流过我的胳膊，这感觉仿佛我是握着一块固体的闪电一样。我的全身的细胞都在吵着要挥一挥这把剑，看看它有什么本事，但是这里的空间

190

不够大，而且当着人家的面试试这把武器就已经有点不礼貌了，更别提挥舞了。

现在江珠成了这武器的一部分，我这才确确实实能感受到它的魔力有多么强，这魔力正源源不断地从剑尾处传入我的身体。

"很棒吧，对不对？"伊布司徒看向剑刃，"可能我自己这么说有点王婆卖瓜的意思，但这确实是我最好的作品。"

"你确定这个能够战胜魔王吗？"我问道。

"对。这把剑上所附的咒语是我根据我这一生游历四方所得来的全部奇异魔法混合制成的。我敢保证我是这个世界上唯一能做出这种宝物的人。诚然，我并不是一位受过训练的战士，我自己使这把剑也使不好。"她的表情十分坚定，"我必须提醒你们，魔王无法被杀死，这只能让他在重生之前无法接触有生之物。"

我的手指摸过剑刃上错综复杂的纹路："毁灭他的肉身能阻止厉鬼吗？"

"我说不好。我相信地狱和人间现在被撕开了一道门，这样才会让它们有能力从下面的世界逃出来进入我们的世界中。只打败魔王可能不足以关上这道门。"

我皱起眉头："那从一开始是什么打开了这道门的呢？"

"我得重申，我也说不好。可能当你见到魔王之后，他会告诉你。要是你问的方法得当，他有可能会回答的。"

"我猜……"这时我注意到她的眼神中带着些玩笑意味，

为了我们的家园

我就没有接着说下去。她的神色跟太脸上挂着的一模一样，他这个时候正偷着乐。"有意思。"

她站了起来。"你们一定都很累了。来，我带你们到客房去。"

我酸痛的躯体和昏沉的大脑都想说同意，但是我们在这儿耽搁得越久，就越有可能被人发现我们停在山洞里的船。"谢谢你，但是我们应该回到船上去了。"

伊布司徒皱了皱眉头："要是你们累得眼睛都睁不开，怎么指望能开好船呢？我不相信你们昨晚上睡过觉。"

仿佛是收到了什么暗示一样，太也夸张地皱起眉头："她说的有几分道理，安蕾，别担心，没人会发现它的。"

这一点我可不确定，但是我也知道在极度疲惫的状态下出逃是多么荒唐的想法，尤其是在康的手下重兵把守的当下，我们很有可能会撞见他们。"那好吧。"

伊布司徒走出门外，我也跟了上去。

"我能拿回来了吗？"太把手伸向那把宝剑，我不情愿地还给了他。

睡下之前我突然感到一阵激动涌上心头，马上我就要直面所有恶魔的首领了。甚至我现在眼前就能看到地狱的隘口——那黑火山底的地狱之门了。考虑到那艘偷来的飞船没多久就把我们带到了白鹤山，我们很有可能两天之内就能走到那里。

我的意识逐渐变得模糊，睡梦中我想起父亲曾经向我讲

192

过的那地狱中发生的传说，不知怎的，我迫不及待地想要亲眼去看看。

我走出寺庙那狭小的客房。用四面简单木墙围起的区域里面没有多少东西——只有几间屋子里放着几张简易的床，上面铺着竹席，摆在墙角的陶盆里装着水。太阳依然明媚地闪耀着，在平坦的庭院里打下了宝塔的剪影。我伸了个懒腰，不知道睡了多久。经过了一天一夜的冒险，我关上门躺下没几秒就昏睡过去。太的房间的门依然关着，他一定还在睡。我推门进去，想把他叫起来，这样我们就能尽早回到船上。

还在睡梦中，他的嘴唇的曲线变得柔和起来，那透过闭着的窗户洒进来的温和的光线映出他脸颊的轮廓。他没有听到我进来意味着他还很疲惫。毕竟我们这几天干了这么多事情，也怪不得他。我走出房间，轻轻关上身后的门，他能得到充足的休息对我俩都有好处。

我走过庭院，沉浸在白鹤山庙宁静的景色之中。从那些僧侣走过的样子，到微风带来的几句低语和经文，到了这里仿佛一切都变慢了。这片地方就像都在水底一样，仿佛有水流让每一处动作都增添了几分优雅和耐心。

一处声音吸引了我的注意，分辨出那是伊布司徒优美的嗓音，我沿着这声音的方向走到了宝塔处。她在宝塔中跪着，头深深低下，穿着顺滑的长袍戴着高耸的头饰，她正对着那尊巨大的金色女神像，口中喃喃地在念叨着些什么。燃香散发的香甜的青烟缕缕飘上塔顶。枣红色的柱子环绕，上面刻着烫了金的字。聚精会神地盯着其中一个柱子，我想知道这上面写的是什么意思。那些笔画在我的脑海里翻转跳跃，就算我拼了全力也没有办法看清它们，我只知道这是关于宁静致远的一条格言。

伊布司徒站起身来，鞠了一躬，接着转过身微笑着向我走来："这就睡醒了？我以为你得到晚饭的时候才能起。你梦到什么了没有？"

我回想起我醒来之前脑子里闪过的一系列混乱的画面。考虑到我做噩梦的时候场景是多么逼真，我倒挺感谢这种无害的混乱的："没做什么有道理的梦。"

伊布司徒跨出宝塔的门槛，走向另一座建筑——那座她给宝剑附魔的建筑："这些年什么都没有道理。厉鬼出现月神消失……我很确定这些现象之间都有某种联系，但我不知道是什么。我刚刚在向智慧女神祈祷希望从她那里得到足够的启迪能够解开这个问题。"

"我一直以为月神回到月亮上去了。"

伊布司徒摇了摇头："在厉鬼来之前，月神就已经开始消失了。一个接一个，一点接一点……逐渐被黑暗力量吞噬。"

我身上战栗了一下："这太可怕了。"

"是啊。"她跨进这座建筑，"但是你找我不是为了听这些未解的谜题的。你来是要找什么？"

"我……我不知道。"我耸耸肩，不确定一开始是什么把我引向她那里的。

"说嘛，你一定有个疑惑。"

"我猜，如果你不介意我问的话……旅行这么远是一种怎样的体验？我一直都想看看这个世界。"

伊布司徒走近木制的书架，眼神扫视过一卷卷书。"我不确定应该怎么回答这个问题。旅行就是我生活的方式。冒险进入一片未知的世界对我来说很普通，就像大部分人待在家里一样稀松平常。就像我的父母以及他们的父母，我从来没有感到一定会扎根于哪片土地。"

"这对你们那里的人来说很普遍吗？"

"也不完全。我父母曾对我说，他们的先祖是出了名的不安稳。"

"我的祖先也很不安稳。"我回想起母亲给我讲过的她跟着旅行剧团四处闯荡的日子。"我父亲的根在黛蓝，但是我母亲……我从来没有见过她的娘家人。他们仍然在外闯荡，云游四方，但是我对于他们现在身在哪里一点头绪都没有。"

"听上去你和我有些共同点。"伊布司徒看向远方，脸上带着悲伤的神情，"我从来没有想要与家人断绝联系，但是我年轻的时候十分固执。我会沉迷于正在学习或者创作的某样东西，忘记回复他们的来信。要么我就突然心血来潮决定出发去别的地方，没有告诉任何人我的去向。我数年以后才意识到我失去了什么，尽管我最终设法重新和父母还有兄弟姐妹取得了联系，我有好多侄子侄女已经长大，从来都不知道我的存在，已经离开父母闯荡世界去了。"

母亲也曾经跟我讲过类似的事情——她可能的那些未曾谋面的表亲。如果某种奇迹发生我得以逃离我命定的婚事完成我看看大千世界的梦想，我可能也会离开母亲和妹妹。实际上，我现在已经离开了。"我猜分别也是冒险的代价吧。"

"是。"伊布司徒叹了口气，回过头看向那些书籍，扯出其中一卷，接着显然意识到这不是要找的，把它又塞了回去。"但是我从来没有后悔过我选择的路。这一路走来我感觉十分充实。而每一次我到一处新的地方，我都会尽我所能吸收一切可以吸收的知识，直到我感觉已经没有什么可学的了，接着我就会出发前往下一个地点。穿过南方大陆的每一个国家，向北走向你们口中的西方，接着向东来到珠月国……我可能会在同一个地点停留数年，但我一直都知道这只是暂时的。就连这里"——她示意了一下地面，意思是这座庙——"再加我为你和太所做的这把剑也只是我这一生的旅途中的几站而已……可能这旅途都不止一生。"

"这听上去很精彩。"

"确实是，虽然可能这也会有些累人。不过，我的目的是尽可能多探索各种地方，不管是在人间，还是在鬼神界。"

"那为什么不跟着我们一起去地狱呢？"

"我必须承认，这很有吸引力。然而，这段旅程会异常危险，而且我之前也说过，我不能适应战斗，我也不希望卷入战斗。尽管我会使用可以防身的魔法，我依然也算不上是一名战士——我是个知识分子。"她抓起另外一卷书，抽了出来，这次一定是对的。"还有，我在等太带来江珠的时候已经开始着手构思一种新的魔法了，我也不希望为了别人的旅途丢下我自己的工作。毕竟，这是太的目的和追求。"

这提醒了我，让我一脸的苦相："我希望我也能有自己的追求。"

"哦，但是你确实有，而且不久你就会找到它的。"

我想试着相信她，但是我感到已经陷入康强加给我的未来，已经难以想象一个不同的前景了。

伊布司徒在她的桌子上摊开了这卷书。

"这是什么？"我问。

"我需要给带你们去地狱隘口的地图上添上最后的一点东西。"她把手伸进口袋，掏出了一个长得像是铜管编织而成的小球。表面上密密麻麻的纹路说明里面的机关肯定很复杂。"我本来想早一点完成它的，但这只是我很多项工作中的一个，而且在你们俩到这儿之前也不是多么要紧。"

我盯着这个物件："这怎么就是地图了？"

"它会被地狱之门的魔力所吸引，相信它带你们走的方向。当你们回到船上以后，它就会带你们过去的。"

"但是……它怎么带我们过去？"

"黑火山位于这个世界的另外一个维度，找到去那儿的入口远比仅仅找对方向更复杂。这地图会带你们走一条看似随机的路线，但是你们的飞船行走的轨迹也是仪式的一部分，这个仪式最终会带你们去到正确的地方。你们完成使命回来的时候也会走一条类似的路。可能到了那个时候，你会带回那些我无法找到的答案。"她把那个球放到了书上，两手盖在上面，接着闭上了眼睛。

我盯着那卷书看，书上的一个个字符脱落下来飘到空中浮在她面前，黑色的笔画边缘闪烁着蓝色的魔法光芒。她移开双手，这些字符纷纷落入地图球中，这场面仿佛有几百只蜻蜓落入湖面。在球体的上方微弱地闪出一圈蓝色的光环。随着光环的消失，球面上出现了几个细小到几乎看不见的字。

伊布司徒睁开了眼睛。她的姿势显得比之前还要颓——她一定是很累了。她指了指那个球："拿着吧，已经完成了。"

我从桌子上拿起它，感到里面有着微微震动着的魔力。我离直面魔王又近了一步，而这个附了魔的小东西就要把我引向那里。可能这是太的夙愿，但是论对胜利的渴望，我也不比他差到哪里去。

/第十七章/
黑火山

"安蕾！藏起来！"父亲指向家门口的大水缸。

我的眼睛瞥见星空下一团漆黑的烟幕忽地从空中落下，我战栗着听从父亲的指示。幸运的是那陶土缸已经基本上空了，我跳进去的时候没有溅起水花，也就没有发出什么声音。恐惧中，我靠在缸壁，拼了命地把自己缩成一团。

乒乓和暴烈的响声从上方传来，再加上我焦虑的呼吸声，这混杂的噪声在水缸中回响。透过水缸上面的开口，我能时不时地看见父亲的剑光以及剑刃撞击爆出的金色火花。我提醒自己他是村里最强的战士，能击败任何对手，就算是长成武士形状的厉鬼也不在话下。

父亲趔趄了几步，退到水缸边上，手把住边缘想要恢复平衡，暗影武士的剑划开了他的喉咙，每一滴喷出的鲜血我都看得清清楚楚，血溅到我的身上，黏黏的，还带着父亲的体温。

我用手使劲捂住自己的嘴不让自己发出声音，眼泪从我眼中涌出。父亲向一旁歪倒过去，从我模糊的视线中消失了。

暗影武士低下头看了看父亲倒下的地方，他闪着荧光的眼睛中流露着不屑。过了几分钟，他起身飞走了，我看到他脖子上有着一弯白色的新月，看上去宛若是嘲弄的笑容。

颤抖着，我想爬出水缸，但是却把它晃翻了，水缸里剩下的水带着我从缸口涌了出来。陶土做的缸在铺满鹅卵石的街上摔得稀碎，边上躺着的是我已经没有了呼吸的爸爸。我再也克制不住了……我痛哭，我喊叫……

"安蕾！"太的声音窜入我的耳朵。

我眨眨眼，发现他正用关切的目光从上面看着我。舱室内小巧的灯笼发出柔和的光线抚在他的脸上，照亮了他额头上担忧的皱纹。我刚刚肯定是在梦中叫出了声。冷汗直流双手发冷。这梦魇强迫着我一遍又一遍重复再现我父亲去世的那一晚，然而不管我做了多少次同样的噩梦，我都还是没办法适应。

我从这窄窄的小床上坐起身子，试着做出一个冷静的表情面对太："我没事。"我想起了前一天所发生的事——重新回到城里之后，我们得知康的手下已经回船待命，在两位总督的争执解决之前是不会再出来了。回到我们的船上，值得庆幸的是它仍然待在我们之前停泊的位置上，接着静静等待夜色降临掩护我们起飞离开。不过最关键的是现在是什么状况。"我们多久能到黑火山？"

200

为了我们的家园

"至少还需要半天。"他的表情没有变化，"还有，你别掩饰——你现在根本就不是没事，你在发抖。"

我紧了紧身子，希望能让我平静下来："不过就是做了个噩梦。"

"你看见什么了？"

"这不重要。"

"对我来说很重要。"太叹了口气，蹲了下来，目光与我的齐平，"我知道我们没有认识很久，但是我们已经共同经历了不少的事情，而且……我也关心你。要是你有什么烦心事，我也想帮帮忙。"

这诚恳的语气让我的心中一颤。那平时没个正形、满嘴都是玩笑话、什么也不当回事的太不见了。第一次，我觉得他好像是真的在对我坦诚相待。不过，我太习惯于把我内心的恐惧保存在心底，现在我都不知道怎么样可以坦然地面对他的诚挚："你……帮不上。"

"为什么？"

"这是我个人的事。"

"直到现在你还不信任我？"他的眼神中闪过一丝受了伤的神情，"安蕾，我知道我有秘密，但是我从来没有对你撒过谎。我希望你也能不要把我总当成一个陌生人来对待。"

他的话让我想起了我母亲曾经对我说的，关于我从来没有真正相信过别人，从没有过真正交心的朋友。我无法解释我为什么会是这样……可能是因为我努力想要变得像我父亲一样强大，所以在拼命地掩藏软弱的一面，就这样在自己和其他人之间盖了一堵墙。可能这就是为什么黛蓝的人会说我自私吧。

"这不是针对你，"我嘟囔着说，"我一直都是这个样子，我不习惯……分享自己的情感，也不擅长跟人交往。"

"不是我夸你，你跟我相处得还真挺成功啊。"太的嘴角轻轻上扬，"我可是出了名的不省心。"

我的鼻子里轻轻哼出一声笑："至少你还有点自知之明。"

"哦，我确实是有自知之明的，我的父亲曾经列了一长串对我的各种不满和批评，足有一页纸，这样他每一次对我不满意都可以拿出来念叨。实话实说，他说的大部分都是对的，他是位严父，但还是很讲公允的。他最经常挂在嘴边的大概是愚蠢、冲动、惹麻烦……我没法为自己辩解。"

"我也被说过这些话，还有自私、不守规矩、说话直来直去。"

"你为你的村子做了这么多，只有不明事理的傻子才会觉得你自私呢。而且我还挺喜欢你直爽这一点的。没人需要费心思揣测你到底是怎么想的，这可是个难能可贵的品质。事实上，我觉得你一直都能想什么说什么是很需要勇气的。"他微笑着说。

我移开了视线，心中感到一些雀跃，但这让我有点不安："除了我的家人，从来都没有人喜欢过原本的我。"

"对我来说也是一样，不过还得减去家人。"

我又重新看向他，发现他的目光好像在看向远方，脸上笼罩着一层悲伤："你的家人……他们去世了吗？"

"没有，他们都还在——或者说之前都还在，直到魔王把他们都抓去当了俘虏。他们只是都不太喜欢我。大部分时候，能忍受我的只有我父亲。"虽然他的语气很轻快，我不知道他是不是只是用这来掩饰悲伤。

希望趁这机会能知道更多的关于他的事，我问道："他是怎么样的一个人呢？"

太摸了摸下巴，我敢保证他这个时候正在考虑应该对我透露多少。"他有一颗钢铁般的心——坚韧、自律，还很勇敢，他和我在很多事情上都有分歧，但是我也会试着尊重他的理论。他对他关心的人很好，就是不会把情感显露出来。对于他来说，做什么永远比说什么表达什么更重要。"

"听上去他很像我的父亲。"一想到父亲的面庞，我的心就隐隐作痛。他不怎么微笑，但是这并不意味着他不高兴。"我希望你的父亲——还有你剩下的同胞们——都还没事。"

"我也这么希望。"太靠近了一点，"你的父亲是不是跟你一样也是一位战士？"

"是，他教会了我一些他的战斗技巧用来增加我表演的观赏性。他本来也想教我妹妹，但是她在他去世的时候才八岁——还没有一柄剑高。"我眨眨眼，憋回突如其来的一阵泪水，"我那时也只有十二岁，所以他没能有机会教我怎样真正地战斗。我还有好多东西想向他学习。"

"我很抱歉。"他伸过手来，好像是想要抓住我的手，但是犹豫了一下又缩了回去。

他没有伸出手来我的心头闪过一阵遗憾，我竟然有这种感受，这让我觉得有点惊讶。我有些想跟他说更多关于父亲的话，也想让我咽下去的泪水肆意流淌。但是我不知道我有没有做好准备在太的面前展露我脆弱的一面。"你是不是从你父亲那里学的武？"

太摇了摇头："他没有时间亲自教我。虽然他时不时地会给我一点建议。"他的目光又看向远方，温柔的微笑爬上了他的嘴角："我还很小的时候——可能六岁大——有一次我找到他存放武器的房间。我想弄明白成为父亲一样的伟大战士是一种怎么样的感觉，因此我从架子上拿起了一杆长棍。我没有控制好，结果把一架子的刀啊剑啊的全掀翻在地。当然，我父亲是十分生气了。但不是因为我把他的屋子搞得一团糟——他告诉我是因为害怕我可能会伤到自己。第二天，他送给我一杆属于我的长棍——更适合我的身形——告诉我如果我打算使棍的话，我应该学着不是把它当成一把兵器，而是当成身体四肢的一部分，是我躯体的延伸，而不只是拿着的一个东西。这已经是很久以前的事情了，但是每当我拿起一柄长棍，我都会想起这些话。"表情仿佛在沉思着，他继续说道："我，和你一样，有的时候也会想说要是他还在我身边我能从他那里多学到些什么。尤其是他本可以选择陪我，但是却没有。"

"我……听你这么说我感到很抱歉。"我缩着嘴唇，要是我能说会道就好了。

太耸耸肩："他总有比陪我更重要的事情去操心。我长这么大早就习惯了。所以现在我们俩是一对讨厌鬼，基本上惹得所有人都不满意咯。"

"至少我们还有彼此可以相互认可。"

他夸张地睁大眼睛做出惊讶的表情："你刚刚是说你认可我了？"

我不由自主地乐了起来："你别当真啊。"

"太晚了，我已经当真了。"

突然间我意识到他跑到船底舱室里来，就没有人在外警戒康的巡逻队了。我突然站起身来："你不应该去掌舵吗？我早应该就料到，不应该再给你单独警戒的机会的。"

太笑着站起来："说得就像你能说到做到，这段路上一直不睡觉一样。"

我怒视着他："康的手下现在还在四处找我们。要是你不回到你的位置上去，我就撤回我的认可。"

"好好，我这就走。"他身子往门外走，但是视线还停在我身上，"不管你正跟什么心魔作斗争，我希望你都能战胜它。"

直到他离开了这狭小的房间我才意识到我睡觉之前并没有把剑闩在门上。

　　我站在船头，伊布司徒给我们的那只铜球——去往地狱之门的"地图"——悬浮在我面前。蓝色和金色的火花从它的金属表面上跃出，我紧盯着它，以免错过了任何一个方向的变化。我还是很难搞懂这样一个看上去简简单单的物件是怎么蕴含这么多能量的。地狱之门据说地处世界的尽头，太和我倒也算不上到那儿的第一拨人，但那地方也不是正常人会去的。

　　当我们回到船上的时候，这地图还是静止不动的——在外观上也就是个不值钱的小饰品的样子。但是当太启动引擎的瞬间，它就弹了起来落到舵轮前，在空中一上一下地飘浮着，像只蝴蝶。

　　我大着胆子将视线稍微离开那个球体朝四周看了一圈，检查周围有没有别的飞船。到目前为止，我们飞过的区域看上去挺荒凉。不过，我的心头还是绷着一根弦，要是我们在这儿被发现了，可没有藏身的地方。

　　一望无际的翡翠一般绿色的原野上面流淌着细细的河流，向前延伸到湛蓝色的天际线上。我不知道我们正经过的是哪片大陆—— 是珠月帝国领土的一部分，还是我们已经进入了别国的领地。因为这个球带我们走的路线斗折蛇行，我已经不知道我们到底是在向哪个方位行进了。

　　球体忽然向右手边移动过去，接着在那里震动。我把舵轮打向它指示的方位，随着螺旋桨调整方向，整艘船发出乒乒乓乓的机械声响，接着朝新方向倾斜了过去。在我头顶上方，扇形的帆在高耸的桅杆上也转动了一个角度，兜住了掠过的风，让整艘船加快了速度，我尽情享受这在天空中翱翔驰骋的快感。

"我们到了吗？"

用余光瞥了一眼后面，我发现了正揉着眼睛从甲板下钻上来的太。"要是你需要多休息一会儿，你接着睡就是了。"

"说话小心点，你这么说我可当真回去躺着了。"

"你小心点吧，不然一会儿你还没睡醒我就已经拿上伊布司徒的剑自己把魔王宰了也说不定。"我嘲弄地冲他一笑。

"你想得美。"他摇摇头，走了过来。

天空中突然出现了一道紫色的光，接着一股刺鼻的硫黄气息扑面而来。甲板上忽然隆隆地震动了一下，这让我失去了平衡。我的手脱开了舵轮，向后趔趄了过去。

强壮的臂膀把我一下拦住了，地面渐渐恢复平静。虽然天空中仍有着不自然的紫色闪电，但我感觉安心了不少。我一抬头，正好看见了太正冲我乐，一股奇怪的炽热冲上了我的皮肤。

我迅速重新站稳了："发生什么了？"

"你摔倒了，我扶住了你，不用谢。"

"现在可没时间再开这些玩笑了！"

"现在是开玩笑的绝佳时机。鬼知道我们能不能活着回去，要是我们人生中的最后时刻还沉着个脸那该是多么大的憾事。"

"要不是我们马上就要到地狱了，我真想亲手把你扔进去。"

天空从清澈的蓝变成了浓郁的黑，一道紫色的闪电把周围照得像是白天一样，足以照亮这艘船了。我们一定是快到了。至少康的搜查队不可能有办法跟着我们跑到这异常世界的国度来的。

我走向船头。在我们面前，黑火山从大地上凸起，还很遥远，但是越来越近了。橘红色的岩浆在山顶冒着泡，熔岩沿着陡峭的斜面一路流淌而下，在山底汇聚成湖泊。这地方和母亲曾经跟我描述过的一样吓人，但是我不愿被这景色所震慑。周围的土地上完全没有生命的迹象。黄色和棕色的光秃秃的石头向四周蔓延，一望无际，天际线上裂了峡谷，矗了石山。没有丝毫刚刚还围绕着我们的绿色原野的迹象。

当我们逐渐接近黑火山，我看到在底部张开了一处宽大的、黄色的穹顶——那就是大门了。有个黑色的东西在门前移动。跟旁边的山比较一下就知道，这东西一定非常庞大。

地狱之门……还有守卫着它的恶魔。混合着惧怕和激动的情绪沿着我的脊髓传了上来。我们马上就要走进传说之地了。

"这儿就是了。"站在我旁边的太看着地狱之门说道。表情中的坚定让他的脸看上去棱角分明，"你准备好了吗？"

"当然。"我把手放到了束着剑的皮夹子上，"你呢？"

从船上下来，我的脚踩在了坑洼不平石子密布的地面上。周围没有任何水域可供我们停泊，我们没有别的办法只好让飞船保持悬浮在几米高的空中。

在我身边的太实验性地挥了挥伊布司徒的剑，接着用一条绳子缠住护手把它绑到了腰带上，江珠发出的光照耀着他的衣服，在四周的黑色衬托下这光芒显得更加夺目了。

在我们面前的是向远方蔓延的生满嶙峋怪石的黑色土地，一片毫无生机的平原，除了偶尔冒出的高耸石山别无他物。天空中既没有太阳也没有星星，只有那一束束的紫色闪电发出光芒把这片荒芜的地方照亮。黑火山在几里地开外，通往地狱的门户闪着光，在它前面形成了一道拱。就算是从这儿，我也能看见守卫者在门口踱步的身影。

我走向前去。在听过的故事里，守卫者并不是什么邪恶存在。他可能是个恶魔，但他的存在只是为了完成使命：把地狱里的恶魔关在里面、其他生命挡在外面。但是他一定是在某种程度上失败了，因为厉鬼不知怎么的设法逃了出来。可能我在这儿就能找到原因。

有很多关于人类——还有月神族，包括女战士——进入到魔王殿宇的传说。每个传说都把守卫者形容成有种官僚姿态，是一种讲道理有智慧的生命，可以跟他商量。虽然我的直觉告诉我要打倒挡在我路上的一切，当我们靠近过去我还是提醒自己这些传说可能是可信的。据传言，守卫者实力跟魔王不相上下，要是在抵达目的地之前不在他这里耗费体力——或者冒失败的风险——当然更好。

"提醒你一句,"太说道,"不要就这么跑上去想要把守卫者干掉。我们可不想让他放地狱犬出来咬我们,能进到里面就行了。"

"我也没这么打算!"我斜眼看了他一眼,"你觉得他会让我们接近魔王吗?"

"我们也不是第一批来客了。"太耸耸肩,"我就说我是来跟魔王协商放走我的同胞的。这对他来说应该就足够有说服力了,应该能放我们进去。"

"希望如此。"

我们到了像塔一样矗立着的守卫者面前,我昂起了脖子。身穿武士战甲,他的身形几乎和人类一样。但是他那奇形怪状的红色面庞,还有上面长着的突出的獠牙,巨大的怒瞪着的眼,以及翘起的浓密的眉,都把他恶魔的本性展露无遗。长长的手指握着一根发着橘色荧光的长棍,上面长着黑色的指甲。注意到我们接近,他单腿跪地,俯下身来仔细地看了看我们。

"你们来地狱之门做什么?"他低沉的嗓音让整片大地嗡嗡震动。

我以为太会回答,但是他没有。守卫者用他漆黑得看不到底的眼睛直勾勾地盯着我,仿佛穿过我的全身。我深吸一口气,避开了他的视线,正奇怪我们最需要的时候太那伶牙俐齿跑到哪儿去了。

"我和你说话的时候不要逃避我的视线！"守卫者身子靠得更近了过来，"回答我。"

我站直了身子，虽然恐惧沿着我的血管传上来，我也没有在表情中展现一丝的惊恐："我的名字是梁安蕾。我来这里是为了跟魔王协商放走白光的人民，还想请教为什么恶魔被释放到人间危害四方。"

"是这样？"守卫者皱起了眉头，"我从来没有听说过这些事情。"

这太奇怪了。守卫者应该会知道发生在地狱中的一切重大事件才对，这样他就知道应该放谁进门放谁出去。更让我纳闷的是为什么太没有回应。我伸手过去想要碰他一下，但是什么也没碰到。

我有点紧张，支支吾吾地想找点什么话。为什么是我来做这协调工作？"我向您保证，这都是真的……"

"卑鄙小人！"守卫者震怒的咆哮让整片大地为之颤抖。他的眼睛瞬间变得通红，像是一对火球一样挂在正怒吼着的大嘴上。

我伸手够向我的剑，不知道我刚刚是哪句话把他惹恼成这样。但是我紧接着意识到他现在已经没有在看着我了——他的巨手伸向腰后，手里正抓着扭来扭去的太。

"你觉得你能从伟大的守卫者眼皮下溜进去吗？"这巨大的恶魔攥了攥拳头，把太紧紧箍在其中。

发生什么事情了？

守卫者把太扔了过来，太被重重地砸到地上，嘴里不由得痛苦地呻吟了一声。

"太！"我冲过去，不过脑子里有一半倒想亲手把他宰了，"这是……"

"滚开！"守卫者向我们挥着他巨大的胳膊，"滚远点，永远别回来！"

太站起来，虽然他看上去还是有些下盘不稳："守卫者……"

"你怎么敢叫我的名字？"守卫者俯下身来，脸离太的脸只有几寸远，"你这只无耻的老鼠，滚开！"

他站起身来把他的棍子重重砸在地面上。这冲击是如此强，我感觉仿佛都可说是一场小型地震了，我摔坐到地上，太摔倒在我旁边。

我怒视着他："你刚刚到底想干什么？"

高声的犬吠响起。我回过身，发现有几条恶魔犬正从黑火山的山上往下奔过来，它们的獠牙和眼睛都闪着黄色的光，尖尖的耳朵立在宽大的脑门上，长满腱子肉的身上油光锃亮的皮毛在奔跑中泛着涟漪。

他妈的！咒骂着，我跳起来。最后我们还是得自己杀出一条路来了，不过我倒是挺擅长干这个的。

其中的一条恶魔犬向我跳过来。我立刻动身，抽出剑顺势一斩，在空中剑刃划出了一条完美的弧线，把它一劈为二，随着一声痛苦的嚎叫，它化为一阵红色的烟雾消失在空中。

视线里出现了一闪白光。太挥舞着伊布司徒的剑，挡下了两条狗的撕咬。但是他没有注意到有第三条正从身后扑向他。它巨大的爪子抓住了太的肩膀，把他扯到了地上。

"太！"胸口涌上一股焦虑，我赶忙跑过去。太挣扎着想要脱开身，他背上的魔物一定十分强大。

他马上就要被杀了，他马上就要被杀了啊！

那魔物张开了它獠牙密布的血盆大口。我猛冲过去，用尽身上每一丝力量跃过去。我的喉咙中发出一阵野兽般的嘶吼，接着把我手中的附魔剑向它身上深深地扎了下去。

一阵红烟在空中消散，我抓起太的胳膊把他从地上拉了起来。眼中不知怎么地涌出一团泪水，我把它深压下去，弄得眼角生疼，不知道这是因为我对他的怒气还是因为他没死而感到的庆幸。

顺着岩浆的流向，成片的地狱恶魔犬从这喷着火的山上跑下来。在漆黑的土地上，它们威胁着慢慢靠近我们，口中发出低吠，这声音听上去仿若是山雨欲来的雷声。守卫者站在门前，抱着胳膊，轻蔑地看着我们两个。这是个警告……他在给我们最后一次离开的机会，要是不听命这群狗就会立刻把我们撕成碎片。

虽然我极其讨厌投降，这儿的敌人实在是太多了，就算是鲁莽如我也能看出来。

但是太好像看不出来——他走上前去，仿佛是要直面它们。

我抓住了他的胳膊："别去！"他试着挣脱开来，但是我死死地拽着他。我怒视着他："我以天上地下所有神灵的名义发誓，你就算现在不跟我走，我把你打晕也要把你拖回船上去！"

他一脸的不高兴，但是接着回头看了看那些往前一步步走过来的魔物们，眼神中露出了失败的神色。

我往船的方向走过去，一路上拽着他的手。他的胳膊抽了一下，这一次甩开了我。我有点想再抓住他免得他做什么蠢事，但是他已经跟我一起往同一个方向走了，我也就作罢了。

我感觉我的角色好像不知怎么的有些错位……我应该是那个不管不顾、愣头愣脑的人才对。在黛蓝守卫军里，我一直都是那个必须要有更讲道理的队友牵制的惹事精。但是，如果我这一次还是像往常一样冲动行事的话，我们俩现在已经是死人了。

在我身后，恶魔犬们仍然在狂吠不止。我稍稍加快了步伐，小跑起来。当我走到船的跟前时，已经听不见它们的叫声了。守卫者一定是把它们支开了。这么看来那些把他描述成一个讲道理的角色还是真实的；他当然可以轻而易举地取走我们的项上人头，而不是就这么把我们放了。

不过现在我们没能进入地狱，这些也已经不重要了。

我爬上甲板，接着看了一眼在下面的太，他跟在我后面正沿着绳子往上爬。我一把抓住绳子，使出吃奶的力气把他连绳带人扯了上来，他趔趄了几步，一屁股坐到了甲板上。"是你告诉我说我们应该跟他商量的。为什么你又想要绕开守卫者溜进去呢？"

"我看到一处空当。"太起身，大步走向船头，表情阴云密布，"他的注意力全放到你身上了……我有机会溜进去。"

"所以你打算丢下我自己一个人进去了？"

"不，那不是……"

"那是什么？"

"从我站着的地方，我能够看到门里面那受酷刑的地方。我的同胞就在那里……我能感受得到。我没有办法忍受他们再多受难一秒，所以我采取了那种行动。"发结有些散开了，他用手梳了梳，"对不起，我意识到那是个错误。"

"那是一个有可能害死我们的错误！"我握紧了拳头，要是我没有及时赶到把那条恶魔狗砍下来，要是他死了……我陷入了这个想法，就算是想想都觉得痛苦。"我们有过一个计划，你怎么敢不知会我，抛开我自己一个人行动？"

"我没有——我刚刚没有那么做！"

"哦？那你觉得你要是成功溜进去了会发生什么？我就得自己一个人应对守卫者的暴怒了！我本来以为我能信任你，把你看成我的同伴，但现在看起来是我做错了。"

"我没有想到，我不是有意要……"他滑坐下去，身子靠在栏杆上，眼睛看着远处，"我再次向你道歉，对不起。

我不知道我当时到底是怎么了。"

"这不足以称之为道歉！"

"我应该要道多少次歉？"他看了我一眼，眼神中有一半愤怒有一半请求，"我当时脑子里一片空白，好吗？那是我的同胞——我的家人——被困在地狱里，正在我的面前受苦受难，我怎么能坐视不管呢？"

我本想反驳，但是克制住了自己。不到一周之前我也曾经丢下萍华，跑去追暗影武士了。她活了下来——也不是我的功劳——但这没有改变我所作所为的性质。我让复仇的欲望占据了我的全部理智，我没有资格指责太所做的同样行为。

他低下头，平时那般坚定又自负的他现在突然看上去十分脆弱。"那就是一瞬间的事——我还没迈出半步守卫者就拦住我了，但是就在那一瞬间，我既辜负了我的人民，也辜负了你。我……我真的很对不起。我希望这事情要是没有发生过就好了。"

虽然我还没有完全原谅他，但是我也不喜欢看他这么一副丧家之犬的样子。我希望自己知道这个时候应该为他做些什么，说些什么。

太可能是把我们能直接进到地狱里的途径毁了，但我们也不能就这么放弃，白光的百姓还指望着我们解救。"我们还没有失败。我们可以找另外的路进去。"

太冲着我苦笑了一下："谢谢。"

"你谢我干什么？"

"谢你救了我一命，再一次救了我一命。还有……谢谢有你在。"他与我四目相对，我不知道他的眼里有什么魔力，我总能被这对眼睛拽住。他看向我的样子里有种奇怪的美感——不只是他那让人过目不忘的脸，还有他表情中的温柔，他眼神中的意味。

我的脉搏剧烈地跳动，让我感到一点不适。我转开头。地狱之门依然在我们面前大开，而那守卫者也依然挡在我们的必经之路上。我从口袋里拿出安水的眼镜，心不在焉地瞎鼓捣了几下。突然，其中一个镜片中闪过一阵黄色的光，我停了下来。那是什么？

困惑中，我看了看那束光，发现那是黑火山上的一小部分发出的光，离镜片这么远只能看到一个小亮点。出于好奇，我把眼镜戴到了鼻梁上。

那个小亮点此时变成了一个圆圈一样的光斑，在黑火山上忽明忽暗。我摘下眼镜，亮斑消失了。

"怎么了？"太走过来。

"你看一眼。"我把眼镜递给他。他戴了上去。这眼镜上一堆的圆镜片和吱呀的齿轮，这看上去实在是有些滑稽，我忍不住笑了一声。我戴着这玩意儿的时候是不是看上去也是这么可笑？

太发现了我的笑声，咧嘴笑了一下："我是不是看上去变聪明了？"他抬了抬下巴，做出一副装模作样的严肃表情。

"你就算是戴上一副鸟的面具，也比你本人看上去聪明得多。"我开了句玩笑，为我们之前的紧张氛围已经消解感到高兴，至少现在是这样。

"鸟确实是有智慧的生命。"他的目光远眺，看向黑火山，接着皱起了眉头。过了一会儿，他走向飞船的控制台，接着抓起塞在一侧的望远镜。他走回来，拿起望远镜叠放到眼镜上："有东西在动……"

"我能看看吗？"他把眼镜和望远镜都递给了我。我戴上镜片，把望远镜贴到镜片上，接着仔细看了看那里。从闪着黄光的圆圈里冒出了熟悉的黑色身影。"那些东西看上去像是厉鬼……那是不是它们从地狱逃往我们这边的大门？"

"有可能，"太摩挲着下巴说道，"而且有可能这个大门不只有它们可以通过。"

我点点头。我脑海里浮现出同样的想法……显然能够进出地狱的路不止一条。更重要的是，守卫者不像是知道厉鬼如何逃往人间的。要是这就是那个它们使用的门路的话，那这地方一定是在守卫者的视线之外。

我走向船侧那条引向地面的绳子："好吧，咱们再试一试。"

/ 第十八章 /
无间地狱

　　一处宽阔的洞穴出现在我眼底，无数生灵受折磨发出的尖叫声不绝于耳。沿着黑火山的边缘走绝非易事——峭壁近乎垂直，这一路爬上来我感觉自己的肺都快炸了——但是跟我们即将要面对的事情比起来，这都不算什么了。

　　从远处看上去像是个黄色光圈的东西实际上是山体表面的另一处宽大的豁口，那超自然的黄色光芒正是地狱的颜色。不戴着眼镜，这看上去像是一个火山坑。要是我们先前不知道这里有这么一个大洞，我们肯定会轻易地不受控地摔进这深不可测的深井之中的。

　　从入口向内看，这洞深得不见底。一条长长的石制走廊向前延伸，肉眼看不见尽头，唯一能看见的只有一层又一层的各种空间各种场景，像是有人把一副描绘地狱的画先剪碎再随机粘了起来一样。除了我们面前的这一条，其他的走廊看上去都歪七扭八的，有的垂直向下，有的更是位于天花板上倒立着，每个方向上都有巡逻的魑魅魍魉。这里没有上或者下的概念。很多魔物就直接悬浮在半空，折磨着那些罪人，它们丑陋可怖的脸扭曲着，带着一股邪恶的愉悦。地狱判官们，身穿刺着华美图案的长袍，面容可憎的脸上长着獠牙，执掌每一种刑罚，把犯下了各种罪行的罪人送到负责惩治的恶魔手中。

在某些角落，有恶魔先把人用冰冻得身体发脆，再把他们砸碎，接着把他们复活，就为了能再用同样的手段折磨一遍。在别处，它们将惨叫着的人一片片像剥开橙子一样凌迟。有些罪人皮被钩子穿过，接着吊起来，直到皮肤承受不住重量撕裂开来。有些则被恶魔们用钳子活生生肢解开来。另外有的在下火海，有的在入油锅，有的被石磨活活碾过，有的则被扔进刀山……我暗暗发誓，要是能活着回去，一定要做个好人。相比被打入这种地方永世不得超生，没有什么事情是不值得的。

虽然是魔王麾下的魑魅魍魉对各种罪人施行各色惩戒，但他们并不决定谁接受惩罚，也不决定受罚的种类。只有天庭的守卫能够决定谁会被打入地狱。当一个人死了以后，他们的灵魂会受天神审判，接着那些被判有罪的会被降下天罚。他们来到地狱之后，会被再次裁判，按罪行的轻重分别进行对应的刑罚。

但是我和太并不是那些受罚之人，就算魔王统领这地方，没有天庭许可不管是他还是他手下的恶魔是没有办法折磨人的。当然，这也并不意味着他就一定会遵守这规则。

深吸一口气，我和太一起走进了地狱的入口。

"魔王还是挺有品位嘛。"虽然他的脸上还挂着笑，但是眼睛已经把他内心的恐惧出卖了个一干二净。

"别担心，有我在，我会保护你的。"我挥了挥手中的剑，虚张声势一下壮壮胆，旁边有人指望你的时候会让人更容易变得勇敢。"你有什么主意没有？我们该往哪儿走？"

太摇了摇头。他剑柄上的江珠发出点点光芒，吸引了周围一些恶魔的注意，但它们显然都在忙着完成自己分配的刑罚任务，没顾得上管我们。"在这么一个无时无刻不在变化之中的无限空间，我没法确切地找到方位。就算是伊布司徒也没有这方面的情报。"

在这无尽深渊里找到魔王如同海底捞针，但是我们必须要完成。就算是魔王受制于天庭的法律，禁止他的手下人按罪人的酷刑折磨白光的无辜群众，被迫目睹眼前的这骇人景象——无穷无尽、希望渺茫、生活无法回到正轨——这种悲惨的命运不是他们应得的。

一股带着硫黄味道的辛辣气味弥漫在空气中。我的皮肤上交替传来一阵阵诡异的炽热与寒冷，头发黏在我汗津津的脖子上，穿过这条走廊，我也不知道我到底应该找些什么。

一只蓝色皮肤的怪物把它的爪子狠狠抓进了太的肩膀。他还没来得及叫出声就一下子被拉到走廊外。

"太！"我跑过去，但是在边沿停了下来。这下面目所能及的一切都是令人作呕的对罪人的施虐场景，被针扎，被油炸，甚至更糟。

"你不能带他走！他还没死——你不能带他走！"我的喉咙里好像有什么要炸开一样的难受，我不知道这炸开了以后会是咆哮还是啜泣。狠狠咬紧牙关，我往下探头看，想要找到他的踪迹。

一束光——看上去像是江珠在宝剑上发出的光芒——吸引了我的注意。太可能还抓着他的剑。

趁着内心的恐惧没来得及阻止我，我一跃跳下了走廊，向那束光的方向坠了过去。

我不停地向下坠——向下坠——向下坠——

地狱的光景在我两边走马灯一样地闪过。那里有地狱判官在为罪人量刑，有罪人绝望中苦苦哀求，却毫无逃脱的希望。还有恶魔们折磨犯人时在咯咯地笑，在周围的苦难中这愉悦显得尤为可怖。

那个带走太的蓝色恶魔在我面前现了形。虽然我依旧在这无限的空间中坠落，没有完全稳住身子，我还是掏出了剑对向它："太在哪儿？"

"罪人会得到应有的惩罚。"那恶魔回复道，声音中只有一个调，说话的时候咧开嘴做出了一个丑陋的、露着獠牙的微笑。"你犯了什么罪？亲爱的。"

"你不能带他走！"我把剑刃挥向它的躯体。

那恶魔瞬间爆炸开来变成了一团烟雾，但即便它完全消失在空中之后那爆炸开来的声音依然在我耳边回响。

我在空中转来转去急切地寻找太的踪迹。在每一个方向，我所能看见的都只有阴森的地狱中的各种酷刑。恶魔鸟把还在痛苦地蠕动的躯体中的器官一个个衔走，强酸一滴一滴地腐蚀犯人的皮肤，一块块石头堆起来，把罪人压在下面慢慢压碎。这场景让我感到阵阵恶心，但我还是细细查看了每一个人的面孔，发现认不出来的时候松了一口气。

这地方完全没有落脚点，我还在不停下落，这样下去我是不可能找到太的。我向四周望了望，想找个地方让自己停下来。看到一处突出的石头，我空着的手一伸，死死抓住了它。

整个世界变了。刚刚还是垂直的悬崖一下变成了水平的平面，我发现自己正挂在一处走廊上，跟我刚刚跳下来的那条差不多。我一使劲，爬上了这条走廊。

"安蕾！"太的声音传进我的耳朵。

我回过身："太？"

一声痛苦的尖叫从我耳边掠过，那是他吗？

我拼了命地甩开双腿，以最快的速度冲过这条石头走廊，虽然我不知道我去向的是什么地方。我只知道太的声音就是从那个方向传来的，其他的都无关紧要。我不能让他在这里受折磨。他……他不应该受苦。他可能是个惹人生气的、蠢头蠢脑可打一顿的白痴，但是他心肠并不邪恶。没有魔鬼能得到他——只要有我在，就不行。

一条火焰从我眼前升起，我往回跳了一步。接着它消失了，在它消失的位置，太站在那里，被锁链束缚着，蓝色恶魔站在他面前，把一把匕首捅进了他的腹部，他尖叫着。

"不！"我试着向前冲过去，却发现我动弹不得。我尽我所能地逆着这股力量拼命往前挣扎——但是不管我多使劲，我都只能定在原地。

恶魔再一次把利刃刺入太，慢慢地在他的躯干上刻出了一条之字形的伤口。血从他的身体内涌出，他的哭喊声让我的心都裂开了。我喉咙中撕裂着发出一声尖叫，眼里充满了泪水。我倾尽全力想要把自己从困住我的魔咒中挣脱出来。但是没有用——我可能已经被变成石头了。

这是你的错……一个沉重的、令人难忘的声音在我脑海中回响。那一条火焰再一次出现在我眼前，用它那燃烧着的火舌把太吞没了进去。他的脸扭曲着，每一声痛苦的喊叫都像是一千把刀剜在我的心口。这是你的错……

"住手啊！"我嘴里流出来的只有这毫无意义的话语。我颤抖着，无助地看着火焰把他吞噬，最后只余一道灰烬。但我还是能听见远处太的悲鸣，现在他的处境比死亡还要可怕——地狱已经吞噬了他的灵魂。

我身上的那道咒语解开了。我向前瘫倒在地上。啜泣着，我喘不上气，这痛苦折磨着我的身体。我已经失败了。而这失败来得比我想象中还要可怕。太走了——它们已经把他毁了。而且它们会一遍又一遍地毁掉他的肉体，一遍又一遍，永无止境，因为这里是地狱。它们可能自称是法官，但是这里毫无公正可言。

一定会有人找它们算账的。我紧闭双眼，向天上的神灵祈祷，求他们过来干预。他们定下的规则已被打破……魔王已经允许他手下的恶魔抓走并没有被天庭打入地狱的无辜人。他们必须过来帮我们。

没人能帮得了你。那阵低沉的声音再次在我脑中响起，接着浮现出了蓝色恶魔的脸：这些痛苦与折磨都是你应得的。

它在我的脑子里……它是怎么进到我的脑子里去的？你不能碰我！我不是罪人！

你确定吗？

滚出去！那个蓝色恶魔消失了，我的脑海中只留下一片漆黑。

我深深吸了一口气。我还没有完，魔王一定要为他的所作所为作解释。当我找上他，我会要求他释放太，还有他的同胞们的。

我睁开双眼，抖擞精神，跳了起来。

我已经不在地狱里面了。我回家了——回到黛蓝村了。

那片熟悉的黛蓝江水在我面前缓缓流动，宁静中泛着涟漪。我被震惊得说不出话来，目光越过那一片片的瓦顶房。

一声凄厉的冷沁骨髓的尖锐鸣叫传来。厉鬼把我层层围住，这包围是如此致密，它们黑色的身影模糊了我故乡村落的景色。我想要冲上前去，但是又发现自己再一次被咒语困在了原地。

不……不……不……

尖叫声充斥着我的耳膜。一个接一个的，厉鬼拎起我认识的每一个人，把他们撕成两半——我的母亲，我的妹妹，我的守卫同事……每一个人。我无法阻止它们。我眼睁睁地看着它们砍下了我母亲的脖颈，碾碎了安水的脑袋，我什么也做不了。我眼睁睁看着苏首领、萍华，和我这一生中认识的每一个人死在它们的魔爪之下，我什么也做不了。

我的喉咙中发出崩溃的哭喊，眼泪奔涌而出。

这都是你的错……你抛弃了他们……

那只蓝色的恶魔再一次出现在我的脑海里。它说得对，是我让这一切发生的。我丢下了自己的村子，是我做出了选择让他们没法得到保护，这样我才能跑去和太一起追名逐利。然而现在我也没能救他。我把他带到地狱里，以为我可以保护他，但是我错了。

这都是你的错。

热量向我的皮肤袭来。一股痛苦的灼热流遍我全身，我哭喊起来。

这都是你犯下的罪孽。那蓝色的恶魔咯咯地笑起来。你现在感受到你的罪恶带来的火焰了？

那魔咒再一次放开了我。我发现自己正躺在地上的一个小丘上，痛苦地扭动着身子，火焰吞噬了我的全身。

这是你的错……这是你的错……你活该受此惩罚……

是我做了这一切，是我离开了我的家，离开了我的村子——

我的离开是为了拯救他们。虽然我仍在痛苦之中，但这个想法在我心中亮了起来，变得越来越明确。我是牺牲了自己的梦想所以总督才会保护他们。

你抛弃他们是为了跟一个贼去冒险……

我可能确实喜爱冒险，但我也是为了帮助太拯救他的同胞。我紧紧握住拳头，那个恶魔——是它对我做了这一切。这是它折磨我的方式——用我的内疚之火灼烧我的身体。但是我的内心里没有这种内疚。我的选择可能称不上完美，但是我不后悔。

你应受这种折磨……你应受这种惩罚……

不！我强迫自己站起身来，不管那烈焰的折磨。我依然抓着我的剑——我可以击败现在正对我施刑的东西："你在哪儿？出来，你个懦夫！"

我现在还可以看见那片河岸，眼前还是厉鬼在我的村子里肆虐。这都不是真的……我人在地狱，而那个蓝色的恶魔是自顾自地判我受刑，但是它无权这么做。

"面对我！"我挥动手中的剑，"你在哪儿？"

邪恶的笑声传入我的耳朵。那恶魔的形象慢慢浮现在我面前，但模模糊糊的，就像是水面中远方的倒影。

我向它冲了过去，但是一股新的炽热束缚住了我的手脚，我摔倒在地上，大声地呻吟了一声。这种痛苦由内而外由上到下在我的全身四处传入我的神经，实在是难以忍受，我唯一能做的就是勉强跪着不让自己被击倒趴到地上。

我瞥见了站在我面前的蓝色恶魔。它志得意满的脸激起了我的满腔怒火，我拼了命地站起身来，举起了手中的剑。

在我能攻向它之前，一柄闪着银光的剑刃从它的胸口中刺出。这恶魔凄厉地悲鸣了一声，接着炸成一阵烟雾。黛蓝村的景色也随之消散了。

我又回到了那条石头走廊上。身上的灼热感消退了。眼前站着的是完好无损的太，我震惊地眨了眨眼，他手中挥着伊布司徒的剑。

"安蕾！"他向我跑了过来。

看见他还活着，释然和快乐一股脑地冲进了我的胸口，还没回过神来我就已经冲进他怀里了。我用双臂紧紧抱着他，使劲地感受着他的存在——这结实又温暖的存在。这是真的，刚刚我看见的一切都是假的，但是现在他是真的。我把脸深深埋进他的臂膀，实在是太高兴了，已经顾不上其他的一切了。我终究还是没有失去他。他的头靠在我头的旁边，他的呼吸轻轻抚着我的发梢。我深吸了一大口气，空气中都是他的味道。我紧紧抱着他，不知怎么的，这让我觉得很安心。

刚刚到底发生了什么？他怎么会在这里？

我逐渐意识到发生什么了。刚刚蓝色恶魔毁掉的并不是他——那不过是个幻影，跟黛蓝一样。那蓝色恶魔在我脑海中创造出这些幻象就是为了折磨我。我不知道到底是什么时候开始我从真实世界掉进它的虚假世界的——是一开始我看见它抓走太的时候吗？是不是之后发生的一切都只是幻觉？不管到底是什么情况，那个蓝色的恶魔就是主犯。但是太刚刚抢走了我复仇的机会，我马上就要得手了。

"你刚刚为什么要这么做？"我从他身上退开了，"我马上就要拿下它了！"

太盯着我："你刚刚在惨叫——我是救了你！"

"我马上就能自救了。我不需要你来插手！"

"我知道。"他与我四目相对，眼睛里闪着光，就像两团黑色的火焰，那勾人心魄的温度直达我的心脏，"但是在有什么东西正折磨着你的时候，别奢望我会站着不管。你可能很强，能忍受这种痛苦，但是……我受不了。"

我盯着他的双眼，但是感觉我内心的怒火已经消退。我的思绪回想起刚刚那恶魔折磨太的可怕景象，就算那只是幻觉，但那带给我的痛苦依旧是十分真切的。"我理解了。"我叹了口气，"你身上发生什么了？"

"我不知道，前一秒我还在你身边，接着下一秒我就被冰山环绕不得不找路爬出去了。"

"下一次跟紧点吧。"虽然我身上还是有些颤抖，我还是尽我所能让自信挂在脸上："我会赶跑那些恶魔的。"

"我不怀疑这一点。"他微笑着，一股暖流涌上我的心口。

我们到底应该怎么做？要是我们还像之前一样这么继续

走的话，我们还会掉进同样的陷阱——被那些不遵守天界法则的恶魔摄住神魄。我们可能会在这地方徘徊一生也找不到目的地。

但这是魔王的国度。只要他想，他就能在任何地方出现。可能让他来找我们会更简单一些。

"魔王！"我大声嚷嚷着，"你打破了天庭定下的法则！我是梁安蕾，我来这里是为了替天行道！出来，面对我！还是说你害怕区区一个人类吗？"

太看上去一脸钦佩："这倒不是个坏主意。"他转向裂谷，大声喊道："魔王！你——"

一阵巨大的隆隆声打断了他。紫色红色的火花在我们面前跳动，接着形成了一阵宏伟的魔法与颜色交杂的爆炸。

魔王从那无尽的深渊中慢慢探出身来，他的身形是如此的庞大，我的胃都紧张得有些绞痛。他那深红色的脸上，一双魔鬼的黄色眼睛居高临下地瞪着我们，白色的獠牙从蓝色的嘴唇里露出来，脸上有一道一道的绿色线条，绘出一幅诡异的图案。我见过很多关于他的绘画，但是没有一幅能描述他本人所展现的邪恶样貌。两只带着爪的手从他穿着的黑袍长袖中伸出。

我的肌肉微微颤抖着，手紧紧握住父亲留下的剑，不让自己的恐惧流露出来。我正面对着魔王——那个魔王，万魔之首，地狱主宰。

魔王俯下身子，他仿佛喷着火的瞳孔跟我的目光撞到了一起。"一个村里来的小姑娘，想象自己是个战士，"接着目光转向了太，"还有个混血。"他的嘴角动了动。

我看着太，不知道这话是什么意思。太的注意力全都在魔王身上，眼中喷出无尽的怒火。

"我听到你们的话了。"魔王直起身子，高大的身躯威压在我们面前。"现在，说说吧，你们想要什么？"

/ 第十九章 /
魔　王

　　地面由灰白变成深橘色，空气颤动着，整个世界平移了起来。我现在站在一个巨大的金碧辉煌的房间里，四处都是闪闪发亮的雕塑，看上去它们像是一整块黑玉石雕刻成的，是各式各样的恶魔，都长着丑陋又诡异的面庞、锋利的爪子以及露着凶光的双眼。有些沿着漆成黄色的墙边站着，但更多的则是被镶进巨大的柱子里。那些柱子是用来撑什么东西的，我并不知道，因为柱顶消失在一片黑色的烟幕当中。

　　在那阵烟幕中好像有什么白色发着光的东西在移动。我眯了眯眼仔细看了看，才意识到那些苍白又模糊的是人的身影。男男女女老老少少都摩肩接踵地挤在那中间，从上面向我们这边看着。他们一定是去世了的灵魂，而这里一定就是魔王的正殿了。这看上去跟母亲曾在她给我讲的故事中描绘的一模一样，只不过要比我想象中更骇人。这宫殿的大部分空间都空无一物，而这压倒性的空旷感让人紧张不已。

　　魔王刚刚并不是在我们面前现了身——是他把我们送到他这里来了。他站在王座前——那是一个魁伟的红色座椅，上面的雕刻让它看上去像是由成百上千张尖叫的脸堆积而成的。

我感到有些战栗，但是还是高昂着头，不敢相信我正在向魔王提要求。"停止让厉鬼继续流窜到人间，还有，放了白光的民众！"

魔王发出一声低沉的、恐吓般的轻笑。他黄色的眼睛看向太："白光？你就是这么跟她说的吗？"

困惑涌上我的心头，但是我并没把这些问题太放在心上。传说中魔王十分会操纵人心，他可能正在耍些什么把戏。

"你无权监禁他们！"太的声音中有些颤抖，"现在立刻放了他们！"

他把手中的剑向上举起。我意识到他指的就是那些朦胧的身影，我又看了他们一眼，恐惧萦绕在心口。那些根本就不是亡灵——他们是白光活着的人，是被鬼的力量困在那里的。

魔王挑起他一条浓密而乌黑的眉毛："天庭到现在为止都没有采取任何措施，我也不会听命于一个混血，"他瞥了我一眼，"或是农民。"

我怒视着他："你不能抓走那些活着的人。你只能管理那些被打入地狱的罪恶亡灵。"

"这些人可能算是活人，但是谁说他们没有被罚入地狱呢？"魔王嘴唇的线条勾勒出一副丑陋的笑。虽然他的声音并不大，但是那声音中的力量让整个房间的地板随之共振起来："而且谁说我做的一切不是天庭的旨意呢？可能把这些东西关在这里也是我的一项工作。也可能我这么做能保护剩下的生命让他们免受更大的痛苦。"

"胡说！"太眼中的怒火都快要喷出来了，感觉要是真的喷出来，整个冬天的雪都会化掉。

我自己憋着的怒气也已足以把脚下的地面烧成灰烬了。魔王怎么能这么胡搅蛮缠："别耍这些花招了！"

魔王俯下身子，他的脸紧紧贴了过来，靠近到只有几寸的距离。一股热浪向我袭来。"虽然我确实很喜欢耍把戏，但是我做事从来都是有因有果。你觉得毁掉我的肉体就能拯救你那小小的世界？可惜你大错特错了。现在，滚吧。"

他挥了挥他那巨大的手，好像是想这样就把我们扫出去。

"不！"太攻向他，手里握着伊布司徒的剑。

江珠的光瞬间爆炸般地放射出来，炸出一团白色的火花。魔王畏缩回去。江珠爆出的白色火花聚拢在一起变成江龙的形状——有着蜿蜒的身体和锋利的爪牙——魔王看着这场景，脸扭曲着，眼中映着江珠发出的白光。那巨龙的形象很快消散开来，但是它的身形却结实地蚀刻在我脑海里，估计这辈子是忘不了了。

震惊中，我盯着伊布司徒的剑，太也因为惊讶睁大了双眼。

　　白色的光芒从剑身金属上雕刻着的复杂文字中发出，银色剑刃发出阵阵爆裂声响。那珍珠倾泻而出的力量在我的灵魂深处产生了共鸣，使我的内心充满了光明和力量。我敢保证这时候我明明白白地听见了江龙的声音，说道，退下，魔王。它那声音让我想起有人击鼓之后持续隆隆震动的空气。

　　魔王也一定听见了，因为他那可怕的怒容现在变得更加阴沉了："这是我的领地！你在这里没有权利作威作福！"

　　尽管内心依然很害怕，我的唇上还是浮现出一丝微笑。龙是所有超自然生命中最强大的一种——它们实际上比任何恶魔都要强，就算是那些自称为王的。可能太和我还是有机会的。

　　我的经脉嗡嗡地作响，与江珠神秘的声音琴瑟和鸣。

　　我知道魔王是不会请求其他恶魔帮助他的。要是他连击败两个人类都需要同伴帮助的话，他王者的地位马上就要不保了，就算是那两个人类手里有龙的魔法也不行。

　　这里只有他和我们——还有站在我们这边的江龙。

　　当魔王举起他强劲有力的臂膀再一次攻向我们的时候，我冲了过去。我可能没有在用巨龙的力量，但是我知道它和我在一起，我能感受到它的存在。

　　魔王的手中出现了一把利刃——这刀是如此的黑，它黑洞一般吞噬了一切照耀过去的光芒。一阵狂风把我吹倒在地，风的怒吼灌进我的耳朵。在狂风的袭扰中，我眯起了眼。

怒火在我的血液中沸腾。我用父亲的剑刺向大地，用尽我身上的每一滴力量顶住这狂风。微弱的乒乓声和嘶鸣围绕着我，武器在我手中发热。它的魔力一定在起作用，用这把剑作为杠杆，我拼了命地顶风往前站起来。

最后，我终于站了起来。风消失了，我睁开眼睛，发现空气中闪烁着金色的火花。魔王和太在正殿的另一边激烈战斗着。恶魔之王高踞于太的上方，那庞大的身躯仿佛分分钟就能把太弹飞。但是江珠的魔力帮着摆正了战力的天平。那白色的光芒环绕在太的左右，形成了一个光环，形状像是他的剪影，和魔王一样高，剑刃也同样锋利，他正和万魔之王噼里啪啦地战斗着。

我冲向正角力的双方，心底的灵魂在呼唤，我要快点行动起来。我今天一定要讨一个公道。太也许可以借助江珠的力量战斗，但这也是我获得荣耀的机会。

太把魔王推向后面一座巨大的石雕做成的柱子上。看到机会，我一跃而起，跳上柱子，爬上了石雕。不论是太还是魔王都在忙着战斗，没有注意到我。爬到一半的时候，我已经足够高，魔王的背在我差一点就能够到的地方。从背后攻击一个非人的敌人对我来讲没有什么好犹豫的。恶魔没有荣誉可讲，他们不值得公平的战斗。

我推开柱子，把剑握在身前，瞄准他的肩胛骨刺了过去。我的剑尖刺中了目标，但是立刻又弹了开来，这股力道把我向空中击飞出去。我的背撞到柱子上，肺里的空气都被撞了出去。在我滑下去之前，一只大手把我死死钉到了柱子上。至少我的胳膊还能自由活动，我拿剑刺向魔王的手腕，但是接着剑刃再一次狠狠地弹了回来，剑柄从我手中飞了出去，我的武器掉到地上，清脆的金属声响起。

我的心里焦虑不安。为什么我认为我可以做得到？只有传奇才能击败魔王，而我……我只是一个和小偷搭档的乡下小姑娘。

我看见太，他正躺在地上，被魔王用巨大的黑色靴子踩着，那靴子像毒蛇一样亮着不祥的光。伊布司徒的剑躺在地上，刚好在太的手抓不到的地方。一圈白色的光环，模模糊糊的，大概是江龙的形状，缠绕在剑刃上。

魔王低头瞥了它一眼，轻蔑地挑了挑眉毛："这就是你选中的勇者吗，江龙？真可悲。"

身前他那巨大的手掌压在我的肚子上，强大的压力让我呼吸困难。身后柱子上的篆刻紧紧压进我的背里，失败的重量压在我心上。这一场战斗下来，我确实毫无用处。太的目光投向上方黑色的烟幕，烟幕后面，他的族人敲打着、喊叫着、乞求着得不到的自由。

一股新的怒火在我胸口迸发。魔王的任务是惩罚已死的罪人——而不是伤害那些活着的人。如果天神不阻止他，我也要。我抓起两个突起的雕塑，接着在他紧紧压下的手掌心里死命扭动想要逃开。骨头摩擦在坚硬的石头雕塑棱角上，剧痛传遍我的全身。魔王饶有兴趣地看着，利齿闪闪发亮。

他很享受我在他手底下死命挣扎的场景。

我把自己撑了起来。当我终于逃脱他的手心挣出身子来的时候，我口中不由发出一声嘶喊。这都算不上一个动作——只不过是比刚刚高了几厘米，往一旁挪了一小点，但是这已经足够让我的身体找到背后雕刻里的一小点儿空隙了。我抓住这一丁点儿的空隙挣脱了出来。

"安蕾！"

太把伊布司徒的剑向我扔了过来。魔王伸手想要抓住这把剑，但是我的手先够到了剑柄。江珠的能量从剑柄里传向我的胳膊，像是在我的血管里点起了一把火。我的嘴角咧开露出一个激动的笑：轮到我使用江龙的魔力的时候了，最后，成为英雄的人会是我。

我劈向那只抓着我的巨手。剑刃接触到魔王的皮肤发出嘶嘶的声音，一股复仇的气味在我的鼻腔中爆炸开来。他尖叫一声放开了我。我跌了下去，用空着的那只手抓住了另一个凸起来的雕刻。太仍然被魔王巨大的靴子死死钉在地上。他痛苦的惨叫不绝于耳，因为魔王正用力把脚踩进他的胸膛。

"放他走！"我把剑向魔王挥去。

耀眼的光芒在剑刃周围炸开，将剑身的范围延展了数米长。这光芒击中了魔王的胸口，力道把他向后击飞。他大叫着摔倒在地上。万魔之首在我手下挨了一记。我从来没有使用过这么强大的力量，而我得好好地运用这力量，一滴都不落，这让我有种莫名的愉悦。

太挣扎着站起身来。魔王也旋即起来，这动作是如此的迅速，看上去就像是一下子变换成站立的姿态一样。他向着太走了过去。

"别碰他！"我从柱子上一下跳了下来。当我脚触地的一瞬间，整个世界都在我眼前变小了，或者倒不如说是——我变大了。一阵白色的光芒笼罩在周围，我发现我竟然可以平视魔王的双眼。我不再是一个农民了。我是龙力的使用者，是未来吟游诗人长诗里的主角："这是你最后的机会，魔王！放开太的族人，把厉鬼召回地狱！"

魔王的嘴角微微上扬："就算你把我击败了，我的部下还是会继续它们的工作，而且我也会很快恢复原形。对我们这种不灭的存在来说，一百年就是短短一瞬罢了。"

他把手上的武器用全力向我挥了过来。我的剑和他的黑色剑身相撞发出噼啪的声音。显然他是不会给我任何关于厉鬼的答案了。我没有任何理由手下留情，于是我招招向命门攻去，我尽情舞动着剑身。他手下的恶魔在我村里夺走的每一条人命都要让他血债血偿。

但是我没有一次进攻击中他的身体。他一直都能挡下我的剑刃，而每一次我佯攻的时候，他都知道我会采取怎么样的迂回手段，接着就能回攻过来，我的反应足够快能闪开他的进攻，但是我看上去也没对他造成什么伤害。更糟的是，他这种灵魂不灭的怪物是不会觉得疲惫的，而我却已经开始感到手脚酸麻了。汗沿着我的脸流下，我的心脏也像有人急促不停地敲门一般怦怦直跳。

感到有些懊恼，我猛地向魔王刺了过去，希望借着蛮力直接破开他的防守。魔王利用这个空当一拳打向了我的腹部，或者说，感觉是我腹部的位置。强烈的冲击将我击退了几步，这白色的光晕也随之消失了。我又重新回到了渺小的人类形态。我踉跄地跪倒在地上，突然觉得自己像个白痴。

我看见太已经爬上一处柱子的顶端，手里拿着我父亲的剑。他把剑刃挥向那囚禁他同胞的黑色屏障，但是没有一点作用。江珠的魔力能够打败魔王——可能也能打开那屏障。如果我划开了那黑色的烟幕，趁我拖住魔王的时候太的族人就能趁机逃走了。

我跃上柱子以最快的速度爬了上去，魔王用它的剑向我刺来。当我挥剑挡下这攻击的时候，仿佛江珠知晓我的意图一般，那白色的光环再一次出现了。剑已经为我挡下了魔王的攻击，我可以一边向上继续爬，一边左躲右闪用剑刃拦下他砍来的剑身。那白色的光环延展得更大了一些，让我向上爬的时候也不必分心太多。

当我离顶还有一半距离的时候，魔王抓住了我的脚踝，把我扯了下来。我向他掉了过去，但还是设法抓着柱子壁。他向我跳了过来，我躲开之后用剑瞄准他的心口捅了过去。白色的光晕冲击在他的胃部，把他向后击飞出去。他咆哮着摔到地上。我咒骂了几句，要是再高几厘米我就能把他肉身毁了。

"安蕾！"太一只手扒着柱子，另一只拿着我父亲的剑。他把剑扔了下来，手伸向我。

我应该把伊布司徒的剑扔给他。他已经在柱顶了，而我才爬了一半。但是我不想放开江珠的魔力。我刚刚马上就能了结魔王的性命了。难道我只配在太的故事中做一个配角吗？

魔王站起身来，再一次举起了他手里的武器。

我使劲把抓着剑的胳膊往上空挥了过去——接着把剑扔给了太。

我松开手，从柱上跳了下来，紧接着魔王的剑刃就砸到了我刚刚抓着的位置上。拼命伸出手，我一把抓住了几尺下方凸起的一个雕刻。上空，那闪着白光的剑刃划开了烟幕构成的屏障，裂缝中炸开朵朵火花。一个半透明的男子从中探出头来，接着悬浮在半空。银色的光芒仿佛月晕一般环绕在他四周，我震惊地看着他。他的头发跟太的一样——都在头顶绑着一个发结。一个女子从他身后出来，她长长的黑发用簪子做成一个华美的发髻，发束从复杂的圆发髻中飘洒下来。她，跟男人一样，也是半透明的，在飞舞着庆祝自由的时候，长裙的裙摆在身后迎风拂动。更多这样的人一个接着一个飞舞下来。

魔王的咆哮在这洞穴中回响。那些仿若鬼魂一样的生命纷纷冲向他的脸上，带着一束束光芒，好像是在用某种魔法攻击他。当魔王想要用剑击退他们的时候，太从柱顶一跃而下。

那闪耀着白光的剑深深埋进了魔王的心口。红色黄色的火花从裂缝中蹦出来，恶魔之王的惨叫撕裂了空气。在这震耳欲聋的嘶鸣声中，我的脊髓都感到一阵战栗。

剑刃劈开了他的身体，接着魔王的躯体消散于空中——就像我经常与之战斗的厉鬼一样。

这就是结局了——我们赢了。太可能是那个拿下了决胜一击的，但是是我给予了他这个机会。我也是一样的英雄。

我们打败了万魔之王。

我们成了传奇。

/第二十章/
两者皆有，两者皆无

我盯着魔王刚刚站立的地方，还是有些不敢相信自己的眼睛。万魔之首已经消失了，被击败了。可能他不会永远地离开，但是依然——我们做到了。

甩了甩脑袋，我把自己从震惊的呆滞中摇醒，接着爬下柱子，把父亲的剑从地上拾了起来。我把它揣回皮夹里，接着四处找寻太的踪迹。他刚刚纵身一跃……之后去哪儿了？

我张开嘴喊了一声他的名字，接着呆住了。

他仍然保持着在半空中把剑刃刺进魔王体内的状态，身体变得半透明，就像是那些从烟雾缭绕的黑色烟幕浮现出来的生命一样。他正看向他们，同样的银色光芒也笼罩在他的身上。

与此同时，那黑色烟幕也消失了。那些半透明的生命从空中落下，他们的欢呼和解脱之声响彻云霄。他们中有一些在眨眼间就消失了，另一些则陶醉于来之不易的自由与解放，像是夏夜的萤火虫般四处纷飞。曾经像是映着篝火一般幽暗的山洞，现在就像月亮一样闪耀着银色的光辉。

是月神。我看得目瞪口呆。这就是为什么他们消失了。

看到这些神秘的月亮精灵让我无法呼吸，这场面就像是有人偷走了皎洁的月光，把它塑成了成百——不，上千——条人形的生命，他们中的每一位都是这样缥缈，每一位都是这样美丽。曾经，我也在夜里暗自希望有运气能在镜中瞥见他们的身影，哪怕只有一位也好，而现如今被这么多位月神所环绕——这感觉实在是太梦幻了。我泪如泉涌，多么希望妈妈和安水也能在此目睹这一切。

太像他们一样在空中飞舞着，身上闪耀着同样的光泽。他……他也是月神。与我四目相对，他的笑容消失了。他冲我俯冲过来："安蕾……"

"你个骗子！"我用食指指着他，抱怨道，"你告诉我——"

"我告诉你我的同胞来自白光。我从来没跟你说过他们是人类。"

"你也从来没说过他们不是人！"

"这是我之前提到的，我发过誓——永远不会告诉人类我真正来自何方或者任何我月神族的能力。"

他回头看了看魔王的宝座，月神们俯冲进冰封的碎石里，消失在这黑色的石头上。他向那里指了指："我们该离开这儿了，在王座的底部有一个出口。"

我还在盯着他看，仍然无法相信我自己的眼睛。

他不耐烦地挥挥手："安蕾！"

从呆滞中清醒过来，我看向他指着的地方。肉眼所能看见的只有各式各样的地狱雕塑，直到我从口袋里掏出安水的眼镜来。透过镜片，在王座的基座前出现了一个黄色的圆圈，里面的景色正是黑火山周边那片了无生机的荒原。

我的潜意识让我跑向那个出口，但是我的眼睛还在太身上，他正在空中与我一道往那里飞，仍然保持着那轻飘飘的形态。

"不敢相信这件事情你竟然瞒着我。"当我走进那道出口的时候，我在脑海里回想着我们之前的那些对话，不知道是不是漏了什么东西。岩浆湖在我身体两旁流淌，它散发的热量像是麻绳一样缠在我身上。我看见了我们的飞船正在远方停着。没发现有什么恶魔阻拦，我慢下脚步："魔王说你是一个混血……"

太在我旁边，浮在空中，随着我的脚步慢慢飘向飞船。他点了点头，仿佛在回想着什么。

"我之前讲的那个关于月神姑娘和人类王子的故事……是确有其事的——不过我父亲并不是一位真正的王子，虽然我母亲把他当成了一个王子。她能变幻成人类的形态，而且，在他们结婚之后，我的父亲也同样得到了变成月神族的能力。从我出生起，我就能在两个世界生活。我们一度过得很幸福……但是接着一场意外夺走了我母亲的生命。月神族人不想让任何人知道人类也有可能获得他们的能力，而我母亲的死——她是变成人类姿态的时候去世的——让他们下了最后的决定。这就是为什么他们强迫我要发毒誓永远都不告诉任何人类我究竟是谁，究竟能干什么。但是刚刚我在打倒魔王之后没有别的办法，只能变换姿态，所以你是自己看到我的真实身份的。"他摊开手，"我发誓也没有用。"

愤怒和好奇在我的心里缠斗着争夺下一句话的主导权。我不知道我此时是想因为在我赌上身家性命——以及全村人的安危——的时候他把真实身份对我保密而骂他呢，还是说我只是更想要知道他更多的事情。"你还有什么想让我知道的东西吗？"

"一开始没有，"太向我靠近了几公分，"但是当我们一起闯荡得越久，我越觉得向你保密不对。要是我一开始没有向祖宗发下毒誓我会尽我一切所能不让人——任何人——知道真相的话，我可能早就把这件事情告诉你了。"

我点点头，不过还是有些不满："你是更愿意当个月神族吗？"

他耸了耸肩："飘在天上确实挺有意思的，但是我更多的人生是作为一个人类度过的。因为我不是一个血统纯正的月神族，所以他们也不让我生活在他们的国度里。而且变成月神之后，所有的感觉都……变淡了。我把手放在一团火上只会感觉到一丝刺痛。"

"那触碰另一个人会是什么样的感受呢？"这时候我的好奇心占了上风。

"我不知道。我从来没有以这种形态跟别的人类走得太近过，也就没有试过。"他把手伸向我，"试试吧。"

犹豫了一下，我从鼻梁上把眼镜摘了下来，接着手指碰向他的指尖，但是我能感觉到的只是一种模糊的触感……一股温暖的，切实存在的感觉，但是有着空气的质感。这是那种湿热的夏日皮肤上的感觉，带着一股令人舒适的热量："你感觉上和空气一样。"

"你……确实是在这儿的。"太歪了歪头，"但是这感觉并不完全……更像是接触水一样。你能用手捧起来，但是很容易就流走了。我猜这就是为什么月神举不起来比剑大的物体的原因。"他身上环绕着的光晕消失了，色彩重新回到脸上。他又变回人类了——而他的手在我手心微微发着热。他翘起嘴角："这就好多了。"

一股热量冲上我的双颊。我抽回手来背到了身后。

光之生命在这黑暗、布满了闪电的天空中盘旋。这一切都会变成传说——前往无尽地狱，击溃魔王，接着解救月神族众生于水火。太的族人会把这故事代代相传，讲给他们的子孙后代，而我会是这传说中的一部分。而因为我们在这里所完成的一切，我的一部分会变成永恒。

但是只有一部分。

虽然太达成了他的目的，我的使命还没有结束。魔王可能被击败了——暂时被击败了——但是魔界还有那魔界中存活的鬼魅并没有消失。厉鬼将会继续肆虐黛蓝，而我依旧是我们村唯一的希望，能够带来大家所迫切需要的保护。

我看了一眼伊布司徒的剑。虽然江珠的光彩不减，但是那在战斗中环绕剑身的异常光芒已经消失了。感觉这股光芒也把我内心的希望一并带走了，我的命运跟之前并无二致，结婚仪式上的花轿依然在铜秋城等着我。

太拿起江珠剑，递给了我："拿着吧。"

"是时候了。"我接下剑，心中一沉，想到这可能是我最后一次能使用武器的机会了。除非我在回到总督府的路上会撞见厉鬼，我可能这辈子都不会再战斗了。

太看了看我手上拿着的剑，又瞥了一眼我背后背着的那柄："你看上去好像自己一个人就能干掉一支军队了，你确定必须回去嫁给那个总督吗？"

"黛蓝还指望着我。"一丝亮光从我心中升起，"到那时只要康总督听说这里发生的事情了，他可能会允许我随他的军队一同出征而不只是待在他的寝宫里。"

太干笑了一声："你可能已经成为一个传奇了，但是这毕竟只是个故事，而故事的真实性可没人能保证。"

"你是说他会不相信我？"我一脸苦相，"那你去跟他说。"

"他更不会相信我的，他想宰了我，记得吗？"

我的心一沉。对康来说，太不过就是个毛贼。我仰头看了看天上的月神，他们一个接着一个在空中消失了，显然是在传送自己回到他们月亮的国度里去。他们看上去并不关心我帮着把他们从悲惨的命运中解救了出来。不过，可能他们中的一员会愿意帮我让总督相信这件事。"这里的所有人都见证了这一切——如果他们有很多人告诉康我做了什么，他会相信的。"

"你想让他们帮忙的话就自求多福吧，他们并不很喜欢人类。况且你也不应该再试着说服总督了。在完成了这一切壮举之后，你就不应该回到他那里。"

"这并没有改变什么。"我停下了脚步，把江珠剑深深插在地面上，"魔王说过厉鬼会继续侵袭人间，我依然需要康来保护黛蓝——我自己没办法保护全村人。"

"不要嫁给他。"太双手抓住我的两肩，眼神中没有了往日的戏谑，取而代之的严肃让我有些惊讶。"我知道你不可能会爱上他。如果这是为了什么信誉，那就做个不讲信誉的人；如果这是为了权力，你现在已经拥有了不一样的权力。只有一点，求求你，不要嫁给他。他会毁了你的。"

我盯着太的双眼，胃里翻江倒海般难受，心脏怦怦直跳，呼吸也变得急促起来。他说的是对的——我在总督府待的时间不过一天多，就已经变成了我最不想成为的样子。

但是这从来不是我一个人的事情，这一切都关乎我的家乡，关乎我的家人。太知道这一切……我曾无数次地跟他说过。愤恨在我灵魂深处爆裂——这比太之前曾激起的恼火要深许多。他是真心觉得是我想要嫁给总督的吗？或者他相信我能抛下我的同胞不管吗？

不管怎样，这股涌上我动脉的怒火是如此汹涌，我能做的一切也只能是忍住对他挥拳相向的欲望。我紧紧地把手按在剑柄上，担心它们会不听指挥握成拳头砸到太的脸上。

"我跟你讲过不要提我的婚事。"我硬生生把这些字从咬紧的后槽牙里挤了出来，"我的命已经定了。"

他松开我的肩膀，接着退开了："那么，享受它吧。"

"你下地狱去吧。"

"我们已经在这儿了。"

当我意识到我说出口的话里的可笑之处时，我内心中又燃起了一股新的怒火——虽然我不知道它指向谁，是太，还是总督，抑或是我自己。我盯着我手按着的武器。江珠有能力毁灭魔王的肉体，却没有能力改变我的命运。

突然间，我意识到这珠子依然卡在这剑柄里。我本想把这柄剑一并交还给康，但是接着意识到这样的话就相当于变相承认了帮助过那个偷走江珠的贼。

我看着太："你能把江珠取出这个剑柄吗？"

"我恐怕做不到。"太又回到了他往常的那副吊儿郎当的样子，就好像刚刚的事情在我们之间从来没发生过一样。

"我以为月神族都精通魔法呢。"

"他们确实是这样的，但是我不是。"他耸了耸肩膀，"我毕竟只是个混血。"

我试着想要从他的语气里听出他暗含的意思："这是什么意思？从我看来，你就是他们的一员啊。"

"我能变换成他们的样子，但是我没法拥有他们所有的能力。我——"

"太！"一位月神女子从天上飘了下来，她乌黑的眉毛挂在一双尖利的黑眼睛上。她看上去比太年长，但是也大不了几岁，那圆圆的脸颊和大嘴带着一股子威严的劲头："你跟一个人类在鼓捣些什么？你发过誓的！"

太不满地看了她一眼："安蕾很显然是了解真相的，你应该对她更客气一点。"他对我示意了一下："这是我的表姐，苏音。"

苏音高高在上地瞥了我一眼，眼神中带着不屑。我是没看出来她和太长相上有什么家族的相似之处。不只是她那圆脸跟太棱角分明的颧骨形成鲜明的对比，她也缺少了太身上那股与生俱来的善良友好的魅力。

她怒气冲冲地对着太说道："你刚刚马上就要跟她讲你的月神族能力了，你知道这是禁忌。尤其是在你母亲身上发生了那些事情之后。你是吃了什么熊心豹子胆了？"

太瞪了她一眼："这不是——"

"你不要再跟这个人族小姑娘说话了，你打破发下的誓言，不仅是自轻自贱，更是给先祖蒙羞。让她看见化形已经够糟了，你母亲要是看你这样不守承诺，不知道得有多伤心。"

太低下了头。

我瞪着苏音："为什么你这么讨厌我？我们这才刚见面。"

"她不是针对你。"太摇摇头，"她是讨厌所有人类。据他们说，我父亲引诱我母亲下凡人间，但没能保护好她。而且魔王号称他把月神族人关起来的原因也是出在人类身上，虽然他没说具体是因为什么。"他恼火地看了表姐一眼："但她起码应该谢谢你，你帮着救了我们所有同胞。"

"要不是他们人类，我们也用不着别人营救。"苏音的声音很轻盈，但是从她看我的眼神中能知道，我大概也被她当成是月神一族被困地牢的罪魁祸首了。

"你在说些什么？"我走上前去，"是魔王把你们绑走的。"

苏音冷漠地看了我一眼，接着向太招了招手，示意他过去。

"来吧，我们还有一些族里的事务需要你过去商量。"

太犹豫着："我在这儿也有事情要做。"

"不，你没有，"苏音指了指飞船，"你的人族朋友有办法回去。"

没有理会她，我转身对着太："说回来，到底为什么魔王当初要抓你的族人？你也从来没跟我说清楚。"

"我不知道，"太回应道，"这件事情发生的时候我并不在场……是苏音设法逃出来告诉我魔王正在围攻我们一族，我才知道有这么回事。他用魔法织成的网把所有月神族都抓进他的国度里去了。但是这对我没有效果，因为那种魔咒只对灵有效，而我有一半人类的血统。"他看着表姐，问道："你有什么理论吗？"

"这就是我们要讨论的问题。"苏音挑起眉毛，"在回到我们的国度之后。"

"你们的国度。"太的脸色一沉。

苏音干笑了一声："又来这套？你又不是小孩子了，没必要哭着闹着非得在人间过活。"

"如果人间是我应该在的地方，那我也没有理由离开这里。"

苏音的面容变得严肃起来："我们的族人刚刚才逃出地狱，正不知未来何去何从。他们需要我们——你为什么想要留在这儿？为了她吗？"她从天上往下看了我一眼，"我想，你大概是想看她安全回家吧。"

我紧紧握着双拳，克制住一拳把她门牙打落的冲动："我用不着别人帮忙。"

太抱歉似的看着我："安蕾……"

"走吧！她说得对，"我用下巴指了指苏音，"你的使命已经结束了，而现在轮到我了。"

"我不想丢下你。"

"天下没有不散的宴席，我们总要分开的。"意识到大概永远也见不到他了，一阵刺痛戳在我的心口。我一直都明白自己要回到铜秋城去，交还江珠，接着嫁给康总督，但是……但是我没想到……

为什么我要在意这些呢？太不过是我答应要帮助的一个素昧平生的人罢了。现在这场冒险已经结束了，我们没有理由还要在彼此的生命中逗留。

太清了清嗓子："你确定你知道怎么一个人驾驶这艘飞船吗？"

我恼火地瞪了他一眼。

"为了证明就算你在途中坠机了也不是我的责任，我需要你当着这个证人的面给我一个口头保证。"他指了指苏音。虽然他看上去和平时玩世不恭的样子别无二致，好像是在开让人火大的玩笑，但声音中却有着一种莫名的沉重。

我在想这是不是因为他不想就这么离开我——但这想法显然无比荒唐。可能我们两在这一路上没自相残杀，但这一直都只是暂时结盟。我也不明白为什么他的离开对我影响会这么深。我傲慢地瞥了他一眼："没有你分散精力，我肯定比之前开得好得多。"

"有你这句话就够了！"苏音伸出手，"太，你到底来不来了？"

太犹豫了一下，他的目光依旧盯在我身上，唇齿微微张开，仿佛是有什么话迫切想要说出口。接着却又摇摇头，悲伤地笑了笑："我祝你婚姻美满幸福。"他变幻成月神形态，接着牵起苏音的手。随着一阵白色闪光，他们消失在空中。

"混蛋！"我冲着那片空无一人的空气大喊道，"真高兴终于摆脱了你！"

我的话在这片空旷的荒原上回响，虽然天空中仍旧传来轰隆隆的雷鸣，但这片空间还是让我感到令人心惊的寂静。

四周氛围显得那样的空虚，仿佛有人把空气中所有的生命力都抽干了一般。

我把江珠剑挨着父亲留下的剑一并绑在背上，向飞船走了过去，过了一会儿，走变成小跑，小跑变成飞奔，这周围的一切都让我感到窒息，要尽快离开这里，现在就要。

跑到飞船停泊之处，我几乎都要喘不上气了，双腿因为剧烈的奔跑酸痛不已，身上力气都被掏空感觉都快爬不动绳子了。拼尽全力爬上甲板，我冲到舵轮前，面向控制台拨开了一个个铜质的开关，牙齿颤抖着，我死命咬着牙。

就算是起飞了，已经沿着地图指引的轨迹回到了人间世界，那股子空虚仍然存留在我心中，不管是引擎的轰鸣还是舷外的风景都无法填满心底的寂寥。

/ 第二十一章 /
山雨欲来

风声呼啸过耳边，我驾着船穿过一片片云层，驶向白鹤山外的那条小河。虽然我已经学会了娴熟地驾驭这艘飞船，总感觉它还是更属于太而不属于我。

不过现在月神族已经被解放，他也已经不需要这艘飞船了。好像太也并不在乎是这艘船让他有能力解救族人的，是它忠诚地完成使命，载着他驶向使命的终点的。但太——还是把它扔下了，就像他把我扔下了一样，甚至都没有一句真真正正的道别。是，是我让他走的，但……为什么他会这么轻易地就离开了？

内心涌上一股强烈的情感。我这是怎么了？我现在根本没工夫理会这些伤春悲秋多愁善感的情绪。白天马上就要过去，这意味着厉鬼可能会随时出现，而且还有被康的舰队发现的危险。

我把船上的驾驶模式调成自动巡航，可能几个小时之前就可以这么做了，但是我更愿意手动掌舵。这里也没有别的事情做，至少能让我在这漫长的旅途中保持清醒，手动飞行也能占据些心神，不要总想那些有的没的。

洁白的月悬在渐暗的天空中，随着太阳的光辉渐渐淡去，这月光变得越发明亮越发清晰。我眺望着那将近满月的月面，想要分辨住在上面的那些生灵。他们对人类那露骨的蔑视给我先前留下的印象蒙上了层阴影，相比那高高在上的苏音，我倒是希望他们更像平易近人的太。

不知道这夜色是否已经足够暗了，天空中只剩下月亮散发的光。会不会月神们在这皎洁的月色中留下些许身影？里面会不会有太？

我仍然有重要的任务要完成，这时候不应该总心里挂念着他，但是即使和他一起的旅程已经结束了，我却还是没法让自己停止回想之前发生的一切。

不得不感到命运再一次扼住了我的咽喉，这与在计划中的婚礼前我看向镜中倒影时没什么两样。除了这一次，再也没有什么东西会打断我的命运了，也不能再让任何东西打断了。康不会再忍受更多的迟延，说服他原谅我这一次未经允许的出逃已经足够艰难了，即使这是为了取回他心仪的物品也很难消除他的怒火。

微风拂过甲板，带来一阵鬼魅的声音。心中袭来一股寒意，我打了个寒战。那声音好像是从四面八方传来的，但又好像是凭空产生的。它充斥着我的耳朵，在我的脑袋里回响，但同时又什么也听不清楚，而且很快就消失在静谧的夜里，空余我一人在原地彷徨。

白鹤山庙鳞次栉比的屋瓦在正午的日光中熠熠生辉。这一趟行程比我最开始预想的漫长了许多——一共花了整整三天三夜。看到远处的地平线上有几艘悬浮在半空的船，我绕了一大圈，免得撞上康的搜查船队。直到把飞船藏到白鹤江边的山洞内，我都没敢合上眼，就算是藏船，为了避开康的耳目，也是等到无人活动的深夜才进行的。藏好船之后我本来不想浪费时间休息的，但是疲惫不堪的身体最后还是逼着我睡了一觉。

这一次，路上没有往城里走的货车可搭了，我不得不徒步走到城里，到了的时候，天已经黑了，我并不熟悉这一带的路，没有太领着，也担心会在浓密的树林里迷失掉方向。更糟糕的是，康显然是要到了允许他手下的半机械士兵搜查整座城市的许可，避开他们也花了我很久时间。不过万幸的是，至少现在没有士兵在庙里巡逻。

伊布司徒在寺庙的门口等着我："很高兴又见到你。你的时间把握得也很合适——康的手下今天正好提前离开了，一时半会儿应该回不来。"她的目光看向我身后，我知道她一定是奇怪太在哪里。

"太跟他的族人一起离开了。"我一边说着，一边擦了擦额头上的汗珠，在大太阳底下奔波几个小时确实有些热。

"我知道，当月神们回到他们月面的国度的时候我就感觉出来了。"

258

为了我们的家园

"你一开始就知道太的身份吗？"

"是。"伊布司徒示意我跟着她走到寺庙的庭院中，"不是因为他告诉我了，而是我见到他的时候，就立刻察觉到他并不完全是人类。只要一小段现形咒语就能让他的身份显现无疑，但是我也向他保证不会告诉那些不知情的人的。"她跨过门槛走进自己的房间："你不要责备太没有告诉你他的真实身份。月神族永远也不会完全相信人类的；他们是更高洁的生灵，把留在地面上的我们当成低等生物……既小气，又贪婪，还残忍。"她不屑地轻哼了一声："他们好像忘了傲慢是他们的先祖飞升前最早摈弃的邪念。"

我的脸上也带上了和她一样的揶揄神情。

"当然，也不是所有月神都是这样想的，"伊布司徒继续说道，"太显然就不一样。但是尽管生活在两个世界，他还是得遵守月神的规矩。你肯定还是没有摸透他的心底，"她的嘴角向上弯起，露出一个调侃的笑容，"我向你保证，他也一样在挂念着你。"

我的双脸忽地冒上一股热量："我可不那么觉得。"

她冲我挑了挑眉毛。

"我来这儿不是为了谈他的事情的。"气呼呼地，我从扎在身后的皮带里把嵌着江珠的剑抽了出来，剑刃蹭过我父亲留下的武器。"能请您解开之前把江珠嵌进这柄剑里的魔法吗？我需要让康总督相信我是追着一个贼横穿整个国家，取回江珠就立刻折返回铜秋城的。"

为了我们的家园

伊布司徒双手接下剑，可惜地叹了口气："你确定这有必要吗？我倒是更想让它们就这么保持一体。"

我愧疚地看了看她："对不起，但是我不知道要怎么跟康解释这把剑的来历才不会暴露我帮过那个贼的事实。"

"你可以说当你追上那贼的时候，他已经把这珠子镶到这把剑里了……"伊布司徒摇了摇头，"但是这柄剑的力量实在是太过强大，不能让康总督这种人拿到，而且这也可能会把我真正的实力泄露出去——这可不是我想要的结果。我想这珠子一开始就是从你们村子里偷出来的，所以真正正确的做法应该是还回到它最开始的地方去。"她拿了把椅子坐下来，把剑摆到面前的桌上："你面对魔王的时候他有没有对你说什么？"

我耸耸肩："没说什么实话。"

"哦？那他撒了什么谎呢？"

"他说困住月神族，能保护其余的世界免受更大的威胁。"我嘲弄地哼了一声，"太可没法接受这种解释。"

"有意思……"她陷入了沉思，"魔王可能是很邪恶，但是他也从来都不会毫无缘由地做事。"

"他也是这样说的。你知道他这么做的缘由是什么吗？"

"可能他是在说笼罩在珠月国上的那团巨大的阴影。我以为打败了魔王这阴影就会消散，但是与之相反的是，它的力量好像变得更强了。"

"一团阴影……"我身体向她前倾过去，"这跟厉鬼有关

260

系吗？为什么它们会一直这样侵扰人界？”

“我不知道，但是看上去厉鬼并不受魔王的指挥。实际上，他都有可能觉得厉鬼不断增长的势力是一种威胁。但不幸的是，我到现在也没有搞清楚它们是从哪里窜出来的。”

“它们不是从地狱来的吗？”

“很显然并不是。可能有一些厉鬼会往来于地狱与人界，但是地狱并不是它们产生的地方。”伊布司徒愁容不展，“打败魔王我以为能恢复这个世界渐渐失去的平衡，但是现在还有个更黑暗、更残忍的力量在背后作祟。不管那个万魔之首的本意是什么，他实际上是减缓了厉鬼在人间扩张的步伐，而现在魔王不在了，它们就更肆无忌惮了。”

“但是该如何——”

“我也不是全知全能的，”她严肃地看了我一眼，“我已经把我所知道的一切都告诉你了。”

“抱歉。”我嘟囔着说。

“这确实有一些让人沮丧。”她摇了摇头，“我就算用上所知的最强大魔法也难以搞明白真相。与此同时，无辜的民众在水深火热中受尽痛苦折磨，我今天上午又听说不知哪里再一次发生了厉鬼的袭击。”

愧疚感让我的心情变得沉重起来，击败魔王可能解放了月神一族，但是这把更多的人推向了厉鬼的魔爪。“这一次是哪里遇袭了？”

“一个离这里很远的偏远小村，我听说到这个消息也只是因为有一只机械信鸽飞到了白鹤江乞求支援，好像那村子的名字是黛蓝。"

我的心瞬间坠入冰窖，本希望厉鬼不会在我嫁给康让他巩固村里的防线之前来袭的。但事实恰恰与此相反，更要命的是，我帮着打败了魔王，某种程度上却是助纣为虐了，而我的本意明明是要从这些怪物手中保护黛蓝村人。

黛蓝之前已经挺过了无数次同样的袭击了。我深深吸了口气，强迫自己冷静下来："还有没有别的地方遇袭了？"

伊布司徒与我四目相对，眼神中带着一丝同情，"那是你的家，是不是？"

"是，白鹤山会派遣援兵吗？"

"那信鸽传来的消息不是求援兵的……那是请求白鹤山给难民提供庇护的。看上去好像那里已经没什么值得守的东西了。"

不……我感到自己正受着千刀万剐的折磨，要是没有陪着太去地狱，要是我一开始就把握机会把江珠拿回来……我可能现在就结婚了，那些机械战龙也会在黛蓝上空盘旋警戒，黛蓝可能现在也不会沦陷。安水怎么样了？妈妈怎么样了？我都不知道她们现在是不是还活着。

我忽地站起身来，椅子在身后吱呀了一声。"我得走了。"

"当然。"伊布司徒伸出手，指了指江珠，"但是你总得拿上这个……应该再用不了多久了。"

仿佛要把这柄剑深深刻在记忆之中，她最后看了一眼江珠剑，接着合上了双眼，萦绕在指尖的蓝色魔法光芒慢慢降入剑柄里。我在旁边看着，心脏在焦急地怦怦直跳。

克制，安蕾。父亲的声音在我的脑海中响起，思绪中浮现起他严肃的面庞。你用不了多久就能拿到江珠了，而黛蓝的民众依然需要总督来保护。他们想寻求白鹤山的庇护，但是城市里的平民百姓是不会愿意打开城门迎接一帮陌生的难民的。

我集中注意，想象着如果父亲在这儿，他会怎么说。给黛蓝人民以庇护是康要付的彩礼，如果你嫁给他，他还是需要信守承诺的，是会敞开大门让大家住在铜秋城里的。

脑海中一遍遍地重复着这些话语，好在伊布司徒施法的时候我能够克制住自己站定在原地。我的目的依然是回到铜秋城，但在那之前还是先得回黛蓝看一看，起码得确认我家人的安危。

感觉像是等了一个世纪之后，伊布司徒说："做好了。"

她把那珠子递给我，剑身还躺在桌上，虽然它身上的篆刻和以前一样精美繁复，剑刃却失去了原本的光泽，剑柄上的空洞像是一道致命的伤疤。

我接下江珠，微微震动着的魔力能量像脉搏一般透进我的肌肤。

不能再耽搁了，飞快地奔出庙，跑下山，我一边飞奔一边在心中一遍遍向上天祈祷，求求各路天神可一定要保佑我的家人在我的错误引发的这场浩劫中活下来啊。

/第二十二章/
回　家

　　沉沉夕阳照耀出的红色光芒洒在黛蓝江上，整条江水浸染上这骇人的色彩，看上去像是血流成河一样。向着这片闪耀着日光的涟漪，我慢慢降下飞船，暗暗在心中一遍又一遍地告诉自己那最悲观的担忧是一定不会发生的。飞船上听到的鬼魅之声像南方的冻雨一样点点洒在我心头，这种感觉仿佛是有成百上千只亡灵在身旁围绕，在求我做什么——却又听不清他们到底想要什么东西。不管总督用了什么魔法驱动他的飞船，这一定是打扰到那些逝去的灵魂了。

　　黛蓝出现在远方的地平线上，我慢慢操纵船身滑向江面，心头涌上一股诡异的情绪——既有回家的温暖，又有恐惧的凉意。慢慢暗下的日光把人间的一切都打上了一层薄薄的阴影，从远方看过去，黛蓝和往常没什么不同——一丛丛的低矮平房分散在闪着微光的溪流与绿洲之间。不由地，我的脸上挂上了一丝微笑，虽然这趟旅程一共也没有几天，但是感觉时间过了太久，这一路上见识了这么多东西，体验了这么多冒险，仿佛离上次我挥别家乡已经过了一个世纪一样。

　　船慢慢地靠近，黛蓝的细节变得越发明晰。看到眼前所见的一切，我的眉头紧皱，简直不敢相信自己的眼睛。那些屋子外墙的黑色并不是夕阳洒下的阴影……那是已经被烧得炭化的木头。从远处看上去是墙体的东西实际上是屋子仅剩的框架，还有架在焦黑的房梁中间的天花板，一场大火烧遍了全村。

　　这是怎么回事？黛蓝守卫团在我走的时候还算实力充沛，而且虽然厉鬼能打翻火堆引起大火，但是我们村子也不缺救火的水啊。心中凝结着痛苦和愤怒，热血上涌让我的双眼生疼，这是地狱中体验过的噩梦变成了现实——在心爱的家乡的毁灭面前，我根本无能为力。目光越过一片片废墟，我拼命地想要找到任何有幸存者还活着的信号。

　　这时，在杂乱无章的街边我看见了一些身影，他们好像正在翻着垃圾，想找里面还能用的东西。

　　在河边也聚着一撮人，目瞪口呆地看着从天而降的飞船，但是在那人群中我没看见我的家人。飞船一沾水面，我抓起绳子就跳下了甲板，冰冷刺骨的江水浸透了全身，我朝着岸边涉水走过去，心里暗暗骂着这片江水减缓了我奔过去的速度。

　　"安水！妈妈！"一踏上江岸，我就大声叫喊起来。村民们纷纷向我投来震惊的目光——他们大概以为是总督或者他的手下回来了，我没有搭理他们。

主路上的正门也没了，在大火中被烧成了渣，悲痛涌上心头，喉头传来一阵哽咽的感觉。这只是个物件罢了，但它也标识着我的家。"妹妹！妈！"

"姐姐！"安水从一处房屋的废墟里钻了出来，向我跑来，"真的是你！你怎么会在这儿？是你在驾驶那艘船吗？"

我双手抓住她的身子，紧紧把她抱进怀里："是我，是我，我听说黛蓝出事了，就赶回来了。"

"你收到我放出的机械信鸽了？"她松开我，"我把它们送向了每一个我能想起来的大城市。"

"那是你做的？"我顿感骄傲，"那太棒了。"

"剩下的人里也就只有我知道怎么做这东西了。魔法师们……他们加入了守军，用魔法战斗，但是……那些厉鬼……这一次实在是太强了。"她的眼中闪着泪花，"是总督派你来督战的吗？他手下的援军要来保卫我们了？"

她还什么都不知道，我只能冲安水宽慰地笑笑："我倒希望是这样，但是我是一个人飞过来的。"

她的脸沉了下来："我们不能待在这儿了。这场大火把一切都烧没了……我们会饿死的。"

"到底发生什么了？妈妈在哪儿？"

"厉鬼两天前发动了一场袭击，这次的规模之大前所未闻……它们击败了守卫团，打破了防御罩。我们这些人唯一能活下来的原因是这次袭击是接近日出的时候开始的，还好太阳升起来让它们撤退回去了，但是厉鬼们好像是下决心要把一切都毁掉一样，村里的每一处火都被它们用上了，四处放火劫掠。我们死了好多人……它们都闯进家里来了……"她低着眼睛，"我用手枪把它们拦住了，但是我不像你是一个战士。妈妈受伤了……我不知道她能不能挺过来。"

这些话一字一句地灌进耳朵，但恍然中我竟没有实感。

"我想要保护她，"安水泪如泉涌，"但是我一不注意……对不起，对不起……"

我的双眼刺痛，是我回来得太晚了，我不知道该说些什么，只是又把安水拽进了怀里。

她的头靠在我肩膀上，啜泣着，热泪浸湿了我的衣裳。"为什么总督还没有派他的铜龙过来保护我们？我以为我们给了他江珠就能安全了……"

"没有人跟你说过铜秋城发生了什么事吗？"

她摇了摇头："他是在路上了吗？如果你都收到我的信鸽了，他也一定收到消息了，对吗？"

"我没有收到你送往铜秋城的信鸽……我是在白鹤山听到消息的。"

"你在白鹤山做什么？"

"说来话长……"

虽然我想跟妈妈说几句话，哪怕只是打个招呼也好，但我也清楚这时候她更需要的是休息。她面无血色，皮肤比石灰还要白，绷带缠着四肢、胸口，还有额头。看见她伤势这么严重，我内心充满了愧疚，俯下身子亲了亲妈妈的额头，轻柔的呼吸拂过我的双颊。

安水把手温柔地放在我的肩上："来吧，我们可以一会儿再来看看她醒了没有。我相信她见到你一定会很高兴的。"

我从半跪着的姿势中站起来，让妹妹领着穿过苏首领的房子——这是这次袭击中全村唯一幸免于难的建筑，现在房间里铺满了垫子，上面躺着其他受伤的村民。我的视线变得模糊，揉了揉眼，憋回那在眼眶里打转的泪水。

有数十人在这次浩劫中罹难，这对我们这么小的一个村庄来说，跟死了上千人的感觉差不多，现在这种状况下，又要打捞物品又要救助伤员，都不知道黛蓝还能不能抽出人手来好好埋葬这些遇难者。看着这场面，悲痛压在心头，这重量实在是太难以承受，我都担心自己会这么被它击垮，哭出声来。

在走向门口的路上，我看见了萍华，一阵混杂着悲伤与庆幸的思绪涌起。我们最后一次并肩战斗的时候，我为了报仇雪恨抛下了她。萍华是个勇猛的战士，但是她也在这次战斗中负了伤。会不会这就是为什么现在她无意识地躺在这儿，身上绑着血迹斑斑的绷带？但是至少她还活着……这次回到黛蓝之后很多熟悉的面孔都看不见了，我都不敢想他们现在身居何处。

"我很抱歉。"我喃喃自语道。

安水恼火地看了我一眼，但目光中流露着痛苦："同样的话你还要说多少遍？搞清楚点吧，这不是你的错。"

"但这就是我的错。"走出门，我沿着街边漫无目的地往前走。魔法屏障在苏首领的屋子边缘亮起，闪出金色的线，我不知道这能不能保护里面的伤员。天色正慢慢变暗，远处黄昏的地平线正慢慢把太阳最后一丝粉色的光亮吞噬殆尽，不久，漫漫黑夜就要到来，而厉鬼有可能还会回来。但是谁还能保护黛蓝剩下的这些人？剩下的守卫扳着指头都能数过来，这还是算上我以后。

江珠还静静地躺在挂在肩膀上的布袋子底，垂在我腰边一颤一颤地跳动着。早些时候，安水把最后一只机械信鸽送向铜秋城的方向，用来告诉康我和江珠都在黛蓝的消息。如果运气比较好，他应该能收到，带着无敌舰队赶过来，不过这大概也得要几天，我希望能亲手把江珠交付给他，确保他能真真正正给家乡带来应诺的保护。

"要是我没有跟太走的话，康的舰队早就在这儿守着了。"我低语道，"我们村也不会被烧成这样……有很多人也不会死……"

"你当时也不知道。"

"我知道会有风险，他偷走江珠的那一天晚上我就不应该让他走。"

"要是那样的话，月神到现在都会被魔王困在地狱里。"安水说着昂起头，眼神看向天空。

我顺着她的目光看上去，月亮挂在空中闪耀着银色的光芒。不自觉地，脑海中幻想起太住在那里的场景，驰骋在这天边的远方国度。"我猜是吧，而且太是不可能会放弃江珠的，他总是会找办法偷走它——或者在偷的过程中被抓的，早晚有一天会被康处死。"这种念头让一阵恐惧如电流般传过我的脊髓，想到至少太和他的同胞现在是安全的，让我感到些许的宽慰。"但是……我还是不清楚月神的解放是不是真的值得我这么做。"

安水严肃地看了我一眼："你的做法是对的。而且妈妈要是醒着，她也会这么说。"

妹妹愿意就这样原谅我，让一股暖流涌上了我的心头。

"继续沉浸在已经发生过的事情中没有任何意义。"安水把手放到我的胳膊上，"有机会的话，我倒也想见见太。"

一想到这我就来气，当然不是因为我妹妹："没机会了，我们之间的缘分已尽，而且他也已经离开了。"

"我不相信，你其实也不是真的这么想的吧。"

"这是什么意思？"

"刚刚我可从你口中听了不少关于他的事情，而我有一种预感，在月神族的国度，他嘴里也少不了你。"

伊布司徒说过类似的话，这让我觉得有些不明所以地火大，不管是她还是妹妹怎么好像都觉得我和太之间还有什么藕断丝连的关系："你说这话是什么意思？"

"这很明显，傻瓜，"妹妹眼中闪出一丝戏弄的色彩，"你是完完全全地被他迷住了。"

我张大了嘴巴："我才没有！"

"那你为什么一直都在说他的事情？"

"你想知道我这些天一路上都干了什么，不是吗？他是这一切的始作俑者。"

她挥了挥手："行了，你简直就是个榆木疙瘩，朽木不可雕也！这个话题一个多小时之前就已经结束了，但是你嘴里还是不停地提起他。"

"这只是因为我没法不想起他来！"

安水乐了："姐姐，你以为爱上一个人是什么样？"

我冲她眨巴眨巴眼睛，不知道是应该笑话她还是应该打她一拳。她现在完完全全是在胡说八道——我哪里爱上太了！他对我做的这些糟心事哪一件能让我爱上他啊？

我妹妹咯咯地笑了起来。虽然是消遣我，但是看到笑容挂在她脸上还是一件好事。"他长得帅不帅？听上去好像挺迷人的嘛。"

"你这简直就是犯蠢。"我嘟囔道。

天空中轰的一声爆出巨响，黑夜里炸开一道红色的火焰，远处传来男人的喊叫声。安水脸上的笑容瞬间消失了。盯着云朵上沾染的血红色印记，我不敢相信眼前发生的一切。只有这么一些人，可怎么保护这剩下的幸存者啊？

我从背带里拔出剑："安水，回房间去。"

她掏出了挂在腰带上的手枪，"我也能战斗。"

"你怎么能——"

"我能行，我已经战斗过了。"

我难以置信地看着她，她从来不是个战士——实际上，这是我第一次看见她拿起武器战斗，之前拿武器都是为了维护保养。三天前，因为我不在，她也真的站出身来保护了我们的家。但是她才十三岁。"走啊！你没受过训练！"

"你觉得厉鬼会在乎吗？"

一阵黑烟吸引了我的视线，转过身去刚好撞见一只阴影状的怪物在面前现了形——那是一个长着多条手臂的怪物，三张血盆大口挂在三个脑袋上，每一张嘴都发出骇人的嘶鸣，垂下的手上抓着的剑向我挥来。

被这玩意儿激怒了，我冲它咆哮道："该死！都成这样了你还没完吗？"

耳边传来一声嘶吼，子弹打穿了它其中一个头颅，闪出点点黄光，这玩意儿凄厉地鸣叫起来。安水打得很准，我不应该怀疑她的。但是因为这里没有几个能站起来战斗的人就逼着她参与其中，这还是让我耿耿于怀。

被这股新上的怒火驱动着，我向它攻了过去，趁它还没有对我妹妹下手，必须要尽快干掉这只厉鬼。手上的剑撞到这怪物阴影做成的刀刃上，噼里啪啦地爆出阵阵火花。俯下身子避开它打下的一拳，我从下向上一挥，劈开了它其中一个躯体。

安水第二枪打碎了另一个头颅，这魔物趔趄了几步，趁此机会，我大步向前，一剑塞入那黑影之中，这只厉鬼最后一点的身体也消散了。我看了安水一眼，她的脸上挂满了恐惧，但是依然稳稳地举着手枪，好像是已经准备好更多战斗了一般。

周边响起其他守卫开枪的声音，随风而来的还有他们身上附魔剑的噼啪声，一团黑云压过，遮住了天空中明亮的月——我抬头一看，才意识到这实际上是成群浮游在空中的厉鬼。只一眼，我立刻就知道这数量根本没法打，更别提击退它们了。

这残酷的命运让我怒火中烧，江珠就在我肩上背着的袋子里，我们只需要它就能让黛蓝转危为安，但是我回来得太晚了。

几米开外又有一只狮子形厉鬼实体化了，四只蜻蜓厉鬼的黑影围绕在它周围。目光所到之处没有一个人能够拦住它们。

我冲上前去，只要还有一口气在，我就绝不会让任何东西伤害我的妹妹。剑锋划开四周，我用尽所有能力向包围我的五个敌人同时展开攻击。安水的枪声在夜空中响起，黑色蜻蜓的翅膀被打出阵阵火花。酸腐的烟气登时遍布四周，一不留神，狮子一掌击中了我的胃，趔趄了几步，我摔倒在地上，喉咙里传上一股血液特有的金属味道。

我还没来得及站起身子，这阴影样的狮子就在面前炸开了，蜻蜓也战栗着在空中消散，上空传来金属碰撞和螺旋桨转动的吱嘎声响，一只铜龙钻出云层。康一定是收到了安水送去的第一封信——关于江珠的那条消息应该还没送到铜秋城。可能他过来是因为担心要是黛蓝真的被毁灭殆尽的话，他就再也没法得到江珠了。

我退后了几步，脚下的地面在魔法爆炸中颤抖着，夜空被这黄色的火光照得俨如白昼。

"姐姐！"安水现在退回到苏首领房间里的魔法屏障里去了，她冲我招招手，示意我也一起过去。

我刚想抬脚往她那里走，余光就瞥见了一只人形的厉鬼在前面不远的拐角处消失了。他脖子上闪闪发着白色荧光的新月形状一下子激起了我的满腔怒火，这混蛋暗影武士反反复复地出现在我面前，是不是就是为了折磨我？

抛下了一切顾虑，我向他冲了过去，我是不会让康手下的铜龙杀了他的——能亲手将其血刃的只能是我。那欲斩之而后快的原始冲动啃噬着我的心房，接着整个人都被这股冲动所裹挟，这一次，再也没有什么能阻止我了。

冲上前去，他回身面向了我。我大吼一声，挥剑劈砍了过去，他抬起手里的影子一样的武器挡住了我打下的剑刃，僵持中，两把兵器爆出魔法的火花，他闪着白光的双眼与我四目相对。

拼尽全力，我把剑向他压了过去，逼着他后退了几步，胸中的怒火熊熊燃烧，仿佛每一处血管都能感受得到这愤怒的温度。

"安蕾！住手啊！是我！"虽然黑影笼罩在他脸上让我

274

看不见嘴巴的动作，但是这声音却十分清晰——还很耳熟。

我从来没听过一个厉鬼说话，都没想过有这种可能。

这一定是什么把戏，没有犹豫，我再一次挥起了手里的剑。

"安蕾！"他挡下了呼啸而来的剑刃。

他脸上的阴影消失了，洁白的月光洒下，映出一个熟悉不过的身影。

我像是触了电一般站在原地，震惊得说不出话来，这一定是厉鬼的什么伎俩—— 一定是的。

因为站在面前看着我的不是别人，正是太。

/第二十三章/
命中注定

这是厉鬼的伎俩——我不会上当的。那个我一心想要除掉的死敌和我抛下一切也要帮助的朋友——他们不能是同一个人。

手上的剑依然死死地压在他的武器上。当他变成人形的时候，那把暗影武器化作一只铜棍——跟一路上太手里用的那一把一模一样。

这玩意儿看上去可能很像太，但这不可能是他。一想到这厉鬼竟然幻化成太对付我，心中冒出一股无名之火，用上全力，我再一次攻了过去。

"安蕾！"他一边躲开一边喊道。

"懦夫！快把原型现出来！"我的剑磕到他的棍上，他节节败退。

"这就是我的脸啊——从一开始就是我！"

"你胡说！"我的剑尖蹭过他的脸颊。

血顺着他的颌骨流了下来，我呆住了，厉鬼不会流血，超自然的生命也不会流血——只有人会。

"是我，真的是我。"太恳求似的看着我。"对不起——我能变幻成这种影子一样的形态，本来想告诉你的，但是苏音当时阻止了我，我不应该理会她的。"

我震惊地看着他："你——你是厉鬼？"

"不是，只是我变成影子形态的时候长得比较像而已。我会变成这样是因为我没办法像其他的月神一样彻底隐身。"

"他们也会变成这种形态吗？"

他摇了摇头："只有我会，因为月神族的能力我只能使用一部分。"

我的心中仍有一部分认为这一定是什么厉鬼的把戏，也一直都把剑举在胸前保持着警惕的姿势，但是他并没有攻击，也没有幻化成其他怪物的模样，其实他什么都没干，只是在看着我。他的表情带着股诚恳，又带着些许歉意，想牵动我的心，求我相信他。

太就是暗影武士……

从我见到他的那刻起，他就一直在撒谎——他的谎言比我曾经以为的还要多。他隐瞒自己是人类和月神的混血是一回事，但是现在我知道他竟然还是暗影武士……

为什么每一次见到你，你都非得要杀了我？这是他见到我说的第一句话……我以为他说的是在铜秋城我追蒙面盗侠的事。但是现在，我才终于想起在康的旗舰上见到暗影武士的那双藏着浅笑的眼。

现在真相大白了，这就是那双从铜秋城到地狱嘲弄了我一路的眼睛。怪不得暗影武士会在我面前这么频繁地出现——他从一开始就是太。就是太，这个我不惜赌上身家性命还有我认识的所有人的性命帮助的人；这个解救了族人，却因此让黛蓝全村人受苦的人；这个与我一路上同甘共苦，一同战斗的人；这个让我愚蠢地错付了信任的人。

他从头到脚就是个谎言。我以为我认识的那个太从来也不曾存在过，因为他就是那个杀了我父亲的仇人、那个怪物。

可能他以为告诉我他的真实身份就会让我放了他，真是大错特错了，我会亲手杀了他——顺便送他去地狱，那个真正属于他的地方，像我们之前见过的那些罪人一样受尽折磨永世不得超生。

不再犹豫，我一剑向他砍了过去，他踉踉跄跄地挡下来，脸上挂着惊讶的神色，看到这张脸，我几乎都要笑出来了，难道他是真的认为我会就这样放了他吗？真的觉得我就是个心软的蠢蛋，因为一时的情谊就会把这个杀人凶手放走吗？

在这个世界上，可能会有人找个理由原谅他的所作所为，沉浸在他所构建的假象中不能自拔，被那飞船上、巷子里的回忆所牵绊。会有人相信这个用无虑的快乐打动她内心，让她又喜又嗔的男孩子。会有人抛开背叛的痛苦转而尝试理解他、试着同情他。

但那个人不会是我。就算我接下来要做的会泯灭掉我的人性，我也在所不惜。

步步紧逼，一剑接着一剑地刺过去，我质问道："为什么？"

"我来黛蓝就是为了找江珠的，但是正好碰上康驶来的舰队，"他气喘吁吁地说，手中的长棍挡着我攻来的剑刃，闪出阵阵火花，"后来又跑到他的旗舰上想偷走江珠，但是接着——我碰见了你，你身上有某样东西吸引了我。可能是你战斗的英姿——仿佛就像是那传说中的女战士一般勇猛有力。这就是为什么你到铜秋城的时候我会跑去见你一面。"

他还想要我吗？这个怪物！现在我知道他为什么杀了我父亲了，那时候一定也是为了江珠。他需要江珠打败魔王，也不在乎为了拿到它会杀掉多少挡路的人。这些年不知道一遍遍地试过多少次，一直盯着我们村子，直到正好出现厉鬼袭击，接着就可以利用它们掩饰自己的行为了。那晚上他运气好，逃过了我，但是没能逃开赶来的康和他的铜龙舰队。

现在他的运气也已经用光了，这一次别想再从我眼皮底下溜走。

眼中的一切都被心中的愤怒染成了红色，我不留丝毫情面，直冲命门攻去，力道之强足以正面千军万马。太的格挡不足以抵消这股力量，我把他连人带棍击退，按在了一堵土墙上。

他撑着棍子，当着我的剑刃，护着自己的脖子。我用尽全身所有力气死死压下去。要是力量足够狠，我就能把铜棍按进他的喉咙，让他憋死在自己的武器下。

"安蕾！"他绝望地看着我的眼睛，"我到底做什么才能让你原谅我？"

"做什么都没用，"我怒视着他。

"为什么你会这么恨我？"

"你是真的不知道？"说着，我嘴里不由得发出一阵诡异又冰冷的笑，"你杀了我父亲！"

我回转剑身，将全身重心压了下去，希望就这样锁住他的脖子，他用力一顶，让我一下失去了重心，趔趄着后退了几步。他看着我，震惊中的双眼瞪得像铜铃一般大。我再次冲了过去，但他这一次没有再抵抗，而是变换成影子形态，升到了空中。

看到周围有一处残存的柱子，我冲过去，飞快地往上爬。

一阵巨大的爆炸让周围的整片大地都为之颤抖，我一下子没有抓住，背部着地砸在了地上。耳朵里嗡的一下炸开，磕到地上的头剧痛无比。几米开外，第二声爆炸击碎了一只厉鬼，这刺眼的强光让我不禁眯起了双眼。

等我再睁开眼睛的时候，太已经不见了，很显然已经回到月神的国度了。我永远也没法像过去那样看待这轮洁白的月了，失败的痛苦压在我的心口，我四仰八叉地躺在地上，希望就这样消失了算了。

我又让他逃走了，而且这一次更糟……因为我没法告诉自己我是真的尽了一切所能阻止他。就算是我怒火中烧，就算他满嘴谎言，站在我面前的依然是那个太啊。我已经是拼尽全力向他攻击了，但是手上的剑却不自觉地总是找上他的长棍——而不是他的躯体。心里有东西在阻止我。

那个心软的蠢蛋——本来就是我的一部分，只要有一点就能让他在这电光火石之间溜走。因为，虽然我很想只把他当成暗影武士，他……他是太啊。

我仍然躺在地上，看着眼前的铜龙呼啸着划过天空，眼泪从我的眼角滑出，流到了两鬓上，这既是恨我自己不争气，又是恨那个背叛了我的太的泪水；既是祭奠我心中曾经以为的太——幻想中的他已经被另一个背信弃义、杀害他人，还骗了我让我以为他是个英雄的无耻混蛋所替代了，又是震惊和痛苦的泪水……心中郁结是这样地令人无法忍受，我都想把它刨出来捏碎掉。

在我最需要的时候，心中的那闪本应该提醒我要看清他真正面目的念头到哪里去了？而为什么就算到了这个时候，一切都已经真相大白了，它仍没有再一次出现？是不是如果我不那么傻，不那么拙于心计，我就能提前看清这一切了？

我不想相信这一切。但是脖子上带着道白色的新月形状的影子样生命只有一个，他也说了其他月神并不能和他一样变幻成这种形态。他还承认他是族里唯一一个逃过魔王的追捕的人——这都是因为身体里有一半人类的血统。

这世界上没有其他东西会是那天晚上我看见切开父亲喉

咙的人了。

我不敢相信自己会这样蠢。

急匆匆的脚步声在四周响起，扬起阵阵尘土，厉鬼的尖叫划破夜空。但我还是躺在地上，被最没有想到的方式击溃，这种无力感让我的心都碎了，只能纵容自己就这样瘫在地上，任由眼泪肆意横流。

不能让别人看到我这样，现在随时随地，剩下的守卫团成员——或者更糟的，我的妹妹——都可能会跑过来。

我深深地吸了口气，空气中充满了硫黄、烟、江水的味道，我挣扎着站了起来。

"江珠夫人？"康手下的一个半机械士兵小跑着赶了过来，我有点蒙，过了一会儿才意识到他口中的江珠夫人正是我——或者只要一结婚，就会是我了。他抓住了我的胳膊："能找到你我真的是太庆幸了，跟我过来吧，我会带你去找总督的。"

我就让他这样把我拽着走了过去，这发生的一切让我太过疲倦，已经没有力气甩开他的手了。

康尖利的眼神上上下下打量了我一番，嘴歪着，带着一股厌恶的表情。他正坐在一只木制宝座之上，那座椅带着浮夸的雕刻，净是些各式各样浮世绘般的图案，还有从象鼻中伸出的龙头。身上穿着景泰蓝的长袍，上面绘着五彩的祥云和飞龙，尽管他身上的官员打扮还有那严肃的表情仿佛在昭告世人他的权威，但我已经不会再怕他了。我从他手下士兵的层层包围中逃了出来，偷走了一艘飞船，一路杀进地狱，还击败了不可一世的恶魔之王。他可能还能用权力压我，但我是不会再在他面前唯唯诺诺了。

苏首领站在身旁，虽然他站得笔挺，却紧张地抿着藏在灰白的胡子里的嘴角。

康的眼睛眯了眯："当我们收到黛蓝求援的消息的时候，苏求我干涉，我本来是不同意的。一个大半只脚都踏进夫家的新娘会这么不辞而别，还能指望有什么联姻和同盟呢？"

"你没有看见我给你留的便条吗？"我挑起一只眉毛，"我是去抓那个偷走江珠的毛贼了。"

"那么，他现在在哪儿？停在黛蓝江边的是他从我手底下偷走的飞船，不是吗？"

否认这一点确实没什么意义，但是我也不用把所有的事情都坦诚交代了："是的，我在一个河边的山洞里发现它的——他应该是出发去城里偷东西吃的时候把船藏到那里的。"这些话在我心里排练了很久，现在说出来都不带一丝颤抖。这实际上倒也都是实话，我希望那些站在我身后的半机械士兵没法用魔法分辨出什么不妥之处。

"那个贼溜走了，但是我已经取回江珠了，开这艘船是为了能尽早带着它赶回来。"我的手伸进背在肩上的布袋子里，掏出了这块发着荧光的白色古石。

康的脸上闪过一丝讶异，苏浓密的眉毛也挑了起来，额头上满是皱纹。我带着一种胜利的姿态高高昂起下巴。

康又扫了我一眼，但是这一次，眼中多了几分饥渴："我不应该小瞧你，我美丽的女战士。"

虽然这听上去像是赞美之词，但这话让我怎么听怎么难受。"那你的意思是还是想要娶我了？这也是其中的一部分？"说着我抬了抬手里的江珠。

康舔了舔嘴唇，这动作十分克制，轻微得我要不是仔细盯着都看不见，这让我想起了一条吐着信子的蛇。"我当然会信守诺言，但是为什么你没有立刻就来找我？"

"在我回来的路上，我听说家乡遭到了袭击。"我尽量把话说得精简，"我必须得回来——我得知道我家人有没有出事。"

"可以理解。"康的语气冰冷。

"黛蓝仍然需要您的庇护。但是您也能看见，这里已经不剩什么了。我们可以重建家园，但是田地毁了，除非有一个长期的避难场所，我的村民会饿死的。"

"这一点我可以保证。"康站起身，走了过来，"我的舰队中有足够的空间，容纳所有的黛蓝难民都绰绰有余。等到时间合适的时候，我会帮着重建你们村子的。"他的手伸进宽大的袖口，从里面的暗袋里掏出了个东西。当他张开手指的时候，我发现他手里拿着的是我的玉佩。"你说一定会回来，留下这个做保证。现在一切都已经尘埃落定，可以物归原主了。"

他把玉坠套到我的脖子上，呼吸让周围的空气变得污浊，手指划过我的脖颈，触感像是蜘蛛爬过。我的喉咙里涌上一股胃酸，他这是把我父亲留给我的珍贵纪念变成了束缚我人生的象征。

他的手捏起我的下巴："当然，我是否有一位合格的妻子与我们的同盟是否牢固息息相关。"

肠胃中翻江倒海泛着恶心，他想要知道我会不会顺从他，是不是守本分，能不能变成一个供人欣赏的花瓶，或者取乐的玩物，或者任他指使的仆人。但是黛蓝已经因为我犯下的错误受了够多的苦了，我不能再让同样的惨剧重演。

我咬紧了牙关："像我之前所说……如果我的人民能得到你的庇护，那你就有你想要的妻子。"

康笑了笑："很好。"

/ 第二十四章 /
真相的低语

窗外的星空安静平滑地在向后掠去——过于安静平滑了。总督的旗舰划过苍穹，穿过天空中一朵朵云，夏夜温柔的微风吹进我的房间。我看着空中另一艘船，它那宽大的船身上悬着庞大的螺旋桨，甲板上立着三顶桅杆，不知道妈妈和妹妹是不是在那艘船上？每一个还活着的黛蓝村民今晚都跟我一样登上了总督的舰队，一同飞往铜秋城。在商量好怎么样重建黛蓝之前，大家都会在那里避难。

我想我理应感到感激的，但是却也没法说服自己让心中抱有这种情感。可能是因为康的"慷慨大方"是一份古石再加一个不情愿的新娘子换来的吧。

太和我曾一同偷走过的那条小船出现在我眼前。甲板上一盏盏灯笼亮着，照亮了舵轮后掌舵的半机械士兵，那个时候担心晚上会被巡逻的人看见，我们从来没有用过这些灯笼。看见这艘船，我别过头去，愤怒在心中隐隐作痛。太从一开始就是杀了我父亲的凶手，他是如何骗了我的，还让我以为他是我朋友，他难道已经不记得自己犯下的罪了吗？还是说他已经杀了太多人，小小一个村民的性命对他来说不过轻若鸿毛？他到底是谁？

往日的回忆一下一下撕扯着我的心脏——那时我们还是一同闯荡的同伴、朋友……

我告诉自己那些都是谎言—— 一切都是——太的一颦一笑一字一句都是专门设计演出来诱骗我的，是为了取得我的信任，是为了让我帮他，但是尽管我不停地在脑海中重复这些想法，我都觉得这不是真的，我依然想相信那个我以为我了解的男孩子。

我真的比我想象中还要白痴，愤恨自己如此不争气的泪水在眼眶里打起了转。

我多想能永远都遮住这月亮，能永远不再看见它。瘫进墙边的一个木椅里，我用双手捂住了自己的脸。

"安蕾……"

听到有声音在呼唤我，我惊坐了起来，它轻柔缥缈，仿佛是魂魄在向我低语，但这声音——是父亲的声音。它浸透了我的骨髓，让我想起上一次在总督旗舰上的时候听见它的感受，这种低语跟我们驾驶过的两艘偷来的飞船上听过的并无两样，那些声音并没讲出什么特定的话，但这一次，我的名字却明明白白。

"安蕾……"

"爸爸？"我向四周看着，不知道这一次是不是真的是他，抑或这只是我内心的愧疚在向我发难，诘问我为什么有机会的时候没能替父报仇。我不仅仅让杀害了他的凶手一次一次地从面前逃走，我甚至都帮了他，跟他成了朋友，向他托付了信任。

如果我再见到他，我一定会一鼓作气把他彻底解决掉。握紧双拳，我在心中说道。但是不知怎么的，这种想法总感觉不对。向一个无名无姓甚至没有脸的厉鬼寻仇是一回事，而现在我知道从一开始就是太……

这又会改变什么呢？他表现得像是个人类并不意味着他就不是那个杀了父亲的魔鬼了。

下一次碰见他的时候，我一定会记住这些的。

思绪一片混乱，既疲惫又痛苦，像是被困到迷雾中不能脱身。从家到铜秋城这一路上我不觉得自己真正睡着过，不过至少这一次康没有再大张旗鼓地把我接回总督府，而是选了个黎明前万籁俱寂的时辰，静悄悄地回到府邸。我本希望到了城里能见见我的家人，但是康的一个机器人还没等我反应就把我拽上了回府的轿子。据我听到的，黛蓝村民都被安置在城另外一侧的临时住所里了。

现在夜幕又已降下，我终于可以自己一个人待着了，不再有仆从管家们想方设法地把我打扮得像个夫人模样。现在府里正在做明天举办婚礼的各项准备，我试着不去想这件事，还有之后会发生的事情。

我走过房间，希望能欣赏得来这别致的装潢。高高的红木床架上雕刻着兰花作装饰，带着格栅的铜灯高悬在屋顶上，上面小小的桨叶吱吱呀呀地慢慢旋转着，洒下点点火花。

窗户外一阵突如其来的异动吸引了我的注意，我跳起身来；一个灰白色、半透明的身影正悬浮在外面。

那是太的月神形态，手里还拿着他的长棍。

我下意识地把手伸向背后，接着才意识到它并没有绑在那里——现在它躺在我行李箱底。赶忙冲过去，一把掀开箱盖。

"安蕾！"太飞进房间，变换成人形，身体浮现了出来，"我来这儿不是要害你的！"

"那你为什么拿着武器？"我抽出剑，一回身，把剑尖对准了他的脸，"你手上挥的不是你的棍子吗！"我攻了上去。

他抬起武器，及时挡下了攻来的剑刃："我带着只是防止你在我有机会说话之前就把我砍了。你看看现在我说的对不对？"太的嘴咧着，一脸的苦笑，"你能至少让我活着解释一句吗？"

"解释什么？解释你是如何在我们见面之后就一直骗我的吗？还是解释你是怎么样冷血杀掉了我父亲？"

太直勾勾地看着我的双眼："你父亲不是我杀的。"

"你胡说！这是我亲眼所见！"

"你看到了一个人形的身影，脖子上带着白色的新月，对不对？这跟我的影子形态看上去确实可能是一样的，但是那并不是我，那是其他人。"

我再一次把剑挥了过去，打在他的棍子上，逼着他后退了几步，"你说你是唯一的半人半神——这是你自己说的！"

"但我并不是唯一一个拥有部分月神能力的人。"

我本想继续，但是犹豫了一下，不知道他说的话里到底有几分是真的。

"我不是你要找的杀人凶手——你要找的是我父亲。"太的声音有些嘶哑，"这是五年前你所看到的唯一可能的解释，我发誓，我之前并不知道。当他娶了我母亲的时候，月神族赠予了他和我一样的能力，这样他们就能生活在两个国度中了。而和我一样，他也不能完全隐身。他只能变成这种影子的形态。我并不想相信这一切，但是我相信你，而如果你见到的确实是一个影子一样的人，脖子上还带着白色的新月的话……只有一个人会是你的杀父仇人。"

我眯起眼睛，心中一万个想要相信他，但是我暗自提醒自己，他曾不止一次地撒过谎，而这也可能是他的谎言。

"你并不相信我，"太的下巴抽动了一下，"我们一起经历过这么多，你怎么能认为我是个杀人犯呢？就算不提别的，你也得考虑考虑实际情况吧——五年前，我只有十四岁，剑都还不知道怎么用。而你父亲是个久经沙场的老兵——我永远也不可能在战斗中打赢他。"

"你一遍一遍又一遍地对我撒谎，"我瞪着他，"你现在还怎么指望我会相信你？"

有那么一会儿，他只是看着我的双眼。我不知道他表情中带着什么色彩，是愤怒？是痛苦？是困惑？还是三者兼而有之？但是不管怎样，我都不会让他得到我任何同情，因为他不配。

"我跟你所说的一切都是真的，我也愿意为此赌上自己的性命。"他退后一步，扔下了手里的武器，长棍掉在地上发出噼里啪啦的声响。

这力道让我手中的剑刃直直地冲向他的喉头，我手臂一紧，及时停下了刺过去的剑。我为什么要停下来？要是我就这样向前刺过去，我就能结果他的性命了。但是思绪中有太多疑惑，犹豫一下也没什么值得后悔的。

"我知道我之前在你面前扯过很多谎，我也为此向你道一个歉。"太举起双手，"我知道我不应该……就算是我发过誓，我也应该找个办法让你知道我的真实身份。但是我并不是有意隐瞒的。而且，我愿意在天上地下各路神仙做证下发誓，你的父亲不是我杀的，是我父亲做的。"他向前迈了一步，脖子贴到剑锋上，"如果你是真的不肯相信我，那现在就了结这一切，下手杀了我吧。"

热血涌上，耳朵里怦怦地跳动着脉搏。我曾发下誓言不再相信他说的一字一句，但是……如果这一次他说的是真的呢？心脏抽动着，仿佛在求我相信他，放下剑，不要伤害自己的朋友。但是朋友？什么样的人会对朋友撒这么多谎？我依旧定在原地，剑刃点在他脖颈上。

"我终其一生都在谎言中度过，因为这就是我。"太的声音有些沙哑，"没人知道我身上有一半月神族的血统——我父母在我出生的时候发下过誓言，从那时起，我就一直被它所束缚。我母亲去世以后，父亲就在悲伤中变得癫狂起来——他甚至下令烧毁一切有关母亲的回忆，因为一想起往事他就痛不欲生。但是他没法除掉我，所以他就把我藏了起来——像是对一个私生子一样对待我。这么多年过去了，我已经习惯于把自己当作一个不可告人的秘密，而让我讲出真相……这感觉实在是太陌生了，但我本也应该这样做的。"他凝视着我的双眼："我向你发誓，安蕾，从此以后，我在你面前只会实话实说。而这也会是我最重视的誓言。如果我的表姐或者是任何一个人再说这样会辱没我的先人，那他们就是不明事理。你为了我做了这么多，我理应对你坦诚相待。"

言辞中的懊恼之情显得是这样的诚恳，而他说出口的每一字每一句都听上去真诚无比，我能从心底感到他说的是实话。

他没有杀害我的父亲，他也做不到。这种安心感让我心里的石头终于放了下来，胸口中的郁结也打开了，再没有了纠结和牵扯，现在充满了温暖和舒适。我从来都没有像现在一样地乐于发现自己之前弄错了。

"我刚刚差点就杀了你。"我放下手中的剑，余光瞥了他一眼，脸上之前被我划出血了的那道浅浅的伤口，现在已经结成了疤，"你大可以就这样避开我的——我的想法是怎样又有什么关系呢？"

"如果你还需要问这问题的话，那你还是不要知道为好。"

我回看了他一眼，昂起了下巴，我本想回顶几句，但是现在我的脑海中浮现起一个更重要的问题："你说你的父亲是我的杀父仇人——他是谁？他在哪儿？"

太的嘴角抽了一下，脸上带着一股唏嘘的苦笑："你马上就要嫁给他了。"

/第二十五章/
谎言的尽头

　　我紧紧地捏着手里的剑："如果你这个时候还在跟我开玩笑……"

　　"我倒希望这是玩笑，"太摊了摊手，"我已经发誓不会再对你说谎了，而我也是认真的。我的全名是康太月……这名字的意思是太阳和月亮。我母亲，当然，就是月亮……而我父亲……我妈妈常常把他称作自己生命中的太阳。"他嘴角动了一下，悲伤地苦笑了一下："这就是为什么我一直要遮着自己的脸。如果我父亲知道是亲生骨肉偷走了他的东西，他会把这当作是彻底的背叛的，这可比被一个不知名讳的小毛贼偷了要糟太多。我并不想让他受此痛苦。"

　　震惊像是电流一般穿过我全身，康总督……他就是真正的暗影武士。我竟然跟自己的杀父仇人订了婚。"他为什么要这样做？"

　　"他当时正在找江珠，一定是利用一次厉鬼侵袭做掩护，而你的父亲那个时候可能是挡了他的道。我很抱歉……我知道他在战场上曾杀人如麻，但我并不知道他竟会是这样一个冷血的谋杀犯。"

愤恨像火舌一般舔舐着我的心口，但是同时有另一种强烈的情感涌上来——它让我想起太从一开始就是无辜的，而我却差一点以莫须有的罪名杀了他。"不，应该道歉的是我，我之前拼了命地要杀了你，在那之前本来应该听听你的说辞的。"

"我倒是觉得你心里有一部分是知道真凶并不是我的，"他扬起嘴角，"要是你真的铁了心要杀我的话，我现在已经是个死人了。"

我回以微笑，但是这一切还都没有头绪："为什么康在那之后足足等了五年才继续对江珠下手？"

"我认为，他那个时候意识到江珠没有办法离开黛蓝，但是并不知道为什么。我只能猜他是怎么想的，但是……好像在五年前他在四处搜寻他听说过的每一个重要的魔法宝具。没能拿到江珠，他应该就是抛下它去找他认为更为强大的东西了。但是最近，在他读到了那卷古籍，就是我跟你说过的那卷书，那上面揭示了江珠蕴藏的真正魔力。这就是为什么他又回到黛蓝了——而且这一次为什么如此信誓旦旦一定要把江珠弄到手。"

"那你呢？为什么他来的那天晚上你也来了？为什么要化成这种影子的形态？"

"我变成那种形态和我遮住脸的目的是一样的：就是为了防止别人认出我来。因为我发过的誓，我必须在人类面前藏着我的月神能力。但是有的时候我需要飞来飞去，变成这种影子的形态会更方便，也不会被别人认出来。如果我被看见了，除了我父亲没人会知道这是我，就算是他也可能看不见我脖子上的新月，把我当成是影子或是厉鬼。我读完那卷古籍之后，就意识到他有可能会跟我一样找这颗宝珠。而我必须要解放月神族，所以我就偷偷溜上他舰队里的一艘船，跟着来到了黛蓝。我以为只要离得足够近，就能在他之前得手。当然，接着我就知道有一个魔咒保护着这颗珠子以防止它被任何人带出村子。"

"那你为什么不直接把自己传送过来呢？"

"和隐身一样，这是我没有的月神族能力。"

"但是你会飞。"

"是。"

"那你还要什么飞船呢？"

太耸了耸肩："我飞得没有船快，而且再说，飞行是很耗费体力的。你明明也能走为什么还要骑马坐车呢？"

我挑了挑眉毛，想要在脑海中把他口中的这一条条零碎的信息编成一个完整的链条："蒙面盗侠、暗影武士、半神半人、总督之子……你到底是几个人？"

"就是一个人，我在不同的人口中有不同的称呼，但是……我就只是太。我也不是什么演员——我更不知道怎么样能演一个不是我的人。"他与我四目相对，深邃的黑眼珠仿佛要把我拉进去一般，"你知道我是谁，安蕾。我就在这儿，这个人就是唯一需要了解的。"

我点点头，明白他说的是什么意思。就算是他们都把我当成江珠夫人，把我打扮得雍容华贵、披金戴银，就算我在台上自称是传说中的女战士，我也很清楚自己自始至终都是安蕾。

但是令人不敢相信的是我竟然要跟杀父仇人结婚了，复仇的想法已萦绕在我心头足足有五年之久，而直到我真的为父报仇雪恨的那一天为止，我都将无法摆脱这梦魇。现在我已经知道了我的目标，这复仇的欲望在心中如烈焰般燃烧，仿佛要把我整个人吞噬殆尽。一想到是我把江珠，我父亲赌上性命守护的江珠，亲手送到了最不该送到的人手中，就让我打心底感到反胃。康在选我作为新娘的那一刻就知道我是他杀的人的女儿吗？不——他当然不知道。他选我的时候，甚至连我姓甚名谁都不知道。

我不知道当我亲口告诉他这个事实的时候总督会作何反应，但是我一定要当面告诉他的——接着我就会杀了他。

我大步迈向门口。

太冲过来挡住我的去路："你要去哪儿？"

"去替父报仇。"我躲开他。

"不要！"他又把我挡住。

我举起剑："不要拦着我。"

太的嘴角浮现出一丝诡异的笑："所以现在你又要杀我了是吗？"

被他这话惹得有些火大，我错开剑锋用剑身把他推到一边："我要杀的人也不是你。"

"我知道，但我不能让你去。"他抓住了我的肩膀。

"你——"

"他无论如何都是我父亲，如果你要杀他，我就要阻止你。"他黑色的瞳孔闪着光，我意识到他口中所说的话与我的一样每一字都带着严肃的重量。

"他是个杀人凶手——你自己也这么说！"我甩开他的手，"他一定要受到惩罚！"

"我知道他对你和你家人做的一切并不值得原谅，但是……我不能让你——或者任何人——杀死那个给予了我生命的人。"

"他都根本不在乎你，你为什么还要这么护着他？"我语气中带着些许酸味，"他都把你当空气，都要掩盖你存在的事实——你都不知道你母亲过世以后他有没有来看过你？"

太的表情蒙上了一层悲哀的神色，愧疚啃噬着我的内心，看见他这副表情让我都想把之前说的话再咽回到肚子里，缝上自己的嘴。

"我就没怎么见过他了，"他的语气柔和下来，"但是他……他是我父亲，是我的血亲。这是我在人间唯一的亲人了，他总是有比照看我更重要的事情，管理行省，为皇帝出征，不断提振军队实力——他是个总督。就算是他没有陪着我，他也知道我一直都被好好照看着。我从小就很敬佩他，而相比那些月神族家人的蔑视，他的忽视也没有那么难以接受。"

我想起了苏音看着他的样子，仿佛她是个高高在上不可一世的公主，而太是个卑微的奴仆。但苏音已经是那里面唯一愿意跟他交流的人了。

太的这一生过得有多孤单啊，生活在两个世界，却又无法融入任何一边。对住在月亮上的族人，他太像人类；而对于自己的父亲，他又太像月神了，只要一见他就会想起难以忍受的丧妻之痛。

他会这样坚定地护着自己犯下滔天罪行的父亲让我既惊讶又可以理解。惊讶是因为太竟然会这么坚持保护一个杀人凶手，而可以理解是因为……这感觉就是太会做出来的事情。他可能会对外人满嘴谎言以隐瞒自己的身份，但是只要认定是自己人，他又会变得这样真诚，这么掏心掏肺。为了他的同胞，他可以下地狱挥剑直面魔王；而为了他，我也可以冲入同样的险境帮助他取得胜利。我猜大概从某种程度上说我们俩比我之前想象的还要相似。

问题是，哪一方面更重要——是我对我父亲的使命感，还是对太的？

逝去的人是用来怀念的，而活着的人则是用来珍惜的。父亲多年前说过的话在我脑海中响起。当你要面对恨或爱的选择时，永远都要爱。

这样想着，面前摆着的并不是一个复杂的决定。难道我对总督的恨能超越我对友人的爱吗？

爱这个字眼，虽然只是在心中暗语，也让我的心跳加速不能自已，我尽力克制着这越跳越快的脉搏。

不过就算是太站在我这一方，杀掉四江省的总督也绝非一蹴而就的事。白天黑夜他周围都有密不透风的保护，在走廊里来回巡逻的机器人和士兵守卫如果看见宫中有武装的袭击者一定会发出警报。事实上，刚刚没人听见我和太说话的声音就已经是我命大了。相比我杀了他，更有可能的是我在碰见他之前就被逮住了——最后面临的要么是死刑要么就是牢狱之灾。

再说回来，还有我的同胞们。一想到他们的命运都被康那双沾满鲜血的双手摆弄，我就气得想把这整座宫殿全都烧作焦土。他们是康手中的人质，不难想象如果我犯下了这样的滔天大罪，他很有可能会以共犯的罪名将他们无情处决。而就算我真的成功了，他未来的继承者也会找机会报复的。

想到这里，我一下坐到了地上，双腿瘫软，剑也从手中滑落。这么短短的一会儿，头脑中闪过了太多的想法，又得知了这么多出乎意料的真相，还有太多震人心魄的情感激荡，它们全都挤在我脑袋里，让我完全理不清思绪。我把双手插进头发，指尖摁着头皮，仿佛这样就能帮我搞明白自己的想法一样。

"我到底该怎么办？"泪水模糊了我的视线，"我的每一根神经都想让总督死，但因为他是你的父亲，我又不能杀他，就算我杀了他，我们全村人的性命也将难保。而且我明天就要嫁给他了……黛蓝所有的希望都寄托在我们的联姻上了。而在这之后，我的生命就不再属于我了。"

太蹲了下来，坐到我旁边："我们可以找别的办法保护你的村子……你没必要一定把自己的一切都给他。你不用……"他喉头动了一下，话没有说完。

"婚礼之后，我就再也见不到你了，是吗？"到现在这个节骨眼上，是选择嫁给杀父仇人还是选择赌上全村人的性命的紧要关头，担心这个事情好像十分愚蠢，但是一想到一辈子都要被囚禁在这总督府中，没有太，这晦暗的未来将会变得更无光明。

"我没被允许在殿里的主要区域活动。"太的声音低沉，"这也难不住我就是了，可是就算我能找到你也不会让你更自由的。我求求你了，不要嫁给他。"

"然后让我的人民受难吗？"我捂着双眼，"我现在都希望当时在地狱里直接死在魔王手下算了，那样至少我牺牲得光荣。"

这时我感到有一只结实的臂膀绕过了我的肩膀，身上的触感似夏日一般的温暖。现在能减缓我心中无尽痛苦的好像只有这一个办法了。我靠到他身上，太的另一只胳膊也绕过我身前，紧紧把我拉进他的怀里。他的呼吸吹动着我的发梢，他的心跳颤动着我的皮肤。有那么一段时间，我们就这样相拥着，而脑海中的激荡慢慢沉寂下来。太此时在我身边，这让我感到充实又完整，仿佛内心中所有的空洞都被填满，身边所有的黑暗都会退散，我可以什么都不考虑。

但是什么都不是永恒的，最后，现实还是会到来。

明天一大早，就会有人到我的房间来做婚礼的最后准备。我还是要穿上红裙，披上盖头，还是必须得迈进那坟墓一样的婚姻，嫁给一个罪孽深重的恶人，为他所有。这一切都是因为他想要染指江珠，他已经为此杀死了我的父亲，而现在，他又要夺走我了。

"到头来，他到底想要它做什么？"我想着这个问题，不禁脱口而出。

"什么？"太的声音柔和，他始终没有放开抱着我的双臂。

我不情愿地抽出身子，一瞬间整个世界都变得冰冷起来。"江珠，为什么康这么笃定地一定要拿到手？为什么要这么着急？"

"我不知道，我没从他写的东西里看出来为什么。"

"但是你也没有把他写的每一篇都读过。"

"确实，我想我应该只看过一小部分。"

我站起身子："总督把他写的东西都存在哪儿？"

"不管他要江珠来做什么——他都不能如愿。尤其是他为了这个目的杀了我父亲。就算我不能报仇，我至少有得知真相的权利。"

"你有这权利，我会带你过去的。"他起身走过房间，捡起了掉在地上的长棍，"带上剑，你会用得到的。"

"此话怎讲？"

"他的秘密档案室有机器人守卫，而且在这座宫殿之外。我曾经试着翻过城墙，但是那里面摆了魔法阵挡住了我的去路。我们必须杀进去，这样做的风险很大——你确定你想这么做吗？"

我撇了撇嘴，把那些机器人砸了之后想要毁灭证据肯定是来不及，康是绝对会知道有人入侵过的。我有可能逃脱追捕，当然话说回来，也有可能逃不掉。

但如果我不这么做，我是绝对会疯掉的。在他掀开我的盖头的那一瞬间，我估计会上手把他掐死。而把这种满腔愤怒转化成寻找真相的动力是我唯一能保持理智的希望。我以为我能为了全村的安宁付出一切，但是我未曾设想过我会被逼着嫁给自己的杀父仇人。

如果我能搞清楚为什么康这么迫切地想要江珠的话，至少我就知道父亲是因何而死的了。可能这也能让我心中的愤怒削减几分。

这也有可能会让我找到应该怎么样暗中破坏他原定的计划。如果我没有被抓，我还来得及赶回宫里继续这场婚礼。

但要是被抓了——那要杀要剐就都随他吧。

我坚定地看了太一眼："出发吧。"

/ 第二十六章 /
墓 冢

　　宽大的道路两旁坐落着两排石狮子，沿着后背雕刻着栩栩如生的鬃毛，在长年累月的风吹日晒中变得有些斑驳。虽然在黑暗中没法看得太清楚，但也能看出这石雕有些年头了。雨将它尖利的爪子磨得有些光滑，风把它有力的下巴也磨得圆润了。但是这岁月的痕迹也让它们显得更为威严，看着这些来来往往的旅者，它们守卫着四江墓。那是几百年前另一个王朝的帝王修筑的，还遗留着中古韵味，相比我所熟悉的夸张华美的设计，那时候的建筑更简洁，也更鲜明，线条明显，张扬而又粗犷。

　　背上的剑在我身后随着机械马车越过一道沟壑哗啦一下敲打在我的胯骨上。马车带着齿轮吱呀、蒸汽嘶鸣的声音沿着路往前奔，但是我们离最近的城镇都有好几里地，应该不会有人听到我们的动静。在陵墓周围住人是这里的大忌，所以这儿仿佛就是个远离人烟的孤岛。这大概也是为什么康会在这里保存他的秘密了。

　　据太说，他的父亲是用一条地道把这个密室跟他的官府

304

连在一起，这里藏着他平时的记载和最强大的魔法道具。考虑到我们已经走了这么久还没到，这条地道一定是很长了。

"康是怎么挖出来这么一条地道的？"我问道。

"不是他挖的。这条秘道已经修成上百年了，当初是为在宫城失陷或者祸起萧墙的时候当逃生通道用的。"太坐在我身旁的座位上，眼睛余光看着我，手还在摆弄着各式拉杆控制着马车继续沿着道路前进。值得庆幸的是，这些年他从他爸那儿偷来的不只是一艘飞船。如果是走路的话，最快也得一天——有可能都还不够——才能走到这陵墓。他鼻子上还架着安水的眼镜，我借给他好让他能在黑夜里看清方向，镶在两个巨大的圆圆镜片的周围的是更多的小镜片和金属齿轮，在他脸上怎么看怎么觉得滑稽，尤其是它还总往下滑。

我的嘴角翘起，露出一脸被逗乐了的笑。

太对我笑了笑："你妹妹这魔法道具做得还挺时髦，你不这么觉得吗？估计等明年这时候，从这儿到皇城，有头有脸的人物得人手一副——白天都会戴着的。"

"别开玩笑了。"我摇摇头，"你是一直都知道那儿有一条通往陵墓的秘道吗？"

"我曾经听过关于它的传言，但是父亲一直都说多年前这条地道就塌方，不复存在了。我那时候还相信他说的——直到有一天我瞥见他在衙署中打开一道暗门，接着变换成影子形态隐没在黑暗之中。我本想跟着他过去，或者等他离开的时候进去看看，但是他手下的那些机器人总是守卫着那里，寸步不离。"

我点点头。那些机器人现在也守在康的衙署跟前，这就是为什么我们要从地面走老路——那些朝圣者祭奠历代帝王的必经之路——到陵墓这里来。

"我们离那儿还有多远？"我问。

太挑了挑眉毛："我已经能看见前面的大门了……你应该一会儿也能看见了。"

我拼命地睁大双眼，盯着我们前方这条漆黑的路，虽然今晚的月亮还算明亮，但不足以照亮视线远方的一切。我能看到的只是延伸向无边黑暗的一小段路而已。"你是花了多久才知道那条地道通向那里的？"

太伸手摸了摸后脑勺："大概过了一年吧。我本来希望能从他的密室中找到些东西救出月神族人，但是又不能从他衙署里进，所以只能从另一头找——就是陵墓的这一头。我一有时间就会跑来这边摸索，有的时候飞着过来，有的时候开这玩意儿来。"——他用指节敲了敲身下的马车——"直到有一次我发现一座藏起来的坟冢，在宫里没有任何关于它的记载。当我看见有机器人守着那里的入口时，我就知道我找对地方了。我本来想要找机会避开它们溜进去的，但是第二天我就得知了关于江珠的消息。我们现在也只能祈祷那些机器人是唯一守卫那座坟冢的玩意儿了。"

"我怀疑我们能不能有这份运气。"

　　我们抵达四江墓的正门后，便把那辆车停靠到了拱门坡顶下浅浅的阴影里。接着我跟着太走过了那片开阔的广场，我多么想这时候有日光能够让我把这些先帝的陵墓看得更清楚些。然而，黑夜让那些壮美的建筑变得有些模糊，但我还是能感受到那宏伟的气魄。走到石坊面前，我被眼前的景色惊得停下了脚步，全身心都被深深震撼：这些能工巧匠一凿一凿敲出的设计各异的精美雕刻；这片伟大的在白天定会熠熠生辉散发金色红色的琉璃光芒建筑群落——光那些牌坊和碑塔就已经大到足以住人了；还有这些雕刻得栩栩如生巧夺天工的神佛塑像。所到之处的一切都是精心布置以营造出一种和谐平衡的氛围，我觉得哪怕是仅仅细究这些设计里暗含的设计语言就能出一箩筐的书了。

　　几步开外，太回头看了我一眼。一只被螺旋桨忽忽悠悠地悬在天上的灯笼发出柔和的黄色光线洒在他的脸上，照出了一副迷惑的表情："怎么了？"

　　"没什么，"我回过神来，赶上前去，"只是我这一辈子也没见过这么宏大的场面。"

　　他笑了笑："很漂亮吧？改天有机会我再带你过来逛逛。这里可以看的太多了。"

　　"我们弄完这一切之后我就没有这种自由了。就算我们没被抓，我也已经完了，康是不会允许我出门的。"

　　他的表情黯淡下来，转过头去，推了一把灯笼，随着惯性，魔法灯笼向前飘了过去。我默默地跟着他一起往前走，不知道未来我到底应该如何面对今晚的选择给我带来的一切后果。

我们走上了一条不平整的小路，两旁堆着嶙峋的石头，这样子好像是两堵塌掉的石墙。在路的尽头，一对高大的拱门坐落在一堆碎石中间。过了这道门是很久以前的贵族的家坟，而在这家墓后，下到一条从没有人会想要走的走廊里，就是康的密室所在之处。

有些紧张，我从背后抽出了剑。嵌着铜门钉的大门已经在我们面前了，近处看来，它的红漆已经有些斑驳，门中央一对巨大的金属圆环把手也有些许的锈迹。这门看上去有些沉，估计很难挪动，不过我还是伸手抓住了一个把手。

"用不着这个。"太走向道路旁的石堆，放下手里的长棍，用手一点一点摸索这石堆的边沿，好像是摸到了什么东西，他把手指插到石头之间的缝隙里，拉了一把，接着闪到了一边，那块石头从石堆里脱了出来，啪的一声落在地上。

目光越过太的肩膀，我看见那空出来的位置里竟藏着一组开关，太按照顺序一个接一个拨开了它们，随着齿轮吱吱嘎嘎的摩擦旋转声，这两扇沉重的大门像是一对张开的双臂在我面前打开了，它们大敞的怀中没有别的，只有伸手不见五指的黑暗。这开门的过程沉重又缓慢，机械发出的声响在这寂静的夜里显得比雷声还要刺耳。

打开的空间总算是有一人宽，可以走进去了，我拖着悬浮灯笼跑了进去，流动的空气打在螺旋桨上发出嗡嗡的声音，太也跟着我走了进来。

走进的是一个洞穴状的、由灰白色的光滑大理石打造的房间，一阵阴冷的凉风向我袭来。高耸的墙体上托着顶拱形的天花板，这看上去和外面那些华美的雕刻差不多，但是这昏暗的氛围和简洁的造型体现出了打造者的意图。五只漆成红色的长方形木匣子坐落在一面墙下。

"你知道躺在这里的是谁吗？"虽然我的声音并不比往常的音量高，但在这片静谧之中显得格外吵闹，说出的每一字每一句都被墙体反折了回来。

"一个低级贵族，还有他一家子。"太回答道，"他是这里很罕见的和过去的皇族没有姻亲关系，却还有资格葬在四江墓的死者。"

"他一定是立了彪炳战功才能得此殊荣吧。"

"我敢确定他是功勋卓著的，不过，这墓室的规模跟那些皇亲国戚还有帝王的坟冢比起来就相形见绌了。这大概是最没有香火气的地方了——我猜这就是为什么我的祖先会选在这里建造他们的逃生通道吧。"太大步走向墓穴的另一头。石头做的墙上出现了一扇狭小的木门——这扇门实在是太过不显眼，不仔细观察根本就找不出来。他指了指门的边沿："看一看吧。"

我一开始都没反应过来，过了一会儿才明白他指的是门框和墙壁之间那道细小的缝隙。我把灯笼拽过来，靠到近得不能更近了才让我看清里面是什么情况。

三个铜色的机器人站在里面不远处一条窄窄的巷口，每一个手上都握着一柄剑。它们看上去像是骷髅一样，四肢不过几寸粗，躯干里的齿轮结构都能看得一清二楚，躯干看上去就像是个铜做的架子一样。不像那些服侍康的，脸上用油彩画着面具，这些机器人的脸上只有黑色的圆盘。我从上到下仔仔细细地打量了它们一番，不知道应该怎么破坏这些看上去一个弱点都没有的机械结构。

"这是我之前最终能到的地方了，"太说道，"然后我就看到了这些机器人，我当时就明白光靠我手上拿着的棍子可过不去它们这关。"

"嗯……不过现在有我呢，"我自信地挥了挥剑，"这门该怎么打开？"

"我……我也暂时没搞明白。"

"既然这样，"我高高将剑身举过头顶，向着门狠狠地砸了下去，崩起来稀碎的木屑，还混杂着红色的火花。这门上一定也被某种魔法守护着，冲击的力量让我的手臂感到有些酥麻，但是这种破坏感觉十分畅快——尤其是破坏挡着我追求真相的东西更是令我心情舒畅。门上我砸开的那道沟壑边沿蒙上了锯齿状的阴影，我退后一步，甩甩剑身，准备再来一击。

太惊讶地看了看我："也是，有何不可。"他挥起了手上的棍子，这武器上闪烁过一阵波澜，接着变形成一把带着银刃的剑，剑体上刻着蜿蜒的符号，看上去雕在上面的应该是古代的文字。

虽然我早就知道他的棍子藏着另一种形态，看着这变形的过程我的眼睛还是不自觉地睁大了："这把武器也是伊布司徒做给你的吗？"

"实际上，这是苏音附的魔。那是几年以前，在魔王把她和所有的月神族人抓到地狱之前的事情了，这是我十三岁生日的礼物。"

我歪了歪脑袋："真的假的？我以为她不是很喜欢你。"

"她是算不上喜欢我，但她毕竟是我的家人，我也是她的家人。她告诉我说这本来是想留着自己用的，但在某处咒语中犯了点错，因为有点缺陷所以就送给我了。"他摇了摇头，"我可太了解她了，不至于相信这种说辞。"

我不确定我能理解太所说的，不过他和他亲戚的关系是他的事。

我们轮流一下接一下地砸门，木屑与火花齐飞，敲击的声音、魔法爆裂的声音、机械吱吱嘎嘎启动的声音交织在一起，这音乐让我血管里的热血加速，激动涌上心头。

又来了一下，门上的洞已经足够大了，透过它我看见前面机器人渐渐亮起琥珀色的光芒，它们一定是开始启动了。

太正准备再下手的时候，我拉住了他的肩膀："应该已经可以了。"

他困惑地抬头看了我一眼，接着看见了正慢慢从门前退后的我，挑了挑眉毛："请吧。"

做了个起跑的姿势，我向着门冲了过去，接着惯性跳起身来，用脚跟狠狠地向着这残存的木头踹了过去。

我几乎都还没缓过神来，一只铜剑就从上挥了过来，盯着我的是一双黄澄澄的机械眼。

/ 第二十七章 /
通往真相之路

魔法碰撞魔法，空气激荡着能与热，爆出橙色黄色的火花，机器人略占上风，用剑刃压在我的武器之上，我尽力往回顶，但是好像并没有破坏它的平衡。在我旁边，太正对付着第二个机器人，他们的武器发出乒乓的碰撞声。

那机器人的眼睛变得金黄，但是它却没有脸，只有一张平滑的、铜质的面具，下面闪着一种不自然的、黄绿色的光，但是我现在不敢分心去看那束光的源头是什么，单单跟它僵持就已经占据我的全部精力了。我扭动身子，把剑从它压下的刃中抽离了出来，脚后跟踢到了身后一处坚硬的实体——那是墙。手上一泄力，机器人重心没有回稳，正巧让我看见它脑后有一个忽忽悠悠转着的齿轮。趁此机会，我在心中给自己打了打气，提剑上前，气沉丹田，从上方劈了下去。

虽然我的剑尖碰到了什么东西，这冲击带来的只是一声巨响和一阵白色的火花。面前的机械敌人回身十分迅捷，卡在齿轮中间的剑直接被它扭动着从我掌心中带走了。这时候，另一个机器人也向我攻了过来，剑指命门，我向后一仰，剑刃正好从鼻尖掠过，近到汗毛都能感受到剑风的呼啸。

"你那边怎么样了？"太的声音在一片嘈杂的声音中响起，又有剑身噼里啪啦碰撞，又有机械咯吱咯吱作响，还有魔法噼里啪啦爆裂，这声音着实混杂不堪。"我宁愿跟厉鬼战三百回合也不愿跟这东西打，你那边怎么样？"

"要是能选，我也选厉鬼！"看见我的剑从第一个机器人脑袋里当啷下来，我挣扎着去够剑柄。但第二个机器人再一次向着我冲了过来，我只好退了回去。

"它们好像更喜欢你一点，老是冲着你使劲，我都有点吃醋了。"

"到底什么时候你能不开玩笑？"再一次冲过去，这一次我可算是够到了，在我抓住剑柄抽出剑身的一瞬，正赶上第二个机器人又一次向我袭来，怒气和不满在我喉咙中爆裂开来，拔剑刺向了它的躯体，剑尖插进了它身体上的铜杆之间，打到转动的齿轮上再次卡住了。

"小心！"太跳到我身旁挡下了另一个机器人挥下的剑，两方的剑刃碰在一起爆出火花，离我额头不足几寸，我甚至都能感受到那上面附着的魔法发出的炙热能量。

而我的武器——现在还顶着转动的齿轮——突然往上动了动，这是有什么东西："掩护我——我有个主意了！"

"你求我呀。"

"太！"

"这听上去可不是求人应该有的态度啊。"太挥剑挡下一次次袭来的剑锋，我们俩肩膀蹭着肩膀。

我没搭理他脸上斜着的坏笑，用上浑身的气力，把剑刃向着机器人体内的齿轮刺了过去。瘆人的摩擦声冲击着我的耳膜，太莫名其妙地大笑起来——这哪门子会让他觉得好笑了？机器人的金属躯干突然一阵痉挛，手中的武器也在空中不受控地抽搐起来。这齿轮一片一片碎裂的声响让我感到满足，手里的剑也压得更深了。机器人手里的剑终于落了下来，一阵爆炸和嘶鸣的声音从它体内传出，像是一小条闪电状的白色电流从体内传向我手中的剑。胳膊涌上一股难以名状的不适感——这感觉像是被百万只蜜蜂同时蜇咬一样难受，接着又传来一声仿若是玻璃破碎的动静，手中的剑瞬间没了阻力，从下到上直接劈开它的胸腔砍进了肩膀的位置，它在我面前垮了下来，眼中黄色的光也慢慢黯淡了下来。

这让我不禁咧嘴笑了笑，一脚踹开这堆破烂抽出了剑。这倒下的机器中冒出缕缕黑色的烟。

"所以，你的主意就是这个。"在我身旁，太大口大口喘着气，间歇还不忘跟我说句话。

我移到他身边，帮他挡下了一次攻击："到你了。"

太一剑捅向离他最近的那个机器人，我忙着抵挡这些袭来的剑雨，感觉我整个人都被这一团团爆裂开的火花包围了，我的双耳充血，这才意识到刚刚把体力全部都用在攻击第一个机器人身上是多么不明智的一件事，要是我不用担心帮我这位浑身都是破绽的同伴挡下这一次次进攻的话，现在应该会轻松很多吧。

但是我开始注意到这些东西的动作是有特点的了，这些机器的战斗方式毫无技巧可言，它们只会用蛮力一遍一遍又一遍地重复大致相似的攻击动作，这就意味着可以摸透它们动作的规律，提前做防守的动作。

机器人手中的武器断裂，丁零当啷地掉落在地上，我心里随之也长舒了一口气。整个廊道都充斥着这一声接着一声的金属碰撞之音。终于，那机器人倒了下来。

我拦住最后一个机器人手中的剑刃，而太把剑从钢杆之间深深插进了它的怀里。我浑身散发着热气，感觉光是这热气就足以驱动一架引擎了，也不知道是因为用力过猛还是因为怒火攻心。当最后一把铜剑落地，我举起手中的武器，也把它砸向这机器人的身体。虽然这一下不过只是在那金属的躯干上豁了个口子，但这么发泄发泄还是让人觉得心情舒畅。

它的双眼渐渐暗了下来，太难以置信地看了我一眼："我还以为我已经够莽撞的了。"虽然他的语气听起来很平和，但其实也是趁喘粗气的间隙说的，"我不敢相信你刚刚让我一个人对付三把剑！"

"我知道你能扛得住。"我擦了擦刘海下面藏着的汗珠。

太摇了摇头："不用谢我救了你一命。"

"你也不用谢你自己救了自己一命。"

还悬在廊道入口上空的灯笼散发着的柔和光线照亮了他嘴角的一抹微笑。我感觉自己跟他大概带着同样的表情，死战之后的胜利确实让人快意斐然。

但这雀跃的情绪却在一瞬间又消失了，因为我瞥见了那些破损的机器上浮现出一层层的黑色影子，让我想起第一个被我击破的机器冒出的缕缕黑烟，看见这个我才反应过来——那不仅仅是单纯的烟。

深深吸了一口气，我拔腿冲向了这正在现形的厉鬼，它一部分化成了一只野猪的头颅，在我斩下的瞬间发出凄厉的嘶鸣，但是剩下的那些黑影却没有消散，而是像汩汩涌出的泉水一般向上聚拢，形成一个巨大的魔物，躯体上长着十颗头颅，每一颗都是一种不同的动物。

太的剑劈开了那个正嘶鸣着的野猪脑袋，而我闪到一旁开始对付一只挥舞着的巨大利爪——而这还只是许多中的一个。我的背碰到了一处温暖而结实的存在：那是太的背。虽然这只厉鬼只有一个，但它的体积十分庞大，又有很多伸出来甩来甩去的肢体和头尾，弄得我们像是被包围了一样。激起的怒火让我的视线变得无比清晰，但是那曾经蒙蔽我双眼的血红颜色现在却没有出现，因为我已经不是孤身一人在战斗，也已经不会仅凭一腔怒火而不管不顾了。这一次，我有可以依仗的同伴，而他那紧贴着我的坚实而宽厚的后背让我能安下心来。

这东西尖厉的声音让四周的墙体都为之震动，但随着我一剑捅进它的腰眼，这声音随着厉鬼一起消散在了空气中。还没等这嘶鸣之声的回音散尽，眼角的余光就瞥见了另一只厉鬼，这正是从第二个机器人的废墟中蒸腾起的烟雾化成的。

但当我攻过去的时候，它已经化成了一个人形，我的剑蹭过了它的肩膀——这让它痛苦地尖叫起来——但是并没有意料中的反击。相反，它从廊道的入口飞出去溜走了。

身后传来一阵爆炸的响声，我回过身去，看见太刚刚斩下了一只巨蜥形厉鬼的首级。而更多厉鬼正从那些破损的机器中飞出来，它们的黑雾像是爆炸般拥挤着传出，而其中有很多都是人形的，虽然这并不算少见，但是它们竟然像是在惊慌失措地逃出这道走廊让我感到有些惊讶，而且它们叫喊的声音相比以往那种超自然的嘶鸣，倒更像是人所发出的动静。

一只厉鬼忽左忽右地飞过来，形态在空中变成了四足的生物，还带着那人形的脑袋。我举起剑，正准备迎击的时候，突然发现它并没有攻来，而是踉跄了几步，再一次换了形——四肢缩回躯干，慢慢抽长长成了一条巨大的蛇。我瞪大了眼睛，这仿佛就像厉鬼们不知道自己应该变成什么形态一样。

看见第三个机器人的尸体上正窜出更多的黑色身影，我赶快回过身去，太刚刚斩碎了一只还未完全成型的厉鬼，接着出现的一只长得有成年人那么大的狐狸状厉鬼向我扑了过来，那锋利的爪还没等伤我分毫就被我手中挥舞的剑一劈为二了。我看见有什么东西正朝着太的方向飞过去，本想冲过去杀了它，但太拽住了我的胳膊。

本有些困惑，可看到我面前的到底是什么东西之后，这困惑变成了震惊。这并不是一个没有面容的黑色厉鬼……而是一位透明的女性。她的脸丑陋地扭曲着，像是带着个鬼面具—— 一只眼睛巨大凸起，而另一只眼已经掉出眼眶，眼球像是个破烂袋子一般吊在脸上，上嘴唇被龅牙撑得变了形，但她的鼻子和下巴看上去……很正常。黑色的阴影让她的身体看上去模糊不清，但还是能看出来她的胳膊被扭成一个诡异的角度，像是枯木上长着瘤体的枝丫，双腿无力地拖拉在长长的灰色裙摆之下。不过她脖颈边沿却带着点点银色的、看上去很眼熟的银色光芒……这是月神族的光。

她飞远，接着突然停下来，又转了几圈，那一头乌黑的长发甩过肩膀。"我……我找到他们了……"她沙哑地低语了几声，"我们所有人……都被困于黑暗……"

接着，便尖叫着从门廊的入口飞出，消失了。

"等等！"太从我身边飞也似的冲过去，变换成他月神族的形态。

我跟着他跑了过去，但是跟不上他的速度。只好慢下脚步，看着他们越飞越远，直到消失在我面前坟墓外的黑夜之中。

脑海中泛起千万个疑问，这些厉鬼是从机器人中出现的——它们是不是一直都在那里面？但它们是怎么进去的？仔细想想，这些机器的动作和厉鬼也有那么几分相像。它们都是不经思考地发起攻击，也不给对方留任何余地，连自己的性命都不在乎。跟这帮非自然的怪物一样，这些骇人的机械仿佛是由纯粹的暴力所构成的。会不会是厉鬼附在这些机器人身上了？

但是最后出现的……她看起来像是一位被下了诅咒的月神族女子，这看起来像是有人故意把她困起来变成厉鬼的一样。我真希望刚刚能开口问问她。

不知道太还要多久才能回来，汗水已经浸透了我的刘海，微风从墓穴的入口吹入，带来一阵凉意，让我感到心情平复了一些。几分钟之后，我看见一片黑影划过天空，向着坟墓的入口降了下来，我瞬间举起手中的剑，但是接着意识到那是变化成影子形态的太，又把武器放了下来，他脖子上那条新月闪烁着洁白的光。我吞了口唾沫，像是在消化那一看见这身影便条件反射一般涌起的恨意。

这不是杀了我父亲的人。他脚一沾地，身上的黑色影子就消失了，看见那张熟悉的脸，我松了一口气。

"我找不到她了，"他嘟囔着，"她一离开墓穴，就化成一条银光消失掉了……像月神一样。"

"她是他们——你们一族的？"

他皱起眉头："她绝不是厉鬼。不过……她身上发生了什么，已经不再完完全全是月神了。"

320

"能发生什么？而且她怎么会在康的机器人里面？"

"我从来没有听过有魔法能够困住月神，除了……"太的声音渐渐变小，就算是在这漆黑的夜里，我也能看见他脸上的神情正变得阴沉起来。

我吸了口气："除了你跟我讲的那个关于你父母的故事。你的父亲……他在年轻的时候抓住过你母亲。"

"那只是一个游戏。"太摊开肩膀，"我们该继续往里面走了。"他快步走向了那条廊道。

我也跟了过去："你父亲所用的魔法比任何人能想到的一切都要黑暗。我们都看见了机器人体内涌出来的是厉鬼。我觉得它们就是那些机器人的本体——不知道是用了什么方法，它们被困在这些机器里，为机器提供了动力。"

"这不可能。"太伸手抓住天上的灯笼。

我跨过脚下机器人的尸体："我们来的这里是他的密室，而且守着这里的也是他的机器人。"

"真的假的？我都忘了。"

"这一点也不好笑！"

太笑了起来——这一声声干涩的、自嘲般的笑让我觉得有些不解："这一定不是他的本意。可能他是在实验某种新型法术，但没有意识到会带来什么后果。"

"这说辞太荒唐了，你自己都不信。"

"当然这很荒唐！关于这里的一切都很荒唐！我父亲在用厉鬼驱动他的机器？我这一辈子都在观察他的一言一行，

但是从来没有看见过任何事说明他在使用邪恶力量。"

"这大概是因为他把这东西保管得最彻底——或者是因为你只是看见了你想看见的东西。"我抓住他的双肩，逼着他看向我，"笨蛋！发生了什么事情到现在还不够明显吗！"

太又笑了起来，笑得都直不起腰，靠到了身后的墙上。他一定是犯了什么失心疯了，因为我根本就不觉得这有什么可笑的。

"你到底出什么毛病了？"我走上前去，发现他的右袖上沾了一点血迹。"你受伤了！"

"啊，对。"他瞥了一眼自己的胳膊。

"你为什么不告诉我？"我收起剑，从衣摆下扯掉一块布条。

"我当时有点分心了。"

撕开布条的时候我才想起来他挡下那些机器人的剑雨时就是这么笑的——还有更早的时候，我们第一次见面，打到他的肚子的时候也是这么笑的。"你是受了伤的时候都会这么笑吗？"

"有两个选择，要么放声大笑，要么痛苦尖叫，我宁愿选择笑。"虽然他嘴角依然朝上，眼中却闪烁着勉强的神色。

"你太不可理喻了。"我喃喃地说着。包扎的时候他也没吭一声，只是把头靠到墙上，呆呆地望着我们头顶的黑色天花板，只有当我碰到他伤口的边沿才会微微地抽动一下。这伤比想象中要深，我咬着嘴唇用上吃奶的力气能多紧绑多紧。"你需要找大夫。"

"我们现在这位置附近也不像是有药房。"

"你应该现在赶快回铜秋城去，我可以自己一个人继续往里走。"

他给了我一个不可思议的眼神，仿佛在说我刚刚说出口的是他听过的最荒谬的言论："我又不会流血致死，而且我不会走了这么远，没有找到答案就溜回去的。"

如果现在是我在他所处的位置，我也会这么说的。我点点头："那在你失血过多休克之前我们最好还是要赶快点，我可不想出去的时候还要背着你。"

"被背着听上去好像还不错。我应该让那个机器人再来一刀的。"听完他那一番是尖叫还是大笑的说辞之后，他对着我的微笑突然之间也变了味。这不再是我所想当然地以为的不负责、不礼貌的表情了。不知道他为了掩饰受到的伤到底笑过多少次。

我们继续沿着这条黑暗的廊道往前走，陪伴着的只有我们自己的影子，单单一盏灯笼也不足以照亮整个通道。我的思绪不停地回想着那个受了诅咒的月神女性。一定是康把她困住了——但那是如何做到的？是他对她下的诅咒吗？还是说她早就已经被下了咒，是本意要利用厉鬼的黑魔法无意中也把她困住了？而她口中说出的那些话……

"那个月神女子口中说的'我找到他们'的他们是指谁？"我问道。

太撇撇嘴："她消失之前，还留下一句话'那些失踪的人都跟我在一起'，我想大概……"

"什么？"

太深吸一口气："在魔王把他们全部抓走之前，有很多月神族已经开始一个又一个地毫无缘由地消失了。他们可能某一天离开家，就……再也不回来了。这在很久以前——在我母亲去世之前——就已经开始了，但是没有人知道到底发生了什么。而且失踪的也不是几个人——一开始是数十人，之后慢慢变成数百人。"

我抿了抿嘴唇："伊布司徒跟我说过这件事，我当时以为是魔王把他们抓走了。"

"我本也是这么认为的，想着会在地狱里一并找到他们。但是就算我们已经打败了魔王，他们还是没有回来。"

"你觉得这个被诅咒的女子是那些消失的月神中的一员，而她去过的地方就是他们被困之处是吗？"

他点了点头。

"她是从机器人体内钻出来的……"我靠近太，"如果康是他们消失的原因呢？如果是他抓走了他们，诅咒了他们——可能想像利用厉鬼那样利用他们呢？"

太的脸上浮现出一个诡异的、皮笑肉不笑的笑容："你根本就不知道自己在说什么。我父亲是不可能做出这种事情的人——他娶了一个月神族，你忘了吗？对他来说月神族人都是家人。我们都不能肯定厉鬼就是他用在机器人身上的。"

"你到底是有多愚蠢才行？"内心中的一丝善意警告我这样侮辱只会给他带来更多伤害，但是我的不满让我把这话脱口而出："我们都看见了！"

"你意识到你这话把我父亲说成什么样了吗？"悬在空中的灯笼洒下的点点阴影铺在他那似笑非笑、克制着痛苦的面容上，让这张脸看上去有些扭曲："想象一下如果现在讨论的是你的父亲。你会怎么办？"

"我父亲绝不会——"

"这就是我的意思。"

我都已经忘了——又忘了——康对太来说不仅仅只是一个无情的总督大人。黑魔法、利用厉鬼、绑架诅咒无辜的月神族人……这是那种只有魔王才做得出的邪恶之举。康会是这种恶人的想法对我来说很自然，但……他是太的父亲。

今晚在这墓穴里可不止有一个笨蛋。

"对不起。"倒也不是说我觉得自己的想法是错的，但我应该为自己这冷冰冰的举动道歉。

太脸上的笑容消失了，我这才完全看清他双眼之中像是要喷涌而出的怒火，那不敢相信自己、刻意否认他深爱着的亲人会犯下这样邪恶罪行的复杂情绪。我这才意识到我刚刚所说的一切……太都明白。但是他就是不愿意相信这一切是真的，也不希望这一切是真的。就算是为了他，我也有些希望我会是错的。

不管怎样，真相就藏在这道走廊的尽头。

/ 第二十八章 /
人间地狱

我本以为走进的会是一个嵌进山洞里的书房，抑或是微缩版的图书馆。但实际上，我现在面对的是一处跟地狱魔王宫殿差不多大的巨大洞穴。在灯笼微弱的光芒照亮的地面之外的，是无穷无尽的黑暗，而这灯笼光打在这光滑的地表散射开来，只能一点点照亮面前的东西，一切都还犹抱琵琶半遮面。前方好像闪烁着水纹一样的表面，不知道我们是不是正朝着一处地下暗河走去。

"我觉得我更喜欢地狱，"我嘟囔着，"至少那时候我们知道要面对的是什么玩意儿。"

"你是在说我父亲还不如魔王吗？"太跟过来，脸上那好像是无忧无虑的表情仿佛就从来没变过。

我并没有作答，慢慢向前走了几步。黑暗并没有退散，我可以清楚地看见我们这个小小灯笼所散发的光线在四周照亮了一片球形的区域，但里面空无一物。这空间的巨大让我内心感到些许颤栗，但脚步声带来的阵阵回声却也意味着这并不是开阔之地——在前方的某处是有尽头的。

我正要拿出安水的眼镜，整片山洞突然变得不再平静。原本阴冷沉寂的空气中响起了阵阵水花声，展现在前方的是一片辽阔的湖面，铜色的灯笼一盏盏纷纷从湖中跳了出来，那圆圆的亮点看上去仿佛是数以万计的萤火虫。小巧的螺旋桨柔和地搅打着周边的空气，嗡嗡地带它们向周围飞着四散开来，发出的金色光芒逐渐驱散了黑暗。

震惊地看着面前被这片光亮照出的一切，我简直不敢相信自己的眼睛：这里停泊着一支规模浩大的由铜龙与飞船组成的无敌舰队。宏伟的三角帆高傲地悬在金铜色的桅杆上，船舷两侧也接着庞大无比的螺旋桨。那些大的船舰上装饰着龙首、虎首，或者是凤首，而那小一点的看上去与我和太曾经一同驾驶过的那种单桅船几乎一模一样。条条战龙在湖面上蜿蜒着，躯体部分露出水面部分沉在水下，仿若架起了座座闪闪发亮的桥，金属的龙头昂起，机械龙嘴张开，看上去就像是在向着空中咆哮。

这飞船和战龙的数量让我有些回不过神来，差点都没发现有些机器看上去并没有完工。一条停泊在岸边的舰艇现在只不过是刚刚铺好龙骨，装上引擎。而离它不远处的一条战龙也门户大开，都能看见里面弯弯曲曲的形如血管的各色金属管材。这支舰队这么庞大，很显然康还没有完全准备好。

考虑到外面的地貌，这里一定是把整座山的山体都掏空了——而这各式各样的魔法机器几乎把这地方塞满了。在这面前，康现有的舰队都显得不过尔尔了……实际上，我能肯定就算是皇上手下的皇家海军也没有这等规模。而尽管这些舰船和战龙都只是平静地停在湖面上没有被启动，单单看到这数量足以灭国的兵器就已经让我心惊胆战了。

皇上是不可能坐视这样一支军队存在的，就算是在黛蓝，我也听到了不少关于他的消息，知道他最不愿见到的就是封疆大臣拥有太过强大的武备，而且还立法禁止任何人使用比他更强力的魔法。拥有这样一支舰队，康都能夺取整个国家了，这要是让皇上知道了，定会龙颜震怒的。

我转头看向太："你知道这个吗？"

"当然不知道。"他的双眼瞪得浑圆，"这就能解释为什么他这么想要江珠了，你能想象要驱动这么一支舰队需要多少魔力吗？"

像是低语的声音传进我的耳朵，音调尖锐却听不清里面到底在说什么。这就像是有人把语言中的音节和语调都撕碎打乱了一样，但这声音中却明白地透着一股绝望的气息，这让我想起了去地狱的路上我在太偷来的船上所听到的动静，顿时感到一股浸透脊髓的彻骨寒冷。

"放了我……"

我看着太，他不解地看着我，我们面面相觑。

"你刚刚说什么话了吗？"他问道。

我摇摇头："那是什么？"

"光……求求你……给我点光……"

从太脸上的迷惑可以看出，他也跟我一样听见了这些话。

"太黑了……这里太黑了……"

这呢喃中带着颤抖，还有一丝瘆人的感觉，让我打心眼里感到一阵寒战。紧张地看了看周围，但是四周只有那些毫无生机的机械，不起波澜的湖水，还有一言不发的石头。

我想起了那异世界的声响——我在康的旗舰上听到过的仿若我父亲在说话的那种声音。这是最接近现在这种呢喃的声音了……但是这意味着什么？是已逝之人想要向我们传达什么消息吗？

我在哪儿？我在哪儿？我在哪儿？

放了我……放了我吧……

我没有光了……你能帮我找找吗？我没有光了……

"有什么想法吗？"声音中的颤抖暴露了我内心的紧张。

"我父亲一直在准备一支能征服天下的舰队。"太耸了耸肩，但是他的手却紧紧地握着剑，"他一定是在建造的过程中发出了不小的动静，因为很显然他把这些死者的灵魂吵醒了。"

我看着那条未完成的龙，那里面暴露着的机械零件——一堆各式各样的齿轮、管线、气缸，还有飞轮——吸引了我的目光。"他不可能自己一个人把这些东西做好的。"

"不过，我有个感觉这就是他一个人做的。如果他招募了劳工，一定会有上百人——不，上千人——知道他在干什么。要死守这个秘密，除非他把这些人全关起来才行。更别说付工钱的时候会是一个多么巨大的麻烦了⋯⋯你能想象得出他是怎么能瞒着账房搞这么多支出的吗？"

我气呼呼地看着他："所以你觉得他是一个人掏空了一整座山、敲打起这么一支飞船组成的舰队了？就算他能这么干，他又该找谁来驾驶这些飞船呢？"

"嗯⋯⋯他毕竟在魔法上确实很有建树。可能已经开发出某种魔咒可以让这些船自动驾驶。"

我本想反驳，但没说出口，因为我意识到他说的有可能是对的。魔法的力量是没有穷尽的，能超乎任何人的想象——有一次安水这样对我讲过。

就这么呆呆地看着是没法得到任何答案的，我沿着湖的边沿往前涉水走过去，看看会不会还有另外一支舰队。

太小跑几步跟了过来。灯笼发出茶色的光，洒在崎岖的墙面上，几乎没有打下任何影子。因为它们是我和太走进来的时候才被激活的，所以康一定是对它们附上了只要有人进来就发光的魔法，这也就是说如果他会到这里来的话，他立刻就能知道现在洞穴中有人。我们需要赶快点。

眼前出现了一座独栋的小型建筑，相比铜秋城那些宏伟的金顶房屋，倒是更像黛蓝原来的那些朴素小屋。红色、绿色和蓝色的抽象涂鸦点缀着房体，门框被雕刻成数条盘龙的形状，下面是大开的门户。

太冲了进去，我一边收起剑，一边跟了上去，当我到门口的时候，他已经进入房间内了，检查着一件铜制的装置，那玩意儿看上去好像是一个接在金属气缸上的球形匣子，那金色的表面刻着弯弯曲曲的复杂字符，很像伊布司徒刻在那把打败了魔王的剑上的文字，大小也正好把江珠放进去。

"这是什么？"我问。

"不知道，这刚刚就只是放在这儿。"太示意了一下面前那张宽大的漆面桌子。

一张雕刻着优雅的祥云的高背座椅摆在桌后，而除了这两件家具之外，这间屋子其余的地方全都是书架。深黑的橡木被榫卯齐整地拼接在一起，里面摆着一卷卷或黄或棕的书简，里面楔着木头做的钉子。出于好奇，我抓起了其中一卷，把它摊开到了桌上。竹简啪嗒啪嗒地敲打着桌面，为周围桨叶声和呻吟声所组成的奏鸣曲增添了几丝不同的旋律，这呻吟中有的带着些莫名其妙的话，有的则只是在抒发绝望与恐惧。

让我走……

为什么……为什么要这样对我……

求求你了……这里太黑了……

我尽可能地把注意力放在面前书简上那些黑色的蝇头小楷上面，但是在我眼里这些笔画仿佛在一边游动一边旋转——跟以往我读书的时候一样——我的心脏跟着怦怦直跳。集中精力，我一字一句地往下读，逼迫着自己把它们看成是人说的话而不是乱七八糟的符号。但就算是这样，我的进度依然很慢。

身旁，太也从书架上取出了一卷，这卷是纸做的，摊开的时候发出了纤维破碎的噼啪声。

我俯下身子贴近我正看着的这竹简，好像这有助于我理解一样。最后，我总算是搞明白第一列文字是什么意思了——这是首诗，是首赞颂蒸汽力量的诗。这看上去一点用都没有，但是接下来还有好几列我没有看。

这时候，太已经卷起了面前的那书卷，拿起了另外一卷。

"刚刚那上面写的是什么？"我问。

"就是个关于蒸汽引擎的描写，你手上这本呢？"

"我正看着。"我又把注意放回手上的天书上，真希望安水能在这里，这些东西她一会儿就能看完了，之后不仅能复述出这上面写了什么东西，还能把里面所能包含的各种引申义给我解释得一清二楚。

太又卷起了一书卷。他瞥了我一眼，挑了挑眉毛："我还真没意识到你竟然还喜欢读诗。"

我瞪了他一眼："这上面可能写的不只是诗啊。"

"现在真的是欣赏文学的时候吗？"

热量涌上我的双颊，我意识到他刚刚已经一目十行地看完了整卷竹简——而且这实际上也算不上有多长。要是我的脑子对写下来的文字稍微能敏感一些的话，我也不至于浪费这么多时间在这上面。

我卷起了手里的竹简，把它塞回原处，接着抓起了第二卷。

同时，太已经又摊开一卷了。这一次上面画着图表，这对我来说容易理解很多。那些刷上去的黑色线条看上去像是一个机器人的内部结构。

"这上面写的什么？"我问道。

太摇摇头："我本来希望这能提供一些关于厉鬼和那些机器人有什么关系的信息，但是这上面写的是个早期型号，还有存放魔法咒语的容器。"

我摊开了手上的书简。虽然我十分不愿意问，但是我知道他读起来一定比我快得多——至少能告诉我这篇书有没有用，免得我浪费太多时间："这个呢？"

"这是一篇关于帝国政策的论文……这就写在题目里。你难道——"他的声音弱了下来，好像是把话吞回了肚子里。

他在怀疑我是不是不识字。这算不上是个诋毁，毕竟我们村里起码有一半人都不认字。不过父亲要是知道了会哭的，毕竟他花了大把大把的时间教我和妹妹，即使他的同辈人都说女子无才便是德。我挣扎着学过一课又一课，度过了一个又一个因为不甘和耻辱而哭泣的夜晚，但是尽管我把那些知识都已经学会了，我还是没法自然而然地读东西。

现在我发现太确实是康的儿子了，他带着一大堆各式各样的潜能，要是他跟我一样生在一个贫苦人家，他是不会有这些本领的。

"我能读书，只是这对我来说比较困难。我没法在脑海中跟普通人一样流利地读出这些字来。就是这样而已。"我卷起这书卷，把它塞回书架："我不是个头脑简单的乡下人。"

太把一只手放在了我肩膀上："我永远都不会这么想你的，要是刚刚我的话伤到你了，我道歉——我不是那个意思。"

我呼出口气，决定还是接受他的歉意了。

接下来的几分钟我们都在翻找这些书卷中度过，希望找到什么东西来解释我们所看到的一切。与此同时，那些呻吟低语的声音不断分散着我的注意。

为什么……为什么不放我出去……

黑暗……我一定要打破这片黑暗……

到底有没有人能听见我……

太喉咙里哼出一声奇怪的笑："唉，我的爹啊，你的心思实在是一眼就能看穿了。"

我眺看了一眼他面前的竹简，它几乎铺满了整个桌面，但还有一截没有展开，握在太的手里。"这是什么？"

"一个计划书，我父亲很显然是打算利用他打造的舰队推翻皇帝上位。这其实也并不令人惊讶，不如说现今的皇上根本就没有赢的机会……他的军队大部分都在边境跟敌国开战，而且也没有任何可以敌得过这飞行无敌舰队的武装，不过……"

虽然他语气很轻巧，眼底的失望却把他的心情展露无遗，我都能听到他接下来本想说什么：不过，我还是希望这一切都不是真的。

只是打造这一整支的秘密舰队就已经是犯下叛国之罪了——而叛国罪是要杀头的。需要怎么做其实很明显：警告皇上康意欲造反生事。从太的眼神中能看出，他也知道应该这样做。

"你的父亲并不是你想象中的样子。"虽然这么说，但我的语气显得空洞没有底气，就算是自己都听得出来。

太敛起竹简，带着一股子怒火，动作之大我都担心他会把它撕成碎片。但他只是把它卷了起来，那简书看上去人畜无害——不过是竹片上印了些许墨汁——我都没法想象这上面竟承载着皇权倾覆、社稷不再的未来。"父亲曾经说过如果是他统治国家的话，一定会比当今圣上做得好，我以为这不过是在说大话。"

他一只手把书摔在桌子上，另一手捂着脸，肩膀抖动着，有那么一会儿，我以为他在哭，但接着我听到那捂住的嘴里传来的是拼命克制着的笑声。

我不知道应该怎么做才好。对我来说一切都已经真相大白了——康想要推翻当今皇上。我可能也算不上是忠于皇帝——尤其是他在黛蓝危急存亡之际无视了我们的求援消息——但是我也受够了在康的威严下苟延残喘的日子了。

一定要找办法阻止他。这对我来说甚至都算不上是个选择——这是一定要做的，任何可能因为太产生的犹豫这个时候也都消失了。我可能会为了他放下我自己的仇恨，但这……这件事的重要性超过我们任何一个人。

他当然也明白。那声笑——干涩、讽刺而又扭曲的笑——已经把一切都告诉我了。

"太！"

他深深地吸了口气："这里还有更多，这支新型的舰队跟他现在麾下的那一支不一样——它可以自动驾驶，不需要任何人类操作。而且可以被一起控制，虽然这上面没有写原理具体是什么。"

我抬手摸了摸脑门，无法想象建造这样一个东西究竟需要多少魔法力量。"这花了他多长时间？"

"根据这卷书上记载的日期，他从我母亲去世之前就一直在筹划这件事了……"他把书简推给我，"拿着，我可能会不小心把它烧了。"

他大步走向门口，看着他我的心也有些疼痛，多么希望这时候自己能做些什么，但是安慰别人一直都不是我的长处，我这时候开口可能会让事情变得更糟。

手里握着这书卷，我琢磨着接下来该做什么。一定要警告皇上——但怎么警告他？都城离我们这里有好几周的路程。而同时，康一定会发现他的计划书不见了，而他那强大的武力能轻而易举地在我到那儿之前就把我抓回来；据我判断，他能轻轻松松就把我诬陷成叛徒，掩盖这一切。而事后黛蓝的人民一定会被他报复的。

这时一个问题向我袭来：康在等什么呢？现在这支舰队虽然没有完全建造好，但绝对已经够他施展一番了。我想到了江珠……还有他得到江珠的急迫，以及里面蕴藏的强大魔力。但是他也不应该需要江珠激活他的舰队啊——毕竟，他已经在使用类似的飞船了，虽然数目比较少。

"安蕾！到这儿来！"

沿着地下湖崎岖的岸，我顺着太的声音跑了过去，水面上是一艘巨大驳船的舰艏，我的视线被挡住了，看不见里面的东西。我绕过它的遮挡，停下了脚步。

太盯着一排排的机械生物，这些东西跟在门廊里攻击我们的机器人一模一样，它们站成整齐的方阵，毫无生机的机械眼睛盯着湖面。这数量至少十倍——不，二十倍——于黛蓝的全部人口。

只是看着这场面就让我有些眩晕了："这……这就是他用来征服帝国的军队吗？"

"他为什么需要这些东西？"太走近过去，眼睛瞪得浑圆，"他有那么多忠于他的士兵……而且身着半机械增强武装的人类很显然要比纯机械强得多。"

"士兵可能会质疑甚至哗变，"我不自觉地说出了声，"机器就不一样了，它们只会听他命令，不管命令的内容是什么。"

"而且它们不会把这秘密说出去。"

"但是我们一定要说出去。太，我们必须要立刻禀报皇上。"我把手放在他的胳膊上,"这已经不仅仅是我与你的问题了。"

太盯着地面。有那么几分钟,他一句话都没有说,只是咬着牙,脸上的肌肉抽动着。我看着他,紧紧地握着手上的书卷。如果他不同意,我准备自己一个人完成这项任务,就算他再阻拦我,我也不会让步了。但是我的内心也告诉我,事情是不会变成那个样子的。

同时,那颤动的声音依然在我们身边萦绕。

只要一点光……求求你了……

告诉我,我到底是谁……

放了我吧……

终于,太重重地点了一下头。

我长出了一口气,之前都没有意识到刚刚我竟有这么紧张,我本想这样离开,但听到最后的一声低语,一下子停住了脚步。

太……我的表弟……是你吗?还有那个人类姑娘……安蕾……

/ 第二十九章 /

声　音

"太黑了……这里太黑了……表弟……"

她的声音仿佛在远处低吟着，像是空谷中的回声，但是感觉上她好像就在附近。

"苏音？"太的目光扫过四周。

这跟我说话的人是谁？

"苏音！你在哪儿？"太的头像是受惊的麻雀一样四处转，想要在周围找到她的身影，"苏音！"

"太……安蕾……真的是你们吗？"

为什么在这洞穴里鬼魅的声音中会传来她的声音？他们到底是谁？世人皆知坟冢处会有亡灵徘徊，但苏音不可能是已死之人啊……难道她？"她会不会……？"

"她还活着，我昨天刚刚见过她。"

"你确定吗？"

太的表情变得僵硬起来，转过头去没有回答。

我不愿意相信苏音是突然离世，接着不知怎么亡灵游荡到这片坟墓来的。但是如果她还活着，她怎么会——

339

"你还记得走廊里我们碰见的那个被诅咒的女子吗？这里会不会有更多跟她一样被困在这些机器里的人，而他们才是我们听到的声音的来源呢？会不会苏音就是他们中的一员？"

"这不可能，她是我们一家人——是我父亲的亲侄女。你认真的吗？觉得父亲会对她下咒？"太发出一声不可置信的笑。

"他当然会这么做！"激动和恐惧充斥着我的脑海。激动是因为现在所有的线索都能拼起来了——而恐惧则是因为这拼出的真相意味着什么。围绕在我身旁的声音是这样多——数都数不清，无法想象到底有多少张嘴。如果每一种不同的声音都是一位被诅咒的月神发出的，那这就意味着康是绑架了无数的人——这数量是这样庞大，他一定是月神族人被魔王抓走之前消失的罪魁祸首。

太对我摇摇头，沿着一列列的机器人走了过去，我都想一拳把他打醒，但是在这之前更要紧的是找出苏音。虽然我现在更应该把手头上的计划书送到皇都而不是担心这件事，我还是没法就这么离开太——起码现在不是时候。

"表弟……如果你在的话……请给我一点光……"

仔细听来，苏音微弱的低语听上去好像哪里都有，但又好像哪里都没有。她，跟那个我们碰见过的月神族女子一样，一定是被下了咒困在康的某一个机器人里了。想到这里，我不禁打了个寒战，没有人应受这样的命运折磨。

340

　　走进这机器人方阵，我抽出了剑，以免它们突然活过来，但是就算我走过这一排排的机械，它们依旧一动不动。灯笼在空中摇曳着火光，铜色的外壳里跳出点点黄色的火星。在方阵之后，我看见有几个造好了一部分的机器人一个挨着一个正躺在地上，有些只有未完成的躯干，暴露着内部的管线和齿轮。另外的那些要么是只接上了一两条大腿，要么是只有个脑袋和一个臂膀。离这地方最近的机器人并没有排在队列之中，而是面朝着这些半成品，它们的手里也没拿武器，而是拿着一些闪闪发光的工具。

　　它们这是在制造更多同类吗？康是在他的机械身上附了魔法让它们能够自我增殖吗？这就能解释为什么他会有这么多机器人了。而且如果他能让机器人制造机器人，那一定也有可能让它们去制造更复杂的东西——比如那些机械战龙和空中飞船。这一定是他打造手下舰队的方法了。很聪明……如果他手下的工人只是这些机械的话，那就不会有被叛徒出卖禀报皇上的风险了。如果康没有把这头脑用在作恶上的话，我可能还会很佩服他。

　　"你……人类姑娘……是你吗……"

　　"苏音？"我回过身去，身后空无一物。但就在这一霎间，我很肯定这声音确实是在我身后传来的……没有什么东西比声音更有指向性。

　　"这儿……我在这儿……"

　　这一次是确确实实就在我身旁了——那是在我左边的机

器人里传来的。脑子还没有反应过来会发生什么事的时候，我手中的剑已经不由自主地插进了这机器的躯干。

"安蕾！"太向我跑了过来。

我警觉地抬起眼，本以为会看见这机器的眼中会发出光芒，但是它的双眼中仍是漆黑一片。用力呼出口气，我把剑刃朝上一挑，因为只是单手持剑——另一只手里还攥着那卷书——这动作要更费力一些，弄得胳膊上的肌肉都有些颤抖，接着，机械结构破碎的声音传来，但这机器中并没有像之前一样迸发火花。

剑刃撕碎了机器人的肩胛骨，太跑到了我身旁，刚好挥剑斩断了浮现出的厉鬼黑影，都没让它来得及变换成实体形态。我抽出剑，一脚踢开了这机械的尸体，心脏急速泵着鲜血，紧紧握着手中的剑，提防着接下来的攻击动作。

但并没有期待中的攻击，相反，只有一个人形的阴影向上飞了出来，发出一声像是受尽痛苦般的哀鸣。接着，更多的阴影冲了出来，我向它们挥了挥剑，它们飞也似的逃跑了，就和那些走廊里我们见到过的场面一样。

接着从那倒下的机器中冒出来一阵烟雾似的东西，但形态却像是个人，洁白如皎洁明月、闪烁如水面波纹，不像之前见到的那位受诅咒月神，他看上去就是个人类的形态，有着一个高鼻梁和灰色的长辫子。

他并没有认出我们，只是慢慢消散在空中，带着一声长长的、鬼魅般的叹息。

342

"他……他不是你们族人吧?"我问道。

"是也不是,"太的脸上挂着一副反常的微笑,"他不是月神,但话说回来,我也不是——起码不全是。他曾经是人类,我也是——部分是。虽然和他不一样的是,我还活着。"

"他是个鬼?"

在太回答之前,另外一个东西从中浮现了出来。一开始,我还以为那是另一只厉鬼——而它看起来确实也很像,身体像是阴影一般,形状也如一只鹰隼——但是接着它改变了形态,慢慢拉长成了一个人类女性的样子。但她的脸仍然扭曲变形,鼻子在眼睛上方,嘴从一只耳朵咧到另外一只,横跨了整张面孔。她的嘴角动了动,却没有说出任何完整的词句——说出口的只有一些破碎的音节,接着,整个身体渐渐变黑、渐渐变小。我大张着嘴,发现她竟又变回到鹰隼的样子中去了,双臂压缩扭曲进她的躯干,但是有一部分躯体依然保持着透明,她并没有完全变成阴影。这鹰隼的双翅是扩张的双手变化成的,而就算本是鼻梁的地方凸起变成了类似鸟喙的结构,双眼看上去仍是人类的眼。

这生物张开了喙,发出一声凄厉的鸣叫,声音既像是厉鬼的嘶鸣,又像是女人的尖叫。它——或者她?从我们身旁忽地飞了过去。

我看着这个在灯笼阵中穿梭的生物,目瞪口呆。

"表弟?"

回过头看向机器人的方向,我正好见到苏音从那里浮了出来。她跟我们上一次见面的时候别无二致，只是有些凌乱抓狂的表情把脸上原本带着的那高高在上的气场一扫而空了。虽然她的身体仍是半透明、发着光，但好像比以往黯淡了不少，好像是有什么人在她身上施了黑魔法一般。

"苏音！"太变幻成月神的形态飞向她。

她张开口，好像要说话，接着口越张越大，发出一声震耳欲聋的尖叫，双手掐向太的喉咙。

太抓住了她的手腕："苏音！"

她的腿拼命蹬着，依然尖叫着——不，嘶鸣着。我举起手中的剑，可还没等我做什么动作，苏音突然停了下来："太？你是太吗？"

"确实是我。"太放开她的手腕。

我确认了一眼苏音的样子，不知道她身上发生了什么，看上去她没什么事，但她刚刚从一个魔法牢笼中逃出来，里面还装着厉鬼和……和什么，那到底是什么？人类的亡灵和受诅咒的月神，还能变形成动物的形态？

"你，"她指着我，手指颤抖着，"你是人类……你是人类！"她突然向我冲了过来，眼中冒着熊熊怒火。

我举起剑，但是没等她碰到我，太就已经一把拉住了她。

"苏音！"他使劲扯了她一下，把她的脸转向自己，"你怎么了？"

"地面……我被一股力量拉向了地面……"苏音放松下来，又看了我一眼，"安蕾？"

我点点头，不知道在这场面下应该说什么。

苏音双手抱住头，手指插进她飘散的黑发："整片大地就像是一块巨大的磁铁，而我就像是一颗铁钉……一小块铁钉……"她看着自己透明的双手，"我变成鬼了吗？"

"你是月神。"太的声音听上去很镇定，但是眉头紧皱，表情看上去充满了疑惑。

"当然……我们都曾经是月神。"苏音的眼睛睁得大大的。"太！表弟！你找到了我！"她又转头看看我，"你是那个帮我们从魔王手中逃出来的人类姑娘！你叫什么名字？"

"你刚刚才说过。"不管苏音被困期间在她身上发生了什么事，她现在都已经忘了自己是谁了——还有发生过的一切。

她挑了挑眉毛，表情中流露着鄙夷，但是起码看上去又能控制住自己了。"跟一个月神贵族说话注意点自己的态度，安蕾。"嘴上这么说，但她的眼睛里露出藏不住的惊慌，"我一定要说得快一些，趁着我现在还清醒。"

"什么——"

"听我说！"她打断我，"我被一股强大的力量拽向地面，我没有办法思考，也不知道到底发生了什么。接着一切就变成黑暗，我醒来之后黑暗也没有褪色。在黑暗中我什么也看不见，无法活动，也几乎说不出话。大部分时间，我也什么都听不见，虽然有时候能感受到周围有同类困住发出的叫喊，只是时不时地能听见一小段外面传来的声音。逐渐我开始忘记自己是谁，我只知道自己被困住了，需要攻出去，但是没有办法动弹。我那个时候已经不是我了，而是一个怪物的一部分。接着我就听到了你……听到了你们俩的声音……我试着呼唤你们，但是不知道你们听不听得见。在那之后，光亮涌进来，照亮了一切。"她的话越来越急促，甚至中间都不停下来喘口气："围在我身边的有一些也是月神——我们不能互相交流，我只能感受得到我们之间的连接。但是他们坏掉了，好像是被扭曲成了别的什么东西，甚至都没法辨认原本的形态。而这种扭曲变得越来越严重直到最后原来的他们一点也不剩了。"

"所以他们是被诅咒了吗？"太问。

"我们被拉向这片黑暗的那一瞬间就已经被诅咒了。"她的眼睛里闪过一丝奇怪的光，接着就向天上飞了过去。

"你要去哪儿？"太追着她飞向洞穴顶，机器人里出现的生物都堆在那里，形成了一个黑色的团簇。

苏音突然停了下来，接着向着我俯冲过来，嘴巴张着想要尖叫，但是在发出声音之前她在空中停了下来，表情上挂满了恐惧的神色："有什么东西……它一直在撕扯着我，告诉我要加入那些东西，告诉我们要战斗，要不停地战斗。"

"诅咒。"我想起了从机器人内部跑出来的那一个个身影，我意识到了什么，这想法实在是太过匪夷所思，我本想抛之脑后，但是亲眼看见这一切之后，我不能再自欺欺人了。

我看向太，他正站在苏音身旁，不知道他有没有想到同样的事情。

他的眼睛碰上了我的目光："厉鬼就是月神，是不是？这就是你想跟我说的，是吗？"他笑出了声。

迷惑中，我盯着他。

他笑得弯下了腰，蹲在地上，丢下了手里的剑："你是对的……你当然是对的……我一直希望我能找到什么东西证明你说的是错的，但这一切都在我们面前了……"他把脸埋在双膝之间，肩膀一颤一颤地抖动着。"而一想到，一直以来我都不知道我的族人身上到底在发生些什么，而真相就在我眼皮底下……"他的语言变成了艰涩的笑声。

创造出厉鬼的人是康，他打造了一个陷阱把一切的魂魄生命困在机器中，用它们驱动他的发明。有些是亡灵，有些是生灵——那些生灵便是月神。这就是他天才般的魔法背后的秘密——这一定是一种黑暗的魔法力量。这一次，我怒火中烧，热血涌上大脑，之前对他的一切怒气相比之下都不过尔尔。

在这魔法牢笼中，灵魂们会丧失自我，黑魔法使他们的心智被荼毒，精神被扭曲，苏音不过是被关了几个小时，但她已经开始忘记自己姓甚名谁了。过不了多久，那些受尽折磨的灵魂就会变成厉鬼……而那些侥幸逃离这个牢笼的魂魄便会攻击生者。

这意味着康要为所有我抗击过的厉鬼袭击负责，为每一条逝去的生命负责。这时，我的脑海中想起了那在康的旗舰上我所听到的我以为是父亲的声音，恐惧爬上了我的每一寸肌肤，我意识到那有可能真的就是他，被铜墙铁壁困在飞船之中，在黑魔法的折磨下迷失自我。而太和我曾经驾驶过的两艘飞船——也是被同样邪恶的能量驱动的。

我的胃绞痛着，口中泛起阵阵恶心的感觉，内疚刺痛着我的胸口。那些我们听到的低语——那都是鬼魂和月神……是那些我们本想要拯救的生灵啊。

热血涌上来，一切都要找康算账，就算是太阳的温度也不及我内心愤怒的热浪，我要一遍一遍地毁掉他，我要把他扔下地狱，亲眼看他被那些残酷的恶魔折磨，他给这个世界带来多少苦难和痛苦，就要让他承受多少。

太那疯狂的、毫无笑意的笑声在洞穴中回响。他跟我一样知道他的父亲犯下了怎样的滔天罪行，而就算是父子之情也无法让他回避这一切了。

一想到这里，悲伤击退了胸中的愤怒。我全身每一根神经、每一滴血液都充斥着对康的恨，但……我就算知道了这一切都是他所为，也根本无法舒心，就算揭发了他的恶行、曝光了他的本性，也没有一丝一毫胜利的感觉，我甚至……甚至希望这一切都不是真的。我希望他会是太心目中的那个形象—— 一个顽固、正义的领导者，一个战争英雄，一个关爱子女的父亲。

但是不管是多么希望，也不会把幻想变成现实，而我们更不能让这种不切实际的想法减缓我们行动的步伐。

"太！"我把剑收回皮夹，向他俯身过去，但当我要触碰到他的肩膀时，手从他身体里穿了过去，他变幻成月神的形态了。

太的脸依然埋在双膝之间，肩膀依然在不受控制的大笑中颤抖着。

"太！"

我看了一眼苏音，她好像是又找回自己的意识了，但是她的眼睛依然不停地看向天花板上那些游荡着的灵魂。

"苏音！"

她的目光忽地转向我："啊？"

"你……你还是你吗？"

她挑起一边眉毛："如果我不是的话，你会看出来的。"

至少那居高临下冷冰冰的态度证明了她还能控制住自己。诅咒的影响一定是在慢慢消退。"我需要你做些事情，而且这很重要。"我举起手中记载着康叛变计划的书简，"康计划要攻克皇城，自己上位称帝，这里有他的计划——足以证明他叛国。我需要你把这送到皇上那里去。"作为月神族，苏音有能力直接把自己传送到中京。

苏音抱起手臂："月神不会凑热闹干涉人类政治的。"我有些退缩，但是她伸出了一只手："但康也是我们的敌人，我親自送過去。"

我把書簡遞給了她。

她看了太一眼，有些犹豫："你會把他帶出去吧？"

"當然了。"

收到肯定的答复，蘇音飛走了，在飛出洞穴入口的一瞬間化成了一道銀色的閃電消失在空中。

我吸了一大口氣，在太身旁單膝跪地，他還在狂亂地大笑著。"停下來！你為什麼總要這麼笑？"

太抬頭看了我一眼，那癲狂的上揚嘴角比任何淚水都要悲傷許多："因為我一直都是這樣。當你作為一個沒人要的孩子長大的時候，你就會開始懷疑這個世界會不會沒有你更好。如果你把身邊的事情都看得很重，每條深渠、每把利刃都會變成是解脫的邀請函。所以我就笑……我笑我的人生就是一場滑稽劇。"

這些話像一柄尖刀一樣插在我的心上，多希望我明白該怎麼樣緩解他的痛苦。

"我當時就應該放你去殺了他。況且不論怎麼樣他現在都一定是死罪難逃了。那樣你還有可能報仇雪恨。"太慢慢變成了人類的形態，顏色回到了他的臉上，"我的父親是一定要死的。"

"他是惡魔。"不知道這時候除了這個還能說些什麼，我內心極度渴求這時候能說出一些溫暖人心的話語，消除這些我無法理解的傷痛，但是大腦中的詞匯就算是在我最靈光的时候也没有多少，而现在更是一片空白。

"我知道。"他抬起头，虽然脸上依然挂着一副扭曲的笑容，但眼睛中闪烁着泪光，"我觉得其实我内心中有一部分一直都是明白的，他从来都不会是你口中的那种'好人'。虽然强大又有智慧，但从来不表达善意，也没有悲悯。但依然，我希望相信他所做的一切最终都是为了别人好。这就像是有两个他—— 一个是这个世界看见的总督，而另一个是我所相信的父亲形象。我不停地告诉自己后者才是真实的他，那些他表现出的残暴只不过是为政局所迫或是有什么难言之隐，这不是真实的他……毕竟，我的母亲是那么爱他，都愿意为了他离开自己的族人……可能他在我母亲去世之前不是这样吧，那个时候我还太小不怎么记事，但是……我记着那时候有过快乐，有过爱。"

"你为什么要告诉我这些？"

"我不知道。"太用手捂着双眼，泪水划过他的脸颊，"大概只是因为你在这儿吧，而我也不太会察言观色，也不够体贴，都没问你到底会不会在意这些东西。"

"我当然在意！我确实不会说话，但这不代表我不关心。"

"我不太习惯别人的关心。"他放下手，深深吸了口气，"我被父亲手下的人轮流照看长大。生命中唯一不曾离开的人就是他，而我只能抓住这一根救命稻草，只能相信他是在用自己的方式关心我。而我那些月神族的亲戚早就明明白白地告诉我他们根本不在意我了。小的时候，我问过他们能不能跟他们一起生活，因为在母亲去世之后，父亲都几乎没法看我。我以为他们会给我一个新家，但是他们说我不是他们中的一员——我也永远变不成月神族人。所以……我谁也不是。"

"不会有人谁也不是的。"我的话语自己听上去都没什么意义，这让我感到有些难受，"我们……我们不能再待在这里了。"

叹了口气，太站起身来，慢慢弯下腰拾起地上的武器："就算是发生了所有这一切，我也都希望相信他内心中仍有善意。虽然我猜到了此时这也已经没什么用了。"

有什么东西吸引了太的注意，他冲过一排排的机器人行伍，向着洞穴墙壁跑了过去。我站起身来跟在他身后，不知道他又要发什么疯。

他面前的是嵌在墙体里的一处空穴，里面坐落着一间漆成红色的神龛，像是处微缩版的庙宇。镀金的琉璃瓦装点着三层屋顶，飞檐上雕刻着小巧的金色飞龙，屋檐下是一座贵族女子的瓷像，她上身着一件绣花蓝袍，下身是一袭白色拖地长裙，头戴花饰，耳挂坠流苏。而在她身后，一幅巨大的镶着金边的字幅挂在墙上。

在洞穴的阴影中有一个古朴的玻璃匣子，上面的玻璃是我一生中见过的最为晶莹剔透纯洁无瑕的透明物质，里面躺着一个女子——与那神龛里瓷器塑成的女子是同一个人，穿着打扮也都一致。那洁白如雪的皮肤没有一丝皱纹，像珠玉般晶莹，她不是个小姑娘，但也并不年长。紧闭的双眼上是长长的睫毛和乌黑的柳叶眉，她的面容看上去有些眼熟——那下巴的弧度，那唇齿的特点。她双手平放在腹部，看上去好像是睡着了一样。

虽然我们身处坟冢之中，但我也从来没有见过这里有任何人是被埋葬在玻璃棺材里的。

太的剑摔落在脚边，砸在石地板上发出叮当的声音，他像是失了魂一样跪了下来，一只手颤抖着放到玻璃板上。

"母亲……"

康一定是用了某种法术保存了她的遗体。太遗传了不少她样貌的特点——尤其是那线条分明的颧骨，但是他说过他母亲去世的时候他不过才六岁。我感到有些不适，康在准备造反的时候一直都陪着他亡妻的尸体，这个人不单单爱上了她——他一定是对她着了魔。

"我——我不明白。"太震惊地盯着母亲毫无血色的面容，"父亲告诉我她是在一次海难中去世的……他们一直都没有找到她的遗体……"

我走过去，在他身边蹲了下来："他一定是对你撒了谎。"

太摇摇头，嘴角又泛上了那并无笑意的笑容，喉头咳出阵阵痛苦的笑。他张张嘴，好像是要说什么，但是一句话也没说出口。

我犹豫了一下，接着把手放在他的肩上："太……"

　　他扑进了我的怀里，头埋在我肩上，那笑声逐渐变音成为痛苦的呜咽。我双臂紧紧环绕着他的背，这时候我说些什么能让他好受一些呢？有一个人在你面前亲眼见到自己所曾相信的一切都一点点崩塌，而每每揭露的现实都残酷异常的时候，你又能对他说什么呢？我从来没有感觉到这般无助，我们就这样紧紧相拥在一起，他的泪水浸透了我的衣衫，我只能希望我的心跳能代替语言安慰他了。神仙菩萨们，求您发发善心带走他的痛苦吧……

　　"你无权进入这里。"一个低沉、不祥的声音从身后隆隆响起。

　　我和太同时抬头，震惊地发现从神龛后的石墙内浮现出一个身影，仿佛穿过水面一般走过这块石头，他不是别人，正是康。

/第三十章/
无敌舰队

康盯着我，黑着的脸仿佛比他身穿的黑曜石般的长袍还要阴暗。恨意冲破我的胸口，让我理智全无，我跳起来，抓住剑，向他冲了过去，一心想要杀了这个恶贯满盈的叛国贼、杀人犯。

但立刻，同一块石头中浮现出一个机器人，挡在他面前，拦下了我劈砍过去的剑。我扭动着挣脱开卡住的剑身，但接着第二个、第三个、第四个机器人也纷纷从墙体中走了出来。接下来我的全部精力都被这些机器牵扯，疲于应对来袭的一支支铜剑，康大步走过，就当我根本不存在一样。

愤恨和不甘撕扯着我的内心，仿佛要把我撕裂一般，我拼命地挥舞剑身想要杀出重围，但在数量的劣势面前根本无能为力。唯一能够让这些东西停下来的方法就是捅穿它们的躯体，但是我自己一个人根本做不到。

"太！"

他依然跪在母亲的棺材前，但是泪水已经干涸，只是保持着同样的姿势，简直宛如一座雕塑。我都想冲上前去给他一巴掌把他扇回现实，但在这四个难缠的机器人包夹之下，我根本过不去。

"住手。"虽然离得很远，康的声音听上去还是十分有力，弄得整个洞穴都是他的回音。

那些机器人停了下来，立正站好。

怒气未减，我把利刃捅进了离我最近的那个机械的躯体里，它发出破碎的声音，金属结构被震碎爆出火花，让我心情稍微平复了下来。接着厉鬼从中出现，我又冲上前去把它们削成了碎片，但就算是这样也并没有任何的成就感——我只不过是在一帮静止的机器上白白浪费体力罢了。

身前，机械大军慢慢苏醒了，齿轮转动和液压部件轰鸣的声音传来，它们的眼中慢慢亮起黄色的光。我的胃里反上来一股沉重而又恶心的感觉。

"别犯蠢了，你以为你能在这种状况下杀出去吗？"康走过来，脸上带着轻蔑的表情。他手中抓着个铜做的装置——正是我们在那间屋子里见过的那件，不过现在那里面正中的圆形笼子里放着正闪闪发光的江珠。整个设备周围笼罩着一阵白色火花闪耀出的雾，好像有什么人把天上的星星摘下来放在了它周围。

就算是离得这样远，我也能感受得到它嗡嗡着发出的魔法能量穿过我的骨髓。那能量发出的是一种低沉微妙的共振，仿佛是有生命一样。

同时传来的水花声让我把目光看向了湖面，那一条条铜色的飞船这时活动起来了，螺旋桨开始转动，引擎开始轰鸣。庞大舰队喷出的白色蒸汽在空中凝成一朵云彩，淹没了那一盏盏灯笼。战龙也纷纷从沉睡中醒来，开始扭动它们那巨大的身躯，发出金属碰撞的声响。那鬼魅般的声音变得更大了，一阵战栗传过我全身。

"真可惜。"康在我面前几步开外停下脚步，"我还挺期待我们的婚礼的。"

我瞪着他："你的计划已经失败了，我们已经警告了皇上你要造反。"

"我知道，"他这镇定的样子让我感到了一股浸透骨髓的寒冷，"这只会让我今晚就开始行动罢了——比计划中的时间提前了一些，但是也没关系。皇上可能会知道我已经攻向皇城，但是他是没什么办法阻止我的。"

"你怎么知道的？"

康指了指他出现的地方："这个传送门连接着我的宫殿，本质上是把这片地方变成了挨在一起的房间。当我回到房间的时候，我刚好透过墙听到你跟那个月神族姑娘的对话，说要把我的计划呈给皇上。"

"她是你侄女！你怎么忍心下手把她困在那种地方？"

"我也没法选择谁会被困谁不会，所以她不应该把这当成是私人恩怨。不过这也无所谓，多年以前我就已经弄清楚对某些人而言家族这个概念不足一提了。"他瞥了太一眼，太仍然趴在自己母亲的坟前，"就说说你吧，我知道你是那个所谓的蒙面盗侠，什么样的逆子会从他父亲手里偷东西？"他转回身子，脸上一副恶心的表情，大步走向那片湖泊，身上闪出一阵光芒，接着变幻成透明、发光的形态——月神的形态，"我说过我会把偷走了江珠的人当作是叛徒抓起来，现在这句话依然成立。你们两个都会被公开处决，黛蓝的村民也会被逐出我的城市。"

他竟然会把我们称作叛徒，这让我差点笑出声。不过他会这么快就把我从一个新娘打成囚犯，这一点也不出我意料，但这么随意地说要处决太听上去实在是让人感到彻骨寒冷。这样一个残忍无情的人怎么会是太的父亲？

陪着康进来的那三只机器人再一次苏醒了，它们扔下了手中的剑，张开铁爪向我扑了过来。

我举起剑，但没有继续，跟这些东西作战根本毫无意义；我自己一个人没法摧毁任何一件机器，而就算我可以，打败一个更多的也会替上来。虽然我并不想夹着尾巴逃跑，但有的时候这是唯一的办法。

我冲向太，抓住了他的胳膊，把他扯了起来："快跑！来啊！"

太看了我一眼，瞪大的泪眼中带着困惑。我跑了起来，以为他会跟上来，但接着又停下了脚步，因为他并没有在我身后。

相反，他以月神的形态呼啸着冲过湖面，向着康飞了过去。

358

他这是想要干什么？

那些机器人向我冲过来，我往前一冲，虽然我并不知道自己要往哪里去。那些机器的脚砸在石头上发出叮叮当当的声音。面前洞穴的边缘和湖泊的水面间距越来越窄，最后只剩下几米干地。

感到身后有一个动作，我转过身去，发现有一个机器人正伸手抓向我的胳膊，一闪避，我一脚狠狠踢向它的躯干。它趔趄了两步跌进湖中，消失在水面之下。

我继续往前跑，时不时回头看看它有没有从湖里爬出来。那铜色的手指正死死扒在水边的石头上。虽然它把自己的头已经拉了起来，但是看上去很难完全从水中脱身。它们不会游泳！身后有两个正追着我，还有五个加入这场追捕，我最好的办法就是纵身跳进湖里。

但我还没起跳，一只金属的手掌已经抓住了我的肩膀，虽然我拼尽全力想要甩开它，却怎么也挣脱不开。绝望中，我挥剑斩过去，但只是发出了一声没有用的金属碰撞响声。

"父亲！"太的声音在整个空间中回响。

我抬头看见他落在了一艘巨舰的甲板上。已经变回人类形态的康手里依然拿着装着江珠的装置，没有理会太的呼喊，只是大步走向舰艉，身旁两个早已登舰的机器人簇拥着他。

"父亲！"太抓向康的肩膀，但手直接穿体而过。

我挑了挑眉毛，跟太一样迷惑不已。对人类而言月神是无法触碰的，但是反过来却不同。太应该可以碰到他的父亲，就像之前在地狱外能触碰到我一样。

太的身体逐渐变成实体，重新变成了人类，他跑向康，再一次伸手向他抓过去，这一次，他的手抓住了康的肩膀，康转身面向太。

"我母亲知道吗？"太的声音有些嘶哑，"是因为她发现了你的黑魔法吗？是因为这个你杀了她吗？"

令我感到有些意外的是，康的表情柔和下来，笼罩上一层巨大的哀伤："我整个人都深爱着她。"他说出的话语竟然会是这样温和，让我差点把这声音认成是别人。平日里那暴虐的习性和邪恶的力量这个时候从他身上消失了，取而代之的是一种由内而外散发的下坠般的痛苦。

整个洞穴仿佛都被这痛苦染上了悲伤，螺旋桨停止了转动，引擎也不再轰鸣。那些机器人也停下了动作，就连抓着我的机械手也松了下来。

在飞船的甲板上，太盯着他的父亲："回答我！"

康长长地呼出一口叹息，看见他是这样……有人情味……我都有点讶异。这时他已不再是我心中那个恶魔般的怪物。"我告诉你她的死是一个意外，这不是谎言。是，她发现了这个地方，跟你一样。而且跟你一样，她也不同意我的方法。我试着让她理解……我的毕生梦想就是能和她一起统治这个国家，作为皇上和皇后。但是那个时候她听不进去……而是想用武力阻止我，我只是自我防卫了一下……我从来都不想让她死。"

太的表情中震惊和悲伤的情感糅成一团。就算是从我这里看过去，那悲伤都清晰可见，我感到那情感像把尖刀刺进我的心口。从我们发现他母亲的遗体的时候，事实真相就已经显而易见了，但是听康亲口说出来让这本就残酷的现实更加难以接受。我的眼睛里像是进了沙子一样难受，这时多希望自己是天上全知全能的神仙，能改变过去，改写这一段悲伤的现实。

"每一次我看向你，我的眼中都是她的模样。"康继续说道，"这就是为什么我都不能忍受接近你——因为每见你一面，我都会想起她的死。"

惊讶之余，愤怒涌上心口，康亲手杀了自己的妻子——不管是事故还是怎样。我不觉得我对他的恨意还能增添更多，但是这仇恨仿佛没有尽头。

康把手放到太的脸上："儿子啊，你是她的一部分，我应该早就预见到你会和她一样背叛我。"

一阵银光从康的袖口闪过，这动作是这么快，我差点没看清，他掏出了一把短剑刺进了太的肚子。

我的喉咙深处撕扯出一声尖叫。

太踉跄着退了几步，衣服上绽开一大片血渍，康冷冷地回转过身去。两个机器人分别拖着太的两只胳膊，把他向栏杆拖了过去。他看上去太过震惊，都忘记了反抗，被直挺挺地从飞船上扔了下来。

血管里的血液仿佛瞬间沸腾了，身体中像是涌起一股巨大的能量让我挣脱了被抓着的手臂。那个机器人又向我扑过来，但我一闪，接着一跃跳进湖中，冰冷的水浸没了我的全身。

飞船的螺旋桨嗡嗡着重新转动起来，我的心里只有一个想法，就是现在要到太的身边去。向着那艘飞船拼命划水游过去，扑腾了好几下这才发现手上还拿着剑，我用另一只手打了下水，把剑塞回背后的皮夹里，冰冷的湖水窜进我嘴里，泛上一股苦涩的味道。

铁器让我身体有些沉重，但还是逼着自己往前划水前进。太漂在我前面几米开外，看上去四肢软软的毫无力气，我在心里默默向上天祈祷可一定要赶得上啊。

周围的飞船和机械龙逐渐靠岸，降下了甲板上的跳板。机器人排成整齐的队列踏步，一排排登上了舰艇，还有一些留在岸边沿着湖来回巡逻，好像是在等我上岸。

在前面，太慢慢地沉了下去。

不，不，不……

我的心脏像是敲着鼓一样怦怦直跳，心中默喊着：快！快！快！逼着身体的动作快点再快点，潜入水中强睁双眼，一束束铜色的光线穿透水面，虽然水下依然十分昏暗，但已足以让我看清他的身影了。漆黑的血萦绕在周围，我一把抓住了他随波摆动着的手腕，把他向我拉过来，接着抓住另外一只垂在肩膀下的胳膊，抱住了他的躯体。双脚用力一蹬，我带着他一起向水面浮了过去。

我的头冲出湖面，大口大口地呼吸着空气，太无力的身体挂在我手臂上，但是我不愿意相信他已经死了。周边船只螺旋桨掀起的浪花打在我的脸上，我咳了一声，焦虑地望向四周。这时候到底应该去哪里才好啊？

飞船纷纷从湖中升起，向着天花板飞过去，撞开了那悬浮着的一盏盏灯笼。机械战龙蛇行般钻入空中，呼出阵阵蒸汽。洞顶破开一道裂口，一缕清晨的阳光洒进来，接着在这道裂口周围裂开了更多的细小裂痕，不比沙砾大多少的细碎的石子如雨般从天而降。那裂口逐渐变成了一个洞，慢慢越变越大，洞外的天地涌入眼帘。

那些细小的石子对铜墙铁壁的机器并不会造成什么影响，但是砸在我身上划伤了我的皮肤，我低下头眯起眼，不过因为在水中要保持体力需要大口呼吸，一些碎屑飞进了我的嘴里。我能感觉得到身体正在慢慢变得越来越沉重，背上背着剑，怀里搂着太，这让我身上的力气渐渐变得衰竭了。但是我不会丢掉他们的，一个是我父亲留下的宝贵遗产，而另一个……

就算太现在已经回天乏术，我也不会把他留在这漆黑的湖底的。

他现在还没死……他不能就这么死了……

碎石雨渐渐停了下来，我睁开双眼，发现这整片掏空的山体几乎都消失了，上方没有了一点遮蔽，眼前的是一片带

363

着点点白云的蔚蓝天空，清晨第一束阳光照在康的舰队高大的帆面上，勾勒出那千帆百舸一同升空的壮观场景。在舰队周围，机械战龙优雅地在空中巡游。

这场面既宏大又让人胆寒——这仿佛是一只正打着呵欠从睡梦中醒来的姿态优美的猛兽，而下一秒，天下都将为之颤抖。

第三十一章

自愿的神灵

　　湖水溅到了脸上，身体有点下沉，把自己和太都托出水面要消耗巨大的体力，我现在好像有点吃不消了。抬头四处望了望，我很怀疑自己还能不能在那些机器人跑过去之前游到岸上。

　　康的舰队大部分都已经起飞了，不过湖面上还是留下了几艘舰艇，这些一定还没有完工没法正常运转，骨架里还都空空荡荡的，也没有挂上帆。离我们最近的是一条铜龙，边上开着一扇圆形的门。看上去它已经造好了，但是一定是里面没有来得及安装引擎或者什么关键部件，不然也不会被留在这里。不过不管怎么样，它离岸边很远。

　　手臂里夹着太，我拼尽全力游过去，每每划一次水，都能发现自己因为疲惫又在水中下沉了几厘米，不过我还是设法保持口鼻浮出湖面，没有呛到水。

　　终于，我碰到了这件巨大机械的边沿，狼狈地爬进去，再把太拉进来，我瘫倒在他旁边，止不住地咳嗽着，双腿像是灌了铅了一样，但我还是强迫着自己坐了起来。太仰面朝上躺在我旁边，还是一动不动。我的眼底有些疼痛，脸上湿漉漉的，不知道是刚刚沾上的湖水还是我流出的眼泪。

"求求你……"

我把耳朵贴到他胸口，那里传来一声微弱的心跳声，这让我心里的大石落了下来。但这庆幸并没有持续太久，因为我发现他的整件外衣都沾染上血渍的红黑颜色。我可能是把他从湖里捞起来了，但是我没法替他止血。他需要一个医生——不，一个奇迹。

他马上就要死了，而我什么也做不了。

呜咽声在龙肚子里回响，我的心疼得让我想把它掏出来扔进湖里。如果有什么办法能让我减少自己生命换他活下来，我一定会做的。

这一切都还没有结束。这场战斗还没完——他的心还没有停止跳动。

在上方，初升的太阳洒下温暖的日光照亮了剩下的洞穴墙壁。

这些墙体……大部分都消失了……太说过上面附有魔法能阻止他以月神的形态穿过，我也记得苏音离开的时候也并没有直接从中消失，而是飞向了门廊。但是如果这些墙壁都已经没有了，可能那魔法也……

"苏音！"我叫着她的名字，因为她是唯一一个我认识的知道我们现在在这里的人，"救救我们！太——太他受伤了！有人吗？救命啊！求求你了……求求你……"

一道耀眼的、像是女子剪影的光从空中落下，出现在我们面前，正好悬浮在铜龙门前的水面处。有那么一会儿，我以为是苏音，但是随着亮光逐渐变弱，显出的竟是伊布司徒的面孔，她飘浮在空中，白色的衣衫和木制的珠串外笼罩着一层银色的光晕。

我惊讶地吸了口气："你也是月神吗？"

她温柔地微笑着："不，但是我最近完成了一个魔法工作，能让我的灵魂短暂脱离我的身体。这就是我说过你们到寺庙之前我在做的事情——在灵界发生了这么多稀奇古怪的事情，我觉得有必要这么做。我的肉身现在还在白鹤山。"

我惊叹于她的神技……能把灵魂游离出自己的身体，这种事我之前只从神话传说中听过。虽然我有点想问问她是如何找到我们的，看着太现在这个样子，我也顾不上问这个问题了。她的目光落在太的身上，把一只手放在他额头上，手指间爆出蓝色的火花。

太的眼皮缓缓睁开了："伊布司徒？"

"这儿有我在。"看见他的伤口，她的表情变得阴郁起来，"但是你的伤口仅凭我的能力是无法治愈的。只有江珠的力量能够救你一命——你必须告诉我们你在康手里的古籍中都看到了些什么。"

太发出一声干涩的笑，但接着变成了阵阵咳嗽声："那不会管用的。"

"为什么？"我问道，"你在我身上不是用过那种力量吗——你当时是怎么做的？"

他摇了摇头。

伊布司徒的眉毛低垂："说吧，太，这可不是藏着掖着的时候了。"

"这当然得藏起来了，"他看上去好像是想挤出一副微笑，"现在我就能把秘密带进坟墓里了。"

伊布司徒发出一声鼻息，她打了个响指，接着太突然僵住了。魔法的光辉围绕着他的身体，他整个人都被或金色或白色的火花包裹了起来。

我看着伊布司徒："你刚刚做了什么？"

"我实在是受不了他的这些冷笑话了，所以我把他周围的时间凝固住了。"

我瞪大了双眼。

她微微一笑："很显然他是不愿意回答我们的问题了，但我们也没有时间跟他掰扯这些有的没的，这个魔法起码能让他的伤势不再恶化。"她挥了挥手，太的眼皮合上了，"好了，这样在他等着的时候眼睛也不会变干了。"

"等什么？"

"等你救他。我刚刚说了，只有江珠能够治愈他现在这处伤口。这个魔法失效的时候，对他来说就相当于只过了短短一秒而已。我们那个时候再问他应该怎么做就好了。我这个法术没法持续太久——不会比我维持这种灵魂出窍的状态久多少的——但是这至少能给他带来一丝生机。"

368

"你走了以后我应该怎么解开这道咒法呢？"

"这个咒法会自动解除的——可能在我消失一个小时之后吧。"

我挠着头："江珠被康带到他的飞船上去了，我应该怎么一个人取走它啊。"

"你不是一个人——你还有我。"她跪坐下来，"我被一阵巨大的黑魔法爆发吸引到这片区域里，降落的时候就听见你的声音，发生什么事了？"

我解释着我们一晚上的发现，语速是那么快都有些前言不搭后语。我告诉她机器人部队的事，康计划夺取皇位的事，还有我们总结的康困住灵魂为自己所用驱动机器，但是这陷阱魔法让他们丧失心智变成怪物，也就是厉鬼的事。

伊布司徒挑了挑嘴角，露出一副略带讽刺意味的笑："看上去太之所以能够免于被抓和他之所以没有被魔王带走的原因一样：那就是因为他是个混血。正是月神们看不起他的一点救了他，让他免于他们悲惨的命运。"

但我笑不出来："我也不喜欢那些高高在上的月神，但是我也不希望他们会受此折磨，必须要阻止这一切。"

她默默地点点头："现在一切都能解释清楚了。你离开白鹤山之后，我了解到厉鬼实际上是被人间的某人引出来的祸患，他制造了一个连接人界和其他世界的链。但是我并没有办法找到这条链的源头。我只是很肯定如果这条链被掐断的话，那些厉鬼就会回到属于它们的地方去，我们也就能永远摆脱它们了。"

"也就是说康是这条连接着两个世界的链。"

"没错，厉鬼的存在和他的生命息息相关。为了制造你刚刚提到的那些机器，他一定是强迫那些灵魂像机械一样工作。那黑魔法中的诅咒一定是逼着他们只会记住纯粹的恶意，而且会一同行动。这就是为什么厉鬼会无差别对人类发起攻击，而且经常会是成群行动。这也是为什么有一些厉鬼的形态就像是很多个生物绑在一起一样，它们那个时候已经变得毫无情感没有理智了。"

这就能解释它们的行为为什么会这么没有规律可循了，它们并没有什么目的，也没有实在的生命——它们的灵魂都被抽走了，什么都不剩只有破坏的本能。"而它们会变成动物的形态就是因为忘了自己究竟是谁了，"我喃喃自语，"这是不是意味着它们之后都会被谴下地狱啊？"

伊布司徒摊摊手："我不知道，但不觉得会这样——天界的守门人应该不会如此残忍，对那些被他人诅咒的受害者降下天罚。我相信那些人的生命在变成厉鬼的时候就已经消逝了，但是灵魂被这锁链拴着无法升天。可能杀掉他们，你是在帮他们解脱。"

我回想起作为黛蓝守卫的日子。不管我们杀掉多少只厉鬼，总会有更多的出现，生出这些怪物的源头仿佛没有尽头。"这么多只厉鬼是从哪里来的？我知道毁掉康的机器会释放它们，但是康也不可能有这么多件机器被毁，不

370

是吗？"

"他的魔法一定是没有强大到能够将这些灵魂永久禁锢，而那些逃出的就会变成我们面对过的那些东西。它们聚成一个个小团体漫无目的地在人间游荡，直到碰在一起汇聚成一大群。你刚刚提到每斩碎一个机器人都会出来十几只厉鬼。这也就说明康为了驱动那些庞大的舰艇可能会需要上百只，甚至上千只灵魂。而他也必须不断为自己打造的舰队补充新的灵魂。我估计那其中大部分都是死者的亡灵，月神只是一小部分而已。"伊布司徒抿了抿嘴，"魔王抓走月神是因为他知道有人利用他们在开发黑暗魔法，而这有可能会威胁到他；跟我一样，他也感受到了那片正蔓延在大地之上的黑影，而且和我一样，他不知道这是从何而来。从某种程度上说，他的做法，保护了月神一族，虽然他的目的可能只是想切断这个潜在威胁的魔法供应。"

"所以我们当时解放月神，实际上是把他们推向了更危险的境地？"如果太现在清醒着，一定会笑出声，我听到这个都有些想笑。我们费了千辛万苦闯进地狱解救月神，结果实际上是把他们推向了更残酷的刀山火海。

但是这些关于康利用魔法作恶的对话并没法让我找到阻止他的方法。

"你能把我带到那支舰队里去吗？"我问。

"恐怕我做不到。"伊布司徒叹了口气，"我这种形态可以施加咒语，但是另一方面，我现在并没法触碰真实世界的物体，而且对他人施飞行的魔法并不是我擅长的那一类——就像你可能是个剑术天才但不会开弓一样。"

湖中央闪过一阵刺眼的银光，接着这束光幻化成了一群月神。苏音站在中间，十多位月神族男女围在她旁边，他们身上的长袍随风飘动着。"太！"她向四周张望着喊道，"那支舰队跑到哪里去了？"

"苏音！"我挥挥手。

她看了我一眼，接着消失了，一眨眼，就已经出现在了我们面前，目光闪向太："我表弟出什么事了？"

"他想当面质问康，结果……伊布司徒施了咒法能让伤势减缓发作，但是只有江珠能治愈他。"

"我早就应该预料到太会做这种蠢事。"她嘲弄地说。

这麻木不仁的表现让我气上眉梢："为什么你——"

"我们也很担心他，"伊布司徒打断了我，意味深长地看了我一眼。

我皱起眉头，是不是刚刚我误会了什么。苏音看上去确实好像是一副漠不关心的态度，但她还是为了太回来了。

苏音甩了甩头发："不提这些，我已经把消息交给皇上了，接着回去召集了我们剩下的同胞，毁掉这些机器就能救出被困的我们一族了。它们跑到哪儿去了？"

我指了指天空："它们离开了。"

"那我们现在就去追。"

"等等！"趁她还没消失我叫喊出来，"太一开始质问康的时候是月神的形态，而康那时候是人形，可是太碰不到他的身体。”

苏音挑起眉毛：“这不可能。”

伊布司徒转身面向苏音：“你有什么资格判定什么魔法可能什么魔法不可能？我之前就听说过有一种法术保护人类不受任何灵魂伤害——不管是亡灵还是生灵。考虑到康一直在和这些东西打交道，他一定是在自己身上施过法，不然他创造出来的这么多只厉鬼早就把他撕成碎片了。”

苏音皱起眉头：“所以我们之中谁也奈何不了他了吗？”

“有一个人可以。”伊布司徒的目光落在我的身上。

我抬起头：“把我送到那艘船上去，我来打倒他。你能……把我带过去吗？”

“我做不到，”苏音哼了一声，“我们这里没人有这么多力量可以做到这一点。”

“没人……”我转向伊布司徒，“这个机器是灵魂所驱动的——不管这是活着的灵魂还是已死之人的。”

“现在有一个办法，”伊布司徒的眼睛向周围看了看，四周是机械战龙的金属内壁，“康不顾那些灵魂的意愿绑架它们是因为这比劝服容易得多。但是这并不意味着如果是自愿进入的话这机械就不能工作了。”

苏音高声地大笑起来：“你简直是在痴人说梦！我刚刚才从这牢笼里逃出来——我为什么要回去？”

“如果你让我把话说完，说不定你就能理解。”伊布司徒抱起胳膊，"你之所以会受诅咒的折磨是因为是康强迫你进去的。而如果灵魂是下定决心自愿进入的话，是不会经受同样的折磨的。我们只需要听从机器里传来的指令就可以了。而且我说'我们'是因为我现在也是灵魂的形态，也很乐意进入这台机器帮安蕾，把她送到康那里去。但是只有我自己的力量是不够的，况且安蕾也没法在没人帮助的情形下独自一人直面康。"

"我自己对付他绰绰有余的！"我反驳道。

伊布司徒挑起一边的眉毛："我的意思是他周围会有护卫。"

对……康是不可能独自现身暴露自己的，我也不至于会痴心妄想到觉得自己能杀光那一片机器人大军。

"我们来的时候就已经做好战斗的准备了。"苏音向族人挥挥手，"人挡杀人，佛挡杀佛，我们会扫清前进路上的一切障碍的。"

"但是不要忘了，只有安蕾能杀死康。"伊布司徒伸出手，"我是一定要把她带过去，你愿意帮我们一把吗？为了打败我们共同的敌人。"

苏音撇了撇嘴。

我的心脏紧张得直打鼓："我们没有太多时间可以犹豫了，如果我们现在不出发的话，可能会追不上他们。"我感觉自己的目光又被太引了过去，他现在还一动不动地躺在我脚边，心中默默地想到，如果这道魔咒在我拿到江珠之前失效的话……他就会死。

苏音傲慢地看了我一眼，在面前消失了。

"苏音！"

在我说出下一句话之前，她又出现了，陪她一起过来的是一群七七八八的月神族人，他们密集地站在她身后，像一堵晃动的墙。

其中一位头顶灰色发髻的老者——面向她开口说道："大小姐，这就是你说的那个人类女孩吗？你确定她能打败康？"

"你是在质疑我吗？"虽然老人比她身高高一头，但苏音不知怎么的气势上好像盖过去许多，接着，她回身朝伊布司徒说道："告诉我们应该怎么做。"

从外面看，面前这一扇圆形的窗正是这条龙的右眼。眼睛往下一看，窗台下方的正是控制整条机器的操作台。虽然这一堆不同颜色的按键、发光的灯，还有铜制的拉杆好像是一团乱麻让人理不清头绪，不过接近过去仔细观察一下还是能发现这与我之前和太一同驾驶过的那两艘飞船区别并不太大。

一想到他，我的心就忽地一紧。他依然躺在战龙腹部的空洞里——这附近并没有床位供他休息，而我也不打算扔下他自己上路。

我能感受得到周围生灵的气息，那是伊布司徒、苏音，还有月神族的战士们——他们现在就在这墙体中、这地板里，还有控制台内。他们就是这架人造猛兽的灵魂。

拨动旋钮，启动引擎，如果我刚刚对伊布司徒那番话的理解没错的话，这会儿对现正嵌在里面的生灵发出指令，他们接下来的一系列动作搭配上这机器的运作就能激活这架装甲战龙。

我推动了一柄扳手，下达了起飞的指令，接着把转速表调到最高。希望我能及时追上康的步伐。

龙的身体内的引擎咆哮着转动起来，升起的同时发出机械部件摩擦、魔法生效爆出火花的响声，被里面生灵的力量驱动着。虽然我是唯一一个站在控制台后面的人，但我知道我并不孤单。只要距离康所在的飞船足够近，接舷作战的时候，伊布司徒、苏音，还有她挑选的七八位月神族人就会从龙体中现身跟我一起加入战斗。剩下那些月神会继续驱动这艘战龙掩护我们，拦下舰队其余部队的援兵。

洞穴和外界的光景慢慢演化出了别样的色彩——逐渐高升的太阳为它镀上了一层或铜或绿的颜色。几分钟之后，我飞上了天空。

战龙的飞行逐渐稳定下来，飘浮在洁白的云海之中，我望了望四周，看见前方康的舰队正在迎着阳光飞过去——也就是朝向东方的皇都。竟然还没飞太远，仍然能从视线中看到，这让我有点诧异。

我转动舵轮，把方向对准了那飞行着的庞大舰队。虽然我已经有好几个小时没有休息了，也一直没吃东西，但是我却感受不到一丝一毫的疲惫。我并没有动控制杆，但我们的座驾的速度却逐渐提了起来——那些生灵一定是跟我一样看见了这支舰队，所以加大了追赶的力度。这机器现在已经有自己的主意了。

窗外，这只龙张开了血盆大口，一团火球从中喷出，冲向了那支舰队，它击中了一条护在侧翼的小船，大火吞噬了甲板和桅杆。我看着这熊熊燃烧的火焰，心想这一下它应该是彻底丧失战斗能力了。龙再一次射出一团火，但这一次偏了出去。我看见台子上有一个摇杆，便试着动了动，龙头——我站着的地方——突然摇摆起来，使我差点失去平衡。看起来这个可以控制准头，我小心翼翼地操纵着这根摇杆，把龙口对准了最近的一艘舰艇。

黄色的火焰喷射而出，月神不用我提示也知道这时候应该做什么。

前方舰只的船身两侧突出一排炮塔。康手下的一条龙也转头面向我们。意识到这东西意欲开火，我抓住舵轮猛地一转，想要避开袭来的火焰，但那团火球依然砸在我们座驾的一侧，我飞了出去，砸到了控制室的墙上。

我伸手拼命想要抓住什么东西站起来，身下的战龙剧烈地摆动着，部分是因为被另一条龙吐出的龙息击中，部分是为了躲避这致命的烈焰。这动作狂乱又毫无章法，地板晃来晃去，我被晃得东倒西歪。想到太还在龙的腹部，我猜他现在大概也会在那里被抛来扔去地乱飞，他的时间虽然停滞了，但我也不清楚他这样在金属地板和墙面之间弹来弹去的会不会受伤。

安蕾！你必须要控制住这台机器！伊布司徒的声音在我耳边响起。在你需要的时候我们可以自主开火，但是我们需要人把控方向！

咬紧牙关，我爬回控制台，控制住舵轮，另外一只战龙从左侧飞来，我另一只手抓住摇杆，把龙头扭转过去，大吼一声：

"开火！"

一团黄色的蒸汽般的火焰从下方喷射出去，砸在了敌方的头上，原本是龙头的地方现在只剩下裸露的金属骨架和破碎的机器零件，它转了过来。我全力转动手上的舵轮，躲开了它喷出的火舌。

这只金属的猛兽扭动着回转那蛇形的身子，我再次扭转舵轮，脚下的机器与另外那只战龙齐头并进。

"开火！"

巨大的爆炸穿透了前面的战龙，这一次它残存的头部被彻底炸成了碎片——跟着一起毁掉的是里面的控制机构，它剩下的躯体虽仍然飞在空中，但是开始剧烈地抖动起来并丧失了攻击的能力。我不由地笑了起来，面对这支无敌舰队，我们取得了第一场胜利。

还在天上游弋的一艘船向我开了一炮。我打着方向想要躲开，但是没能完全做到；爆炸的冲击震撼着整个龙身，我死死抓着舵轮上的辐条才没被甩飞出去，挣扎着想要控制住龙头，但它的抖动比之前更大了。这台机器有地方受损了。

单凭我们手上的这一条战龙是没法战胜康的无敌舰队的，数量上劣势太过明显。我必须要找到康的位置，这就意味着——不能再跟那些舰艇缠斗在一起了。

没有继续开火回击，我专心躲避着对方密集的炮火，眼前攻击的机会明明有很多却要放弃，这让我有些心痒难耐。但是想想身后的太，想想伊布司徒的魔咒可能随时会失效，想想他很有可能失血致死，我的心脏就难以抑制地狂跳起来，脑海中只有一个想法，那就是快点，再快点！在这声音的催促中我加快前进的速度，不再牵扯进无谓的战斗中。

我们唯一的优势可能就是速度了。大概是因为驱动着这台机器的生灵是自愿的吧，我们比其他的舰船航速要高许多。不过也有可能是康根本就没有意识到我已经追上来了。

驾驶这条战龙翱翔着穿梭在舰阵之中，我一边躲闪着隆隆的炮火一边扫视着这一条条船舰，希望能看见康之前登上的那艘船，我猜想它应该是在前方引领着舰队的航向。

视线中闪过一阵金色的光芒，我冒险多瞥了那地方一眼，想看看这是什么东西，发现那竟然是向着舰队直挺挺冲过来的几只机械动物，有铜做成的凤凰，还有金属样的蝴蝶——就是那种为了烘托节日气氛或者逗孩子开心的机器鸟兽，但是这些要大许多。它们呼啸着冲向舰队，砸在了康的飞船上。虽然没有造成多大的损伤，但是足以吸引那些飞船的火力，让我得到一丝喘息。

我瞪大了双眼："这都是些什么？"

月神们也进入这些东西的体内。伊布司徒的声音在这片金属碰撞声中几乎听不清楚。苏音给她留在月面的族人发了一条消息请求他们的援助，这是他们的回应。

"这真是了不起。"至少分散了敌军的炮火，能让我们这条破破烂烂的龙在空中多飞一段时间了。

另外一声爆炸响起，地板震动起来，机器发出种不祥的声音，金属的天花板被掀飞，灌进刺骨的寒风。我紧紧抓着控制台，手掌都有些疼痛。

接着我看见了——那是康的旗舰，跟把我从黛蓝带走的那艘飞船一模一样，有一样的龙形船体、一样高悬的宏伟帆面、一样庞大的螺旋桨，还有一样的宫殿般的建筑物。如果这艘船当时就在洞中的话，我是一定会认出来的……它一定是放在其他的地方，和康之前展示给世人的那支规模较小的舰队停在一起。

怪不得我能追上他，康没有直接前往皇城，而是先停下来带上了他的旗舰。我嘴角有些上扬，他将败在这好大喜功傲慢自负上。

战龙外侧又有一片装甲掉了下去，我突然一惊，想起太还毫无防备地躺在龙身子里。如果这艘机器坠落的话，他也会跟着一起送命的。

突然，龙头转向了康的旗舰，我明明什么都没动，它却自顾自地张开了嘴。

"不！"

太晚了—— 一团火球已经飞了过去，在船体上爆炸开来。我惊惧地看着这一片火海，毁掉了这艘旗舰就意味着杀死了康，但我知道，如果是这样的话，江珠也会被一并毁掉的。

火焰接着渐渐消散了，出人意料的是，它那闪闪发亮的船壳上好像连一丝划痕都没有留下，把我的嘴都看歪了，不知道这时候是应该觉得庆幸还是怎样，看上去康为自己打造了一艘永不坠毁的舰艇。

怪不得他会花时间专门去开来这艘船。他一定是特地给这艘船附上了更强大的魔力让它能够抵御强大的进攻火力，可能他都已经预料到会被自己的发明攻击。但即便是这样，我也还是可以登上那艘船与他一对一较量的。

不过这样一来唯一能够登船的方法就只有跳过去了。紧张让我感到有些胃痛，但是都到了这步田地，这点恐惧可拦不住我。况且，有人还指望着我，那些被康的黑魔法困在机器中的灵魂、整个国家的民众……还有太。

想到他让我坚定了自己的决心。这关乎的东西太多，它像块沉重的巨石压在我的心口，让我有些喘不过气来，但是只考虑最重要的那个人让我心情平静下来，也渐渐清醒了一些。那个能救他性命的东西已经近在咫尺了。

什么东西都别想挡住我前进的脚步。

我驾着飞龙逐渐接近那艘旗舰，靠近到从挡风玻璃看过去都能看见几米开外的甲板了。半机械士兵在上面来回巡逻，他们一定是在康取旗舰的时候加入进来的，相比那些笨拙僵硬的机器人来说可就难对付多了。

我眼睛瞥了一下驾驶室透着风的地方，那里的装甲脱落形成一个挺大的口子，让我钻出去是绰绰有余了。从那里出去之后爬到龙的鼻子上，应该就能跳到康的旗舰上了。

侧方受到猛烈炮火袭击，我转动龙身，避免被直接命中，保证龙头不改变方向。

"保持航向！"在嘈杂的噪声中我大吼着喊道："要登船白刃战了！战士们，出来吧——是时候了！"

伊布司徒从龙头的墙壁中浮了出来，表情平静，在周围这一片狼藉中显得有些违和。不过她的眼中却仿佛正冒着怒火，她抬抬手，掌心中浮出闪耀着蓝色火花的能量。看上去她好像比刚刚更透明了，我的眼睛都有些分辨不清她身穿白纱的轮廓了。

在她身旁，苏音也显现出来，身后跟着六名月神族人——三男三女。尽管他们没有穿盔甲，但是一眼看上去我就知道这都是骁勇善战的战士。身着鲜绿色的束腰长袍，他们的气质显然都是练家子。

苏音对我一点头，就与那些月神战士一同消失了。

伊布司徒用她透明的手拍了拍我肩膀，身上什么感觉都没有："我快到魔法的极限了，但是我会尽可能在这里多待一会的。"

我使劲咽了口唾沫。

这意味着我只有不到一个小时的时间了，必须要在这段时间里取回江珠才能救下太的性命。不过我觉得应该不会在康的飞船上耽搁太久的。

"祝你胜利归来。"伊布司徒说完便飞向了那艘旗舰，月神族已经开始施法与那些半机械士兵打在了一起。

我咬紧牙关，钻出了那个透着风的洞，回过身去背对天空，开始往下慢慢爬过去，手死死扒在装甲之间的缝隙之中，从远处看这一块块接在一起的装甲仿佛像龙鳞一样铺在这个机器的表面，我将着这金属鳞片的纹路向着龙鼻处挪过去，高空呼啸的寒风吹在我身上，这让我呼吸有些急促，肌肉也有点发紧，下方的地面是这么远，连参天大树的一个个树冠也都分不清楚，只像是一卷铺满大地的绿色地毯，这风几乎要把我吹飞了，我的手指紧紧扣在龙身上一丝也不敢松懈。

当我终于爬到龙鼻上的时候，都有些两股战战了。但也没工夫休整，只要我还能强撑着假装自己没问题，那就得继续前进。

康所在的旗舰甲板已经在我面前了，虽然有很多士兵现在正忙于抵御月神和伊布司徒施发的魔法，但是仍有一些把守在甲板的边缘，几双眼睛都在盯着我，已经拿好武器就等我下来了。

现在下去就是在找死——我是绝无机会能从他们手里活着逃出来的。

但是，不论如何我都得试一试，如果我失败了，康就会征服天下，四海都将臣服于他麾下。那样的话，这个杀了自己结发妻子还想要刺死自己亲生骨肉的恶魔将永远不会得到他应有的制裁。我是唯一能够阻止这一切的人，这根本容不得我失败。

我爬过长长的龙脸，摸到了它的鼻尖，我的双眼死死地盯着这一跳的目标——康的甲板，上面还有巡逻着的士兵。但是这已经由不得我了，是时候做个了断了。

死敌已在面前。

从背上抽出剑，双腿用上一切能使出的力量，我从龙头上一跃而下，有那么一瞬间，我感觉自己正在空中飞行。

我举起了手中的剑。

/第三十二章/
空中的决战

双脚实实在在地落在了甲板上，我还没站定，离我最近的那几名半机械士兵已经拿着手上的武器向我挥了过来。深吸口气，我用剑横挡了一下，清脆的金属碰撞声响起的瞬间，我脚下轻跳，闪开了从上向我砸下的另外一柄剑。附魔的金属喷出炽热的火花，我顺势向一旁劈砍过去，正好击中了从侧面围攻来的一名士兵。

他痛苦地喊了一声，疼痛地弯下了腰，一种剧烈的兴奋涌上心头。虽然这是我第一次正儿八经地在战斗中对人类下重手，但我感到的只有胜利的昂扬情绪。他是个人类，不是厉鬼或者机器，但是他帮助的是造成天下无数生灵涂炭的始作俑者。

在这个人倒下前，我发现又有另外两个人把我包围了起来。怒火占据了我的全身，两只胳膊里像是有滚烫的热血驱动着，它们就像那艘被月神驱动着的飞龙一样，不用我多想就能下意识向敌人发起攻击。

一名半机械士兵的剑向我脖子划过来，我往后闪开，稍稍一躺，挺起肚子，冰冷的刃蹭过我的剑——接着砍向了我身旁另一位士兵的大臂上，剑深深插了进去，他在我耳边的惨叫引起我一阵耳鸣。

我从这把剑下方抽出身来，趁着第一个人走神的瞬间抓住空隙一剑捅进他的腹部，滚烫的热血喷溅出来，洒在我的脸上，带着浓浓的腥味。

第四名士兵向我冲来，我正准备回身面向他，但是还没等我转过身来，一闪白光先行击中了他，魔法撕开了他的右臂，炸出金色的烈焰和火花。

定睛一看，苏音正喃喃说着些什么，随着念出的咒语，手指或开或合，掌心之间生出几团闪耀着白色光芒的火球，两手握拳击出，火球嗖地飞了出去，其中一团击中了半机械士兵的腿，他踉踉跄跄地向前摔倒在地上。另外的虽然没能命中，但随着一声声爆炸甲板上燃起了熊熊大火。

往前看，眼中出现的是甲板中心那座宏伟的飞檐建筑，这是康的舱室，他现在一定就在里面。

这激动的感觉就像是电流通过了我的心脏，它促使着我向前冲了过去。但是没走几步就有一种无形的力量挡住了我，差点把我掀翻到地上。

一声凄厉的悲鸣划破天空，我迅速回过头，发现苏音痛苦地弓身跪倒在地上，黑色的血渍晕染了她的衣衫。我瞪大双眼，不知道是什么东西竟然能伤害到没有实体的月神，接着发现是前方有一名士兵端起的手枪瞄准了她。

我大步冲过去，挡在苏音身前，举起了手中的剑，他开火了，魔法子弹击中了我的剑刃，柄变得炙热，一种灼烧的痛感沿着剑身传上我的双臂，接着蔓延向肩膀，痛苦让我浑身的肌肉不由自主地抖动起来，但我还是忍住没有吭声。

那个男的移动准星向我扣动了扳机，但瞬间蓝色的闪电击中了他的身体，他向后倒了下去，子弹从我旁边飞过，脸上的皮肤都能感受到那子弹摩擦空气带来的一阵热量。

"安蕾！"伊布司徒的声音盖过了枪炮作响和火球爆裂的声音，我意识到刚刚一定就是她救了我一命，"别忘了你是来干什么的！"

我点点头，转身面向那栋楼，几十上百发魔法弹药在空中划过，留下道道华丽的闪着光的抛物线，这残酷的暴力带着别样的美。在我身旁，月神发出团团火球和道道闪电打中了那些半机械士兵。有些倒下了，但更多的拿起武器弹开了这一次次攻击，并用魔法手枪回击开来。康一定是早就做好了打算，知道需要跟这些生灵战斗。

伊布司徒发射出最后一条闪电后像清晨的迷雾一样消失了，我知道这是因为她的魔咒到了时限，灵魂已经回到身体里去了，留在这里的只剩苏音和几位月神族战士了。

我三步并作两步跑上通向这栋建筑的实木台阶——它已经被炮火弄得破破烂烂的了。还没等我爬上顶，面前的大门轰的一声打开了。

康站在闪着金光的门框中，居高临下地看着我，细长的眼睛中是冰冷毫无感情的目光，从我这里看过去，那双眼睛的形状是这么熟悉，脑海中闪过那天晚上暗影杀手盯着我父亲尸体的时候那一双眼睛的轮廓，虽然不像那个时候蒙着幽幽的魔法白光，但我知道现在我面前出现的就是那双眼。

他手中攥着把闪着光的剑，剑身上刻着的字符发出魔法特有的金色光芒，一言未发，直接向我攻了过来，我挡下这突然的袭击，但他占有地形优势，对剑的时候能够把全身重量压下，这股力道让我的双臂有些发抖。我扭着身子试着从他压下的剑里抽出身来，但他顺着我的力道变换了姿势，把我紧紧摁在剑下。

我节节后退，左脚的脚后跟蹭到了台阶的边缘，康的嘴角浮现出一丝轻蔑的笑容，这表情中好像还暗含着一丝恶心——就像是他踩到了一只虫子上一样。我感觉全身的骨骼都在吱呀作响，肌肉的力量越来越弱，两膝慢慢沉了下去。如果我不是被这漫长的一天发生的无数次战斗搞得精疲力竭，可能我还会有力气从他手底下钻出去。但是现如今就算是我内心的怒火也没法把我撑起来了。

康继续用力压下我的剑，迫使我的胳膊肘弯下去，我的剑锋离喉咙只有几寸远，而架在其上的他的剑都快贴到我脸上了。

上天啊，我马上就要死在自己的剑下了，明明我立下的誓言是要把它捅进杀父仇人的胸膛的。

我的脚下又一滑，足跟踏空了，这倒提醒我做了一个惊险的决定，我向后仰身一跳，飞下了高高的台阶。

康的剑锋向我劈砍过来，剑刃的边缘蹭过我的脸颊，留下一道血痕，在寒风下有些针扎般的疼痛，我跌跌撞撞地落到后面的甲板上。一只半机械士兵向我举起了手枪，但突然又放了下来。我抬眼发现是康挥了挥手——意思是命令他住手。他这是想要亲手杀了我，不过这样也好，起码不是个只会躲在手下人身后的懦夫。

"康！你下来啊！"我举起剑，疼痛像火焰般舔舐着我的骨头。

他蔑视地看着我，慢慢走下台阶，长丝袍兜着风在空中起舞。一只袖子被收束在小臂上，而另一只却袖口大张，沿着手腕垂下来。我想起了那柄刺进太腹部的匕首，它好像是变戏法蹦出来的一样，不过看这样子那玩意儿应该就藏在这只袖口里——我可得注意一点不要重蹈太的覆辙。

肌肉颤抖着，不知道是因为太过疲惫还是太过激动。康踏上甲板的一瞬间便加速向我冲了过来。我闪过身子，挥剑过去想要把他击退，正准备攻击的时候，一道亮光——我也分不清到底是月神族的魔法还是士兵的子弹了——向我飞了过来。我赶忙后退两步，它蹭过我的发梢，热量烧得头发吱吱作响，散出阵煳味。

接着，康用这机会把我击倒在地，我借力向旁一滚，将将躲开了他落下的剑刃。刚刚等我狼狈地爬起身来，他的剑就又劈了过来，那可恨的双眼就隐藏在这刀光剑影之后。我举起剑，及时拦下了这马上要把我一劈为二的剑锋，但是这股力道太强，我这发酸发胀的双臂实在难以招架，两剑碰撞的瞬间，手臂不由自主地被弹向空中，剑身也被撇到肩膀后面去了。

好在这次还能保持剑不离手，但是我已经没机会回击了，只能勉勉强强挥剑防下下一次袭来的剑锋。他进攻的频率丝毫不减，剑风如飓风般狂舞，招招致命不留一丝余地，而每招每式却又恰到好处，连贯自如，仿佛是刻意设计好了一般。反观我大张大合挥动着剑，却只能勉力招架而已。

耳边响起声声爆炸，我模糊地记得还剩下一些月神族人在跟士兵战斗，而在远方，他们同胞操纵着的人造长龙在空中发出悲叹一般的受损机器转动的声音，绝望地拼尽全力阻止前来增援舰队的其他船只，但这一切仿佛都是徒劳。

康不停地逼我向后退，一步，一步，又一步，直到退无可退，脚后跟碰到了一处墙体，他把我逼到了一栋建筑前。

他的眼睛里闪过庆祝胜利般的火花，一霎间，他手上的剑放低了一些。

我抓住这难得的空隙反击过去——但下一秒，他的剑就撞在我的剑刃上了，动作如此之快我都没有感觉到有冲击，紧接着他顺势一挑剑尖，用力把我的剑打飞出去，我脱手了。

剑身摔在地上发出清脆的金属声响，随之一股凉意浸透了我全身。脑海中我恨恨咒骂着，我怎么就没有看见他刚刚的动作呢?

康慢悠悠地走过来,我本能往后退——但这只能让我贴到墙上。他的身体贴了过来——这距离近得连蹬腿或者膝击都做不到,把剑横到我的脖颈上,那魔法让我的皮肤感到一种针扎般的疼痛。

但是我拒绝就这么接受失败。

我拒绝。

"真可惜,"康站得这么近,都能感受得到他那让人反胃的呼吸,说话时口中呼出的风扰动着我的头发,"你本可以成为一个漂亮的新娘子的。"

这句话让我感到胃里翻江倒海般恶心,我往他脸上啐了口唾沫。

他怒目圆睁:"给你个痛快就太便宜你了,现在唯一的问题是我的耐心能让你活多久就是了。"

他把剑刃压进我的皮肤,一股温热的血正沿着我的脖子流了下来。

接着,我感受到了别的什么东西——他那只荡在我锁骨的宽大袖口里的东西。那东西带着点重量——起码比单单一个袖口要重得多。

那把匕首。

没有思考——我立刻行动了起来。一只手伸进他的袖口,摸到那把藏在暗袋里的刀柄,另外一只手推开他割在我喉咙上的剑,掌心传来剧烈的痛苦,但我不在乎。

拼劲全身的气力，我把匕首深深没进了康的胸口。

康震惊中痛苦地叫了一声，身体往后闪出了几寸空间，我抬膝顶向他的腹部，把他向后踢了过去。

脖子一松，我立刻钻到他剑的下面，眼睛看见几尺外躺着我的剑，翻个跟头冲过去，把它拾了起来。

康虽然步伐有些不稳，但还是保持住了重心没有摔倒，一站稳便又向着我挥剑而来，我挡开他袭来的剑刃，然后用尽了我身上所剩的全部力量向他击去。

手上的剑锋划过他的脖颈，鲜血溅了我一脸。

这是胜利的味道。

他的头砸在地上，在甲板上边弹边跳像是敲出了军乐的鼓点，接着他的身体重重地躺倒在地上为这曲音乐打下了最后一拍。

康死了，暗影杀手倒下了，杀害了我父亲的凶手，绑架虐待了无数生灵亡灵的恶魔，背叛国家妄图征服天下的窃国贼——彻底没了生气。

他是为我所杀，为梁安蕾所杀，为未来传说中的女战士所杀的。

康的头颅发出一阵耀眼的黄光。

这阵光芒消失之后，他再一次出现在我面前——这一次是透明状的，但来势汹汹。这是他的亡灵，心中一紧，但握着剑的手没有一丝颤抖。

在我攻过去之前，突然刮起一阵妖风，他身边出现了一团由红色和黑色烟雾混合而成的旋涡，里面浮现出一张熟悉的面孔，那是魔王，已经没有了那巨大无比的身躯，也不再是实体，但那伴随他出现的滚滚魔力仍然让人感到有些窒息。他的魔爪抓住了康的肩膀。

"我们有过约定，总督大人。"他低沉、嗡嗡作响的声音像雷声一样在我身边轰鸣。

魔王把康拖进了这股旋涡，从中传出了总督惊声的长啸，但接着这声音戛然而止，烟雾也随之消失了。

/第三十三章/
治愈的咒语

　　我张着嘴看着总督消失的地方，揉了揉眼睛，差点把刚刚这一切当成是自己的幻觉。

　　打了个寒战，这才让我意识到这就是现实，笼罩在我眼前的血红色的朦胧感——刚刚都没有注意到它一直都在——逐渐消失了，周围的一切变得清晰起来。

　　厉鬼从甲板里窜出来，汹涌的样子仿佛是黑色的岩浆从火山口喷发出来一样，但是它们并没有发起进攻，反而是纷纷冲向天空，在空气中消失了。跟着它们一起出来的是一些灵魂状的生命——有些长得比较像我之前在四江墓中见过的那位受诅咒的月神。而另外一些——只是很少的几个——看上去好像……是人。身体透明带着种空气般的轻盈，但是确确实实能看出来是人类的形态。他们一定是在这场无尽的囚禁和痛苦的虐待中能保持住自己原本模样的亡灵，就算是康的诅咒也没有夺走他们的魂魄。

　　而接着，视线中出现了一个熟悉的身影，我的心口一疼，向着他的位置冲了过去。

父亲的目光落在我身上，表情变得温柔起来："安蕾……"
他向我伸出一只手。

"父亲！"我朝他跑过去，热泪沿着脸颊流了下来。但我还没能碰到他，他就升到了空中。"父亲！"我在他身下拼命向上够，徒劳地想要把他拉回来。

"我该走了。"身体逐渐淹没进一道光，他欣慰地看了我一眼，"快走吧，闺女，你是我的骄傲。"

"父亲，等等！"

他的灵魂在日光中消失了，我盯着那个地方，心中涌上一股难以名状的情感。

地面再一次颤抖起来，这股力道是这样强烈，我差一点没稳住自己的脚步摔倒在地上。

"安蕾！"苏音向我飞过来，表情有些紧张，"快跑，现在就跑！"

她的警告让我这才想起驱动着这艘飞船的那些灵魂现在已经四散而逃了，康——这个把他们困在人世间的枷锁——现在已经消失，他们已经被释放回到自己应该去的世界里去了。而没有了他们，这艘庞然大物马上就要坠毁在地上了。

我得跳回那只铜龙上并开到安全地带去，这样想着，我一边把剑插回背后，一边全力冲过甲板，等我马上要跑到围栏那里的时候，才突然想起那铜龙的腹中还有一个人在等着我。

太……

如果没有江珠的话，他会死的，但那玩意儿现在还在船上。这艘船现在就是一堆坠落中的破铜烂铁，而不止有这一艘船在往下掉，如果等它们都坠毁之后再从一片废墟中扒拉出江珠，那不知道得花多长时间。伊布司徒说过她在太身上施的魔咒在她回到自己身体里之后不会持续太久，而现在她已经回去一段时间了，这也就意味着每时每刻太都有可能会失血致死。

我转过身去，面向了那栋甲板中心的建筑，已经没有太多半机械士兵了，而且那些还能站起身子的也震惊地忘记了进攻。但脚下的甲板在剧烈地晃动，周围的风声也在呼啸。我们正在下坠——我能感觉得到。那螺旋桨和残存的机械稍稍减缓下落的速度，但是没有了那些灵魂，就算是拼上全力也不足以维持船身悬浮的状态，我都能听见那些机械全速运转之后破碎颤抖接着散架发出的声响。

我跌跌撞撞地跑过去，在这山崩地动般的震动中连身子都直不起来，身体在抗议，心脏感觉马上就要炸裂开来一样，双肺也疼得像是起了火，双腿也几乎要融化一样毫无力气，一切都在哭喊着让我停下脚步歇息歇息。

但我已经走了这么远了，我一定能再多撑一会儿。

登上那几步台阶只能手脚并用了，当我终于走到上面的时候，眼中出现的是个铜做的笼子，里面散出天堂般的幽幽白光。

江珠，我的心雀跃了一下。

我马上就要拿到它了，太有救了。

我把它整个拔了起来——可以等会儿再考虑怎么把江珠从里面掏出来。跨过门槛向甲板跑下去比之前往上爬要轻松不少，毕竟往回跑的方向是顺着这艘船下落的方向。

眼前出现的是一条俯冲下来的铜龙，我知道这是我月神族盟友驱动的那一条，在它身后，那些机械凤凰和蝴蝶还有其他奇奇怪怪的玩意儿散布在空中，盘旋着，而康的无敌空中舰队在它们周围纷纷坠落下来。

我跑到了围栏旁边，铜龙的嘴巴紧紧闭着。从这里可以跳过去，这样想着我翻过了围栏，跳了下去——

手指擦过了冰凉的金属，但是没能抓住任何让我停下来的把手。

我掉了下去。

风在耳旁呼啸，我眯着眼睛，头发被吹起打在我脸上，头绳一定是刚刚弄掉了。但是尽管我知道我正直直掉向死亡，但我已经不再恐惧了。胸中的心脏也不再打鼓，呼吸也没有之前那样急促。

对不起，太……我没能救得了你……

我只是长长呼出一口气，却在心中放下了太多太多，我父亲惨死人手的血海深仇，一场不情不愿的婚姻的无尽压力，黛蓝村民生存的重担——这一切都已经结束了。我只是希望我要是能救下太的性命就好了。

可能还有别人能做得到……

　　向着空中我挥起右臂，把手中的江珠和那个装置一同举了起来。虽然在狂风中我依然紧闭着眼，我还是拼尽全力大吼了出来："苏音！江珠在我手上了！快过来把它拿给太啊！"

　　有东西抓住了那部件的另一端，这股力道向我的手臂传了过来，它突然把我扯了起来。有那么一瞬间，我停在了半空。但是还没等我反应过来发生了什么，我又开始往下掉了。

　　"你叫我？"

　　这声音让我的心肝一颤，我逼着自己睁开了双眼。

　　抓着那东西的另外一边的是太，在我身边跟我一起往下掉。嘴角浮起一股熟悉的恶作剧般的笑容："伊布司徒可真是不怎么样，没经过我同意就把我给定住了。"

　　他没事让我心口的大石放了下来，但是当我看见了他身上那件被血染成黑红色的外衣，这股安心感瞬间消失，变成了焦虑："你跑到这里来做什么？"

　　"我可不能让你一个人掉下去，"虽然他这内容听上去好像是事不关己的样子，但声音里却是有些紧张，"我醒来的时候正好看见你摔了下去，就跟着跳下来了，及时够到了你，嗯，大致上够到你了。"

　　我眼神瞥了一眼他的身体——这是实体。这意味着他是变身成月神形态飞着过来找到我，接着为了抓住我又变回到人类姿态了。"那你是打算干什么——跟我一起摔死吗？"

"当然不是了。我能飞，记得吗？"

"但是月神没法承载——"

"我有个计划。"太向着我伸出他另一只手，"你信任我吗？"

我把手伸过去抓住了他的手："嗯。"

他的手指和我的扣在一起，我紧紧握着他的手，这温暖、实在、令人安心的触感让我感到有些舒服。掌心的伤口沿着手腕往下滴着血，但我根本感受不到丝毫的疼痛。

呼啸的寒风让我又不得不闭上了眼，但是抓着太的手让我感到无比安心。他的手指就像锚钉一样，不管接下来发生什么，都能给我带来安全感。

接着，他手指的触感消失了，但我还是能感觉到它们的存在——他身体中的骨肉虽然在这一瞬间都消失不见，但那温暖犹存。

一下子，我的体重突然转移到了两只胳膊上，感觉像是被挂在了峭壁上一样，但耳边呼啸的风这时候已经消失不见了。

我张开双眼，发现半透明的太正从上方微笑着看着我，身上闪耀着光，比笼罩在他身上的日光还要耀眼夺目。

温暖消失了，我往下一落，不由地从口中发出一声惊叫。但我的双脚却踏在了结实的地面上，惊讶中，我抬头看了看四周，这才意识到我已经站在这平稳、让人舒心的大地上了。脚下的是长满了青草的辽阔平原，它一直延伸到远方，消失在地平线的群山之中。

太慢慢落了下来，我明白刚刚他做了什么了。月神族并不能在人世间携带比剑更重的物体飞翔，但太设法带着我飞了一小段时间——这段时间只要长到足以减缓我坠落的速度就可以了，这就已经能救下我的性命了。

他变回到人类的形态，咧嘴笑了起来。感激和愉悦涌上心头，我扔下手上拿着的江珠匣子，两只胳膊紧紧抱住了他，我们紧紧相拥在一起，感受着彼此身体中的热度，感受着对方搂在腰间的双臂。有那么一小会儿，我就这样沉浸在活下来的舒心和身边有他在的感动之中。

但接着，他瘫在我怀抱里。

我突然发现自己的衣服都已经有些湿润了——这是他伤口中流出的鲜血沾染的。把他轻轻放平在地上，他的体重让我疲劳过度的胳膊有些颤抖，我的体力已经接近耗竭，但还是硬撑着拿起那个装着江珠的装置，用力挥剑将其斩开。江珠滚了出来，像是黑夜中一轮明月般散发着洁白的光芒。我捡起来，魔力沿着胳膊徐徐脉动："你会没事的。"

太躺在草地上，眼睛直直望着蓝天，紧闭着嘴唇，皱着眉头，我能看出他在试着忍住这难以名状的痛苦。但他一和我四目相对，便又挑起嘴角摆出一个笑容，虽然这笑容看上去比任何嘶鸣都显得更让人不忍："我父亲已经死了？"

我点点头，心中为他默默地感到哀伤，他的眼中闪动着泪光，我知道这是因为在他内心深处的某个地方，有一个小

男孩正在痛哭，为他以为自己认识的父亲哀悼，为康本可能
会成为的那个人悲伤，为永远也没能到来的救赎痛苦。

"我很抱歉，"我的声音变得有些嘶哑，"我不得不这
么做。"

"我知道。"他闭上了双眼。

"太！"我抓住他的肩膀摇了摇。他的眼皮动了动，这
时张开了一条缝隙。我咽下一声呜咽，举起江珠："告诉我我
应该怎么样用它治愈伤口。"

"不会有用的。"叹息中他说出了这几个字，声音小得我
差点没有听见。

"告诉我！"

"让我就这么走吧。"他的目光转向天空，这是不是想要
在日光中寻找父亲的亡灵。

但他无论如何都不会找到的——康现在已经深陷魔王的
魔爪，这也是他应得的报应。但想到太有可能因为缅怀这个
卑鄙的男人就这么轻易地放弃自己的性命，热血涌上心来，
我俯下身子面向他："不！你不能就这么轻而易举地放弃，为
了救你我可是命都豁出去了！"

太看向我，眼中充满了痛苦。

泪水从我眼眶中涌出，沿着脸颊流了下来："求求你
了……为什么你就不愿意告诉我应该怎么使用江珠的力
量呢？"

"因为那不可能有用的，而且如果你什么都不知道的话，

可能我死了你也不会有那么大的负担。"

"不知道什么？不管那是什么，起码让我试一试好吗？"我哽咽得有些说不出话来，"求……"

他微笑了一下："好吧，既然你这样坚持，而且我马上就要死了，我想这个时候稍微自私一点也可以原谅。"

无数问题像台风一样在我脑海中盘旋，但我还是没有说出口。

"那卷古籍……记载了如何使用江珠的力量用于治疗伤口……"他说着的时候不时大口喘着气。

我趴下身子，想要听得更清楚一些。

"当我给你治伤的时候，我跟你说过我只是在脑海中想那些话就行了，实际上就是这么做的……"他的眼睛合上了。

"不！"我拼命摇着他，"你不能就这么死了，你还没告诉我那上面写了什么！"

他又睁开眼，艰涩地笑了一声，口中涌出鲜血，顺着嘴角流了下来："好，好，那卷书是由一个终其一生追随江龙的信徒写下的，在他的妻子重病弥留之际，江龙把那江珠的秘密告诉了他……那是一首诗，为了解开江珠的治愈魔法，施法的人必须要在脑海中一字一句地念出这首诗——而且需要真心实意。除非这些话与本心相符，否则就算是在心中默念无数遍，江珠也没法发挥任何效力的。"

"那首诗是什么？"

他逐字逐句背诵起来，每一个字都深深刻在了我心上：

上邪！

我欲与君相知，

长命无绝衰。

山无陵，

江水为竭，

冬雷震震，

夏雨雪，

天地合，

乃敢与君绝。

这是首情诗。我不知道这是谁人所写，但是类似的诗篇确是耳熟能详。它有些直白露骨，但——情真意切。因为就算是语言没法表述一切，如果那掩藏在语言背后的情感足够强大的话，也足以改变一个人的世界了。

而这首诗……太说过这就是他曾在心中对我吟诵的那一首，而且也带着真切的情感——毕竟江龙的魔法是不可能被虚情假意愚弄的。

我盯着他，胸口有些异样的感觉，不知道是不是因为这时候呼吸有些急促的缘故："但是……但是当你给我施加这个魔法的时候……我们才认识不多久。"

"你如果记得的话，我当时说过我不知道这会不会有用。

但是它生效了……江龙比我还要了解自己。我没有说出来是因为这样对你我都轻松，但是我猜现在我也不需要再担心什么后果了。"他轻轻闭上了眼睛，接着睁开的时候，那双瞳孔里深邃的黑像是要把我拉进去一样，"我爱你，安蕾。"

我的喉咙卡住了，我从来没有想过会有人爱上我——我也从来没时间做这种白日幻想。这些年来，我一直都被逼着成为一个强大的、无坚不摧的人，成为一位坚强的战士，成为一个能为父报仇的女儿。虽然我见证过几对夫妇和恋人，也目睹过他们彼此爱恋的情感，我一直都觉得自己跟他们不在同一个世界。爱情是他们享用的，而我不配。这不只是因为我拒绝，而是因为……它根本就不是我的一部分。

这大概也是为什么就算爱情真真实实地来到了我的面前我也没有意识到的原因了吧。直到现在太自己坦白了，不知不觉中，视线蒙上了一层朦胧的雾。我想到过去他为我做的一切，对我说的一切，那些不曾说出口却让我感到莫名舒适的一切。

他是爱我的。

而我……我可以为了他付出自己的性命，甚至都不只是自己的性命——我甚至都愿意放下自己的仇恨。如果康不是那个囚禁了无数灵魂的恶魔，如果他没有试着造反夺权……我肯定就放他走了，因为不想让太受苦。

而我在地狱中被恶魔夺取心智的时候，最先涌上的便是他死亡的场景，因为那只恶魔明白——没有了他，我会崩溃的。

上邪！

我在脑海里默念起这诗句。那些字形在黑暗的脑子中像是月光一样出现，但是它们闪闪烁烁的，仿佛不经意间就会溜走——我闭上眼集中注意，想象着每一横每一竖，它们这一次一定要给我定下来。

我欲与君相知，
长命无绝衰。

他说他爱我，为什么这句话让我心神不宁却又感觉如此真挚？到头来，爱到底是什么？我真的知道吗？我听过故事和歌曲，但是当它发生在我身上的时候，这一切感觉都如此的不真实……

但更真切的是如果他现在死了，我会崩溃，我以为在我父亲去世的时候所感受到的痛苦已经是人世间最为苦涩的滋味了，接着在黛蓝被摧毁成为一片废墟之后我的世界都崩塌了。而现在还有一部分我曾未知的，在内心深处最为脆弱和柔软的角落，那里就深藏着他，如果这一部分也离我而去——那还有什么能支撑我走下去呢？

山无陵，

江水为竭，

冬雷震震，

夏雨雪，

天地合，

我不知道为什么，也不明白这是为什么，但是有的时候，它就……在那里。

乃敢与君绝。

就这样吧，不管这道誓言需要带走什么——大可以都拿走。江珠的震动随着我的默念越来越强烈。我感觉它正在共振着我的骨髓，像是有万千隐形的枝蔓伸进我的体内，遍布到我的全身。带走吧，带走我的誓言和我的心。

我感觉那柔滑的枝丫缠绕在我灵魂的最深处。手心在江珠发散的魔力照耀下有些发热，接着感觉胸口里的心脏被什么东西猛地一拉，仿佛要把它整个扯出胸腔一样，我放松下来，听之任之，有那么一会儿，我沉浸在这股温柔奇妙的感觉中，心口喷出耀眼的光芒，顺着胳膊流入江珠中去。

接着，一切都停了下来。

我睁开双眼，看着太，他用一只胳膊把自己从地上撑了起来，皱着眉头仿佛有些困惑，脸上——脸上有些什么别的

406

东西。虽然他的衣服依然沾满了血渍，但是他的脸上重新恢复了血色。

我把他被刺破的衣服扯开，里面的伤口已经——愈合了。脸上挂起止不住的笑容，成功了，我几乎不敢相信自己的眼睛，手抚摸着他的腹部，那本来被匕首刺透的地方现在是光滑如新的皮肤，带着温暖的触感。

我们四目相对，胸口像是有无数个太阳在熊熊燃烧。

我冲进他怀里，他的胳膊紧紧抱住了我，唇贴在了一起。

/尾　声/

没有什么东西能被完全修复，就像破镜不能重圆，只要破碎过，就无法再回到原样去。

我也永远不会回到目睹暗影杀手杀害我父亲之前那无忧无虑的日子中去了。太认识到他父亲的真实面孔后也并不是原来的那个太了。但我们是坚强的，我们会继续，尽管不能把东西变回原样，但可以把这破碎的部件重组成一个更好的物件。

这也是我们对黛蓝的看法。虽然四江省的新总督——太同父异母的弟弟，康的另一位妻子所生的孩子——愿意让我们的村民继续留在铜秋城，但我们无论如何也不属于这里。而我就更不用说了，这地方虽然看上去壮丽非凡，但是我第一次被带到这里来的时候与犯人无异，这座城市给我留下的印象也很难有别的改观了。至于太——他可能从小就在这里生活，但那是东躲西藏、不受人待见的十几年。而且法律上说，他根本连存在都不存在。他那位同父异母的弟弟—— 一个十二岁的孩子——不过是他母亲垂帘听政之下的傀儡，她没有任何理由让一个有可能成为未来她儿子权位竞争者的太留在这里。

当然太没有任何意愿成为总督，对他来说，能作为一个无名百姓生活就已经心满意足了，而我也一样。

我把另一件行李扔到了机械马车上，那是新总督——或者说实话，新总督的母亲——捐助给黛蓝村民用以重建家园的很多行李中的一件。对他们而言，我们越早离开铜秋城越好。我们在这里，整座城的气氛都有些诡异，这不只因为我们是外来户，而且还因为这里所有人都知道是一个黛蓝来的小姑娘把康的叛国罪告发给了皇上。有些人甚至认为我是这动荡的罪魁祸首，因为自此以来皇帝对四江省不仅没有了往日的崇信，还多加了几分提防。

至于国家其他地方传的流言蜚语，有些讲月神从月面下凡阻止了康，有些讲是江龙重现，还有很少的一部分——寥寥的几条消息——提到了我。

不过我也不在意，让那些急功近利之辈追名逐利就是了……我只想要尽快开始新生活。

重建黛蓝大概需要花很长时间，但是新总督的母亲赠予我们的那些机器人应该能加快进度。当我看见那玩意儿的时候一剑把离我最近的那一个捅了个对穿，这把大伙儿都吓坏了，不过里面并没有再出现厉鬼或者其他灵魂了——这些都是纯粹的魔法机械。虽然它们并不像康原先拥有的那样强大还有自主工作的能力，但是这种就挺好。

说到江珠——新总督的母亲说它上面附有诅咒，使它毒害了她已故丈夫的心智，怂恿他做出大逆不道的行径。我不知道她是真心相信这一套说辞还是为了脱罪免于被皇上连坐。大部分生活在四江省的老百姓都相信她，不想和江珠再有任何瓜葛。所以苏首领同意把它带到黛蓝重新放回到江龙神龛里去。

有人拽了拽我的头发，我一回头，便知道这又是太了。

他把我一把拉过去亲了一口，有那么一小会儿，我都有点沉浸在这感觉之中了。

一阵窃笑打断了这甜蜜的时刻，眼角的余光看见安水正冲我做着鬼脸。

我笑着打了太胳膊一巴掌："混蛋！你不能用别的办法叫我吗？"

"那多无聊啊。"太笑嘻嘻地说。他的眼神扫过苏首领，苏正眯着眼睛一脸不悦地看着他，"我觉得你们村里的人好像不是很喜欢我啊。"

"他们并不习惯外人，"我耸耸肩，"不过我妈妈也曾是个外乡人，她最后也在黛蓝安家了，所以你也一样可以的。"

"我有个更好的办法。伊布司徒之前送来一只机械信鸽，说她决定搬回莫维兹去了，她问我要不要跟她一起走——还让我问你要不要一起来。"

我嘟着嘴："老百姓都需要我。"

他的手指把我搭在脸上的一缕头发顺到耳后："真

的吗？”

我的目光越过他，投向那远方的天际线，那里是被绿色植被覆盖的重山，我一直都想知道翻过那些山去都有些什么，亲眼见见那些只从神话传说中听到过的异国他乡。现在厉鬼都消失了，黛蓝不再需要那么多守备，而我也不打算一辈子就这么碌碌无为地过去，嫁给一个村夫。原本我也没有考虑过这些，因为那时我的精力都放在黛蓝的生死存亡上，但是现在村子已经安全无忧了……

我携起太的手：“行，咱们出发吧，在我们陪着伊布司徒回莫维兹之后，我们可以继续闯荡。”

他的表情明朗起来：“听上去不错。”

一想到未来我们要去的那些地方、要走遍的土地、领略的风情，血液就涌上胸口，我感到……从未感受过的自由。这么久以来，我的人生都被那些我无法控制的各方势力所左右，就算是我为父亲报仇，也是被愤怒驱使，但这一切都已经结束了。

从今往后，只有我能主宰自己的人生。

/ 致　谢 /

像所有的旅途一样，把一本书从粗糙的构想变成出版的小说需要无数步骤，我需要对那些帮助我把《为了我们的家园》从飘渺的梦想变成真实的书的人们表达我衷心的感谢。

感谢我的父母，王永华和范剑青，感谢他们在我写作道路上的支持和帮助。

感谢我的妹妹，安琪，你是我创作的灵感女神（不管你是否知晓）。

感谢我优秀的代理商，乌维·施滕德尔博士，感谢你对这本书的信心与宣传。

感谢我杰出的编辑，劳伦·诺尔斯，感谢你耐心的推敲，这个故事才能在今天以最好的一个版本出现。以及佩吉大道出版社团队的卓越贡献，把这本书带给全世界的读者。

感谢卡丽莎·洛雷尔、布莱恩·林驰和林内亚·西弗，感谢你们阅读这本书的前几稿并帮助我提高了整体的品质。

感谢所有泽西城作家协会的同僚，感谢你们出席我的文学批评座谈会，并帮助我把这个故事打造成型：贝丝·本特利、约瑟夫·德·普约尔、埃利松·戈德斯坦、乔纳森·黄、蕾切尔·普瓦、凯文·辛格以及萨拉·斯通。

感谢尼斯特·阿贝贝、阿比克·雅各布斯和萨拉·塔德塞作为读者提供的宝贵建议。

感谢普尔维·帕特尔你驱使我写出这些文字。希望你能安息。

我还感谢每一位这些年来陪伴我的文学界同僚，这里应该记载的名字太多，我们虽然都走在各自不同的道路上，但我们同时也是同路人，都是更伟大的事业中的一部分。